中国政府出版品国际营销平台精选图书·文学书系　　王昕朋　主编

第三者

The Third Person

陈集益　著

中国言实出版社

图书在版编目（CIP）数据

第三者 / 陈集益著 . -- 北京 : 中国言实出版社，
2021.1
（中国政府出版品国际营销平台精选图书·文学书系 /
王昕朋主编）
ISBN 978-7-5171-3621-7

Ⅰ . ①第… Ⅱ . ①陈… Ⅲ . ①中篇小说—小说集—中
国—当代②短篇小说—小说集—中国—当代 Ⅳ . ① I247.7

中国版本图书馆 CIP 数据核字（2020）第 250185 号

出 版 人　王昕朋
责任编辑　代青霞　李昌鹏
责任校对　张国旗

出版发行　**中国言实出版社**
　　　　　地　　址：北京市朝阳区北苑路 180 号加利大厦 5 号楼 105 室
　　　　　邮　　编：100101
　　　　　编辑部：北京市海淀区花园路 6 号院 B 座 6 层
　　　　　邮　　编：100088
　　　　　电　　话：64924853（总编室）　64924716（发行部）
　　　　　网　　址：www.zgyscbs.cn
　　　　　E-mail：zgyscbs@263.net

经　　销　新华书店
印　　刷　阳谷毕升印务有限公司
版　　次　2021 年 1 月第 1 版　　2021 年 1 月第 1 次印刷
规　　格　880 毫米 ×1230 毫米　1/32　10 印张
字　　数　192 千字
定　　价　58.00 元　　　ISBN 978-7-5171-3621-7

有风骨讲美学接通全球

——"中国政府出版品国际营销平台精选图书·文学书系"总序

王昕朋

中国言实出版社是国务院研究室主管主办的国家级出版单位，出版定位是：主要出版党和国家重大政策的研究成果以及相关的辅导读物。1995 年成立以来，我们一直坚持这一出版定位，围绕党和国家中心工作开展出版活动，因而，国内外读者很少见到由中国言实出版社出版的文学类图书。但是，近几年文学界对中国言实出版社已不陌生。这源于出版理念的一次变革。习近平总书记在文艺工作座谈会上的重要讲话指出："一部小说，一篇散文，一首诗，一幅画，一张照片，一部电影，一部电视剧，一曲音乐，都能给外国人了解中国提供一个独特的视角，都能以各自的魅力去吸引人、感染人、打动人。"这给了我们启示、启迪，文学也是讲好中国故事、传播中国好声音的重要途径。所以，我们也用心、用功、用力打造文学板块，并将它推向世界。2018年8月，由中国言实出版社出版的李春雷报告文学作品《朋友——习近平与贾大山交往纪事》获第七届鲁迅文学奖，同时入选"丝路书香"出版工程在国外出版，于是文学界发现，中国言实出版社在文学出版领域同样有不俗的表现。中国言实出版社的文学图书品种少而精，中国文学的声音在通过中国言实出版社持续传播到海外，承载着文化和文学信息的《温文尔雅》翻译成英文、日文、俄文、德文、法文、意大利文、西班牙文、葡萄牙文、阿拉伯文等多种语言向全球推介，英文版、中文繁体版荣获第十三届"输出版引进版优秀图书"奖，长篇小说《京西胭脂铺》一举登榜"中国图书世界馆藏影响力图书20强"。付秀莹、金仁顺、乔叶、魏微、滕肖澜、叶弥、戴来、阿袁等8位"当代中国最具实力女作家"的作品集同时推出，之所以在名称中冠以"中国"二字，是出于对外推介的考量，其中付秀莹、魏微、戴来等人的小说集后来入选"经典中国"项目在美国出版，产生良好反响。

近年来，中国言实出版社加快国际出版步伐，与英、美、日等多家国外出版单位建立战略合作关系，近百名当代中青年作家的作品陆续推介到美国纽约、日本东京、德国法兰克福等多个国际书展，被多个国家的图书馆收藏，图书受到国外图书界关注，连续6年入选中国图书世界馆藏影响力百强出版单位。2015年经财政部批准立项，中国言实出版社建设并主办中国政府出版品国际营销平台，为推动"文化走出去"提供支持。2020年，有感于体量庞大的中国当代文学无法快捷地被全球关注所带来的传播学遗憾，有感于年度文学选本出版周期较长，有感于众多具有潜力、实力、影响力的青年作家的作品没有很好的对外传播渠道，中国言实出版社整合资源，决定专门为中国政府出版品国际营销平台的文学板块打造出一种比年度选本出版周期短、对当代文学创作反应更为灵敏的季度文学选本。《中国当代文学选本》应运而生，书名由王蒙题写，选稿编委梁鸿鹰、李少君、王干、付秀莹、古耜皆为业内名家行家，所选作品为国内新近发表的文质兼美的力作。作为一种有公信力的季度文学选本，《中国当代文学选本》因"让国外读者快捷阅读当代中国文学精品"的窗口作用，以及"为中国作家走向世界铺筑交流合作桥梁"的桥梁作用，受到作家、汉学家、国内外读者一致好评。《中国当代文学选本》传播中国声音，讲述中国故事，产生良好社会效益。有鉴于此，中国言实出版社决定打造这套"中国政府出版品国际营销平台精选图书·文学书系"。

出版社并不承担培养作家的使命，但是这套"中国政府出版品国际营销平台精选图书·文学书系"的入选作品多是出自青年作家之手，原因在于，我们始终关注着中国当代文学最具活力与实力的鲜活部分，求取风骨与审美的统一，始终在精心遴选极具当代性的中国文学好声音，始终把推动中国当代文学与全球接通作为出版人的责任，这套"中国政府出版品国际营销平台精选图书·文学书系"的入选作家和作品便是如此。有风骨、讲美学，是选取这套丛书的思考维度。"有风骨"是要对民族精神有所反映，要为人民而文学，要关怀民生，帮助读者把无病呻吟、凌空蹈虚的作品以独特筛选眼光来淘汰掉；而"讲美学"是指中国言实出版社遴选书稿时看重作品的文本质量，内容和形式互为表里，是为美。美为作品飞向全世界插上翅膀，中国言实出版社人始终认为，美是全人类可通融的共同语言，有风骨、讲美学才能接通全球，成为文学精品。这些优秀作品里，都跳动着时代的脉搏，展现着当代中国日新月异的面貌，蕴含着深厚的文化自信。出版是文学生产的终端，对于中国言实出版社而言是文学传播的开始。中国言实出版社将始终秉持"好作品主义"，重视名家不薄新人，盘点、整合中国文学资源，积极开展对外译介和推广工作，自觉地将有风骨、讲美学的文学精品作为永不改变的出版追求。

2020 年 12 月

目 录

CONTENTS

砍　树

头戴凉帽哎，冷饭缠腰！

一里三歇哎，不怕岭高！

——浙西南民谣

　　树木再次变得值钱的时候，我们山里人还在为解决温饱而奋斗，平原上已经兴起建房热。平原人是推着独轮车进山的。独轮车有一个比自行车钢圈粗壮数倍的轮子，有一副形似巨兽的肋排似的车架子，有两根微微上翘的结实的车把，车把上套着一根类似皮带的车襻绳。除了过于陡峭的斜坡、狭窄的栈道，独轮车对道路的选择几无要求。平原人推着独轮车走过机耕路，走过田埂，到达山乡水库，从坝底的"之"字形坡道推上大坝，再通过微微晃动的木桥下到柴油机船上，道路曲折却挡不住它的脚步。

那时候进山的路基本建在山脚下的河滩边，路基用大溪石筑砌，路基上爬满常青藤，路面混合着泥土和石头。一路上平原人推着独轮车说说笑笑，车轮在大大小小的石头上翻滚、跳动，车身时不时发出嗒嗒的声响。山里人听见声响，就像听见自行车的铃声一样好奇。"您从哪儿来呢？"山里人盯着平原人看。平原人大多长得又黑又高，大手大脚，两只眼睛就跟牛卵似的往外鼓。"表哥——你家有树卖吗？"山里人还不习惯被陌生人唤作"表哥"，有点受宠若惊，表现得却冷淡："树……有啊。"

平原人掏出香烟，只敬给愿意给他带路的人。平原人说，湿的树太沉了，运不动；又说要剥了皮的树，能看清树的粗细与毛病。平原人总是在挑剔，站在一棵立在天井或屋檐下的树下面看，用手指箍。完了，还要把树横在地上拿尺子量。树立着时通常显得笔直又漂亮，身上有疤癣也看不到，树一躺下来就显得不值钱了，贱了——山里人懂得这个道理，在没有谈好价钱前不愿让树躺下来，平原人往往要在村里来回转上几圈，才能买到双方价格都满意的树。当然，这时天已经快要黑了。

"表哥，你知道……村里有旅店吗？"

"哪来的旅店，又不是在镇上。"

"那你家……能借宿一宿吗？"

山里人向来好客，但对于进山买树的平原人，想到他们讨价还价时的精明样，都不愿往家里带。人们往往打发他们去小赖子家住。小赖子家素来爱留宿外来人，比如焊锡的、弹棉花的、打铁的、摇拨浪鼓的、杂耍卖艺的，五行八作，给他们在空房或阁楼上安个铺，做顿饭，收点钱，也算是一种营生。

小赖子家房子大，有两个天井，五六间正房，当年拥有这么大房屋没有划为地主，归功于他爷爷老赖子在解放前就输光了田地，家里除了房子一无所有。但是也仅仅逃过了被划归地富分子的厄运罢了。小赖子从小瘦弱、娇生惯养，在整个生产队年代，他和我一样，几乎是在社员们的鄙视与唾弃中度过的——我是因为疾病，他是因为干活不利落——好在终于单干了，随着越来越多的平原人进山，陌生的，熟悉的，长驱直入，有的连表哥都不叫，直接进家里问："喂，你家有树卖吗？"小赖子家每天闹闹哄哄的，就像开了一个赌场。

平原人到底比山里人富裕，他们进山时大多带着大米、猪肉，有的带着酒。买树之余，平原人喝酒、猜拳，打牌、嬉闹……小赖子家的烟囱终日浓烟滚滚，酒肉的香味从门洞里奔出来，弥漫半条街。他趁机推销起自酿的黄酒甜酒，卖起了鸡鸭——鸡鸭刚开始是自己养的，后来从村里人家收购。村里人嘀嘀咕咕，说小赖子开旅店比开代销店挣钱多呢。偶尔有人想凑进平原人堆里去与他们"打成一片"，但打牌赢了平原人会说钱先欠着，因为树还没买成，不能两手空空回去；反之，平原人会追着要债，说钱没给呐，上你家背一棵树抵债吧。

村里人对平原人没有了好印象，虽然羡慕他们出生时投胎在水库外，进山买树能给村里带来钱，但总觉得他们骨子里是瞧不起山里人的，所以才敢打牌赖账，买树多一分钱也不让——要是换作山里人到平原上去，谁敢这么做呢。

那时候，我们还很少出山去，更别说把树运出山去卖。那时候，我们只等着平原人来村里买。那些被剥得赤条条、白溜溜的树，斜倚着墙壁、板壁、天井或者门口的水果树，就像女人裸露着的修长的大腿。只是，长驱直入的平原人越来越狡猾了，一会儿说这棵树做不了柱子，那棵树做不了楼栅，这树长了瘘，那树被啄木鸟啄了洞，总能找出树的种种不是。甚至明明相中了也故意不买，等着树的主人生气、懊恼，在一番内心煎熬之后同意降价。

当然，树的买卖最终一桩桩地做成了，钱从一个个皱皱巴巴的帆布书包里掏出来，经过一双粗糙的手到了另一双粗糙的手。然后，买树人背着树嘟嘟囔囔刚走，隔壁人家的女人就来打听。

"哎哟，你家某某山上的树卖了多少钱？"

"又卖便宜喽！嗯呐，哪卖得了这么多！"

关于树的虚虚实实的卖价，一度成了村里人的中心话题：人们除了谈论这一季谁家收了多少稻谷，谁家的猪长得快，母牛生了小牛，就是计算谁家分回多少棵树，卖了多少钱，然后对比树卖得是贵还是贱。这样的议论听起来夹杂着叹息，其实多数时候是愉快的。它让人想起曾经，在生产队里劳作，多么艰辛，所得却那么少，而砍树，是生产队解散后，像我这般既不会手艺又没有其他经济来源的山里人，最快捷直接的一笔收入。

于是乎，每当有人卖了树，手头有了点钱，首当其冲的变化，在屠夫磨刀六的案板上首先显现出来。以前磨刀六杀死一头猪，要像流浪汉挑着铺盖卷一样四处游走，他还为自己从水库工地回来后跟人学了杀猪后悔过，而现在每个清晨肉铺前围满当家的男人。他们如恶狼盯住磨刀六肢解一头刚刚咽气的猪，这个嚷着要买一斤前槽肉，那个吼着要买一斤里脊。磨刀六手起刀落，你说买一斤他要连着骨头剁给你三斤。这三斤被笋壳捆扎的鲜红肥白之物，就成了这男人一路得意的抱怨："谁说不是呢！你们看看，这哪里是卖肉，尽是骨头！"

女人们却总是悄悄买回布料，就跟密谋似的请裁缝做成一身衣裳，然后在某个不准备去干活的早晨拎着一个竹篮穿街而过。那一天就算乌云密布也会变成一个艳阳天，女人们叽叽喳喳着，争相打听这身衣裳花了多少钱、哪里买的料。

"的确良呀，多少钱一尺？"

"井下村裁缝做的吧？……"

"嗯，嗯呐。"

女人们攀比起来，没多少日子就都穿上了新衣裳。她们就像艳丽的彩蝶，在街巷或田野飞来飞去。我真想把家里卖树的钱悉数交给我的女人，这个因为逃计划生育被村里小孩当作鬼的女人，从来不事张扬的女人，对她说："爱莲，你也去供销站量几尺的确良吧！"在我的劝说下，有一天她去了井下村，只给孩子们扯了几尺卡其布。我说："你自己的的确良呢？"她说："真不巧印碎花的卖光了。"过不了两天我去井下村买药，顺便去供销站转转，却发现成捆的碎花的确良在一个柜子里立着。我的眼泪一下迸了出来。

我擅作主张，给她买回了的确良。我怕路上被人看见问这问那的，用一张荷叶包着。她以为荷叶里包着买给孩子吃的油条，拆开荷叶就骂我："你去退掉，你去退掉！这么花的布我穿不出去的。"我知道她是心疼钱，由着她骂。她骂着骂着就不骂了。

我敢打赌整个山乡都找不出第二个像我女人这么好的女人。尽管她因为超生被人骂作"鬼婆"，但是我从来都觉得她最美、最贤惠。虽然年轻时候，我确实喜欢过别的女人，但自从爱莲嫁给我，就再没有别的心思。我甚至想，老天爷为什么要把这么好的女人许配给我？我虽然是一辈子都爱着她的丈夫，也算是一个好人，但是她嫁给我，没有享过一天福的。

我是在姐姐的撮合下说上这门亲的。说坞头村一姑娘的哥哥，娶了我姐夫亲戚家的一个侄女。不管怎么说，当时还是姑娘的爱莲看过我照片，没有一口回绝。这样，姐姐趁热打铁，借遍她所在的那个村，借了二十元，又找了媒人，带着我说成了这门亲。接着，姐夫就带着几个小伙子挑石灰来到吴村，把我那破破烂烂的家粉刷一新。后来，我就把爱莲娶回来，一年后就有了孩子。那时我有说不出的高兴。有了老婆孩子，往后的生活就有了奔头。我在心中发誓，为了老婆孩子，我要每天劳作，多挣工分，不让他们饿一天肚子。慢慢地，路上遇到那个以前喜欢又被别人抢走的女人，连看都不看一眼。当然，那女人对我也同样如此。

说起来，我和那女人是在水库工地认识的，属于自由恋爱。但是要进一步发展关系时，公社干部麻一杆的儿子麻小虎出现了，他每天从公社兽医站下班，骑一辆自行车来工地接她走，我和麻小虎吵过一次，但她最终跟了他。我大病一场。没人知道我为什么突然病倒，其实我后来的病就是从那时落下的根。与其说是我拖着不去及时治疗，不如说我是心灰意冷，任何疾病都可能成为摧毁我的武器。以致多年过去，每到冬春季节，我有一段时间只能躺在床上，咳嗽，哮喘。夏天是我身体最佳的时候，我能跟村里其他男人一样割稻、犁田、耙地、插秧、除草、开荒……除了挑重物，样样农活拿得起放得下。我从不认为我比别人笨或懒，就算生病的日子我也要跟着一家人到田地，有时候咳得连站都站不直，但是这一天农事的安排、侍弄庄稼的要领还得我来指导。正因为此，单干以后我家粮食从不比别人家少，但是一家人的日子总归过得艰难，就像一根打着死结的井绳拉拽在井沿上。

可以想象，当年如果不是因为派我去修水库，我就不会患病，就不会遇到那女人，就不会成为生产队的拖累，那些壮劳力就没有理由认为是他们养活了我。那些年月，为了治愈从工地上带回来的气管炎和哮喘病，赤脚医生那儿、井下村卫生站、山乡卫生院开给我的药（土霉素、红霉素、螺旋霉素、鲜竹沥、祛痰灵、氨茶碱、甘草片）我吃了个遍，针（青霉素）也打了不少。结婚后，我多次让爱莲拿蜡烛给狗皮膏药加热，一下按在后背上，烫熟了一层又一层皮。我打听各种偏方，烤橘子、蒸大蒜水、生姜水、萝卜水、煮马蜂窝、秋梨、百合、枇杷叶，包括用童子尿煮的猪肺。有一年，我听说井下村有一个"老气管炎"去衢州做了"穴位埋藏针灸疗法"。我去他家，看见他躺在床上。"去吧，你也去吧，我把地址开给你。"他有气无力地爬起来。那是我成家之后最后一次到那么远的地方，一路的艰辛曲折可以讲上一天。可惜到了衢州手术最终没有做成。如今又说起来，仅仅为说明我当时多么想治好我的病。如果治好了病，我就不会继续咳嗽，也不会让一家人跟着受苦……

一转眼，我的大儿子、二儿子都大了，小的也出生三年了。不过，我很少跟他们谈我去山外治病的事，如果一定要谈点什么，就谈谈平原上的汽车、火车、拖拉机、电影院、国有工厂，他们都没有去过山外呢。所以我跟村里其他人一样，也指望多卖树。卖了树，就能带一家人渡过水库，去山外游玩一趟……可是每次临到真要砍树的日子，我又会感到不安。不仅仅担心树会被砍光，而是砍树对我来说是一件喜忧参半的事。喜的当然是树能换来钱，暂时改善一家人的生活；忧的是每一次砍树对我来说都是对身心的折磨。

砍树是体力活。一棵树在山上被砍倒，拖到可以往山下滑的险道上，再一棵一棵往山下滑，树往往被卡在半道上。如果有的山上没有用于滑树的险道，就得老老实实地背树下山。可以说，每棵树从山上运到山下都颇费周折，而背树回家的路近的两三里、远的六七里，同样让人畏惧。因为背树不比挑粮食可以控制重量，假如一棵能做柱子的树重达两百斤，也不能肢解成两段来背。记得第一次分树，是在离村不远的一座山上。分树那天，原第四生产队的男女老少都出动了，在崎岖的山道与田埂上，背树的人形成了一支队伍，就像一列蚂蚁衔着沉重的粮食，踉踉跄跄。我走在队伍里，肩上的树一会儿撞到岩壁，一会儿磕到田坎，树就像一只巨鸟的爪子，一会儿把我摁在地上，一会儿把我甩到烂泥里。当我想歇一会儿，因为会堵住后面人走路，我只能硬撑着往前走。

肩上疼，胸部难受，腰酸腿软，整个人仿佛就剩下一个意志，那就是坚持，死也要把树背到空旷地带，扔掉，喘上一口气。——有什么办法呢？树值钱的日子，村里人都在砍树、背树。我花不起钱雇人。况且，按照我们这里的传统，上山砍树、背树原本就是男人的事情。

那次，我们要砍的树位于东坑村与井上村之间的龙坑。龙坑是幽深的峡谷地带，金塘河的上游。那些树属于十来户人家共有。我跟着大伙背着斧头、别着砍刀，穿着草鞋和打补丁的衣服。我们穿过东坑村，沿着长满青苔的溪边小径，往上游走了四五里地，山风冷飕飕的。我们到达一处水声激扬的地方，要翻越一座瀑布旁边的巨岩。在巨岩后面，谷底的树上全是攀援的藤蔓，带刺的、开花的，结着野果的。我们进入谷底，人完全被湮没了，被树林和藤蔓，被湿漉漉的雾气，还有忽远忽近的水声。如果不是看见阳光落在大树下的青苔上，像宝石上的反光一闪一闪，会产生一种错觉，以为行走在一个巨大的岩洞里。所以，我们要爬到更高的山腰去，那里干燥、通风，没有蛇，没有虎纹蜘蛛，没有五颜六色的蜥蜴，没有带毒的雨蛙和蟾蜍。还有一个原因，砍树的顺序都是从山顶依次往山下砍的，这样被砍倒的树往上坡方向倒去才不容易折断，也不容易压死人。

我先是跟兴国搭配砍树。

为什么要两个人搭配砍树？不仅仅为了加速一棵树的倒下，更在于两个人的斧头能够落在树干的不同位置。我们先要在树被伐倒方向（上坡方向）砍出一个口子，然后在这口子的反侧你一斧、我一斧地砍下去，树欲倒不倒时再在砍口上加楔子，然后在树干的不同方位补上几斧子，树就会发出吱吱嘎嘎的尖叫，朝指定的方向倒下。树倒下时，会剐蹭到旁边的树枝，掀起一股劲风。倒下后，树桩上流出的树脂，颜色会瞬间变红。

兴国说："去他妈的，树流血了！"

兴国是个莽夫。他来山上要带三个饭盒，一盒菜两盒饭。他砍树时赤着膊，腰间扎一条白粗布，嘴里喊着"嘿呦！嘿呦！"——这时斧子在我眼角一闪而过，一道白光之后，嗖的一声，一大片树肉就从底下飞上来，冲着我的额头，或者眼睛。我渐渐跟不上他的节奏。以至于他那头不一会儿就砍出一个大口子，树的承重就倾斜了，好几次差点酿成大祸。

我不得不去跟螳螂做搭档。螳螂有力气，但是由于我体弱他可以省着力使，这让他很称心。但是没两天，我就感到胸闷气短，胸口越来越疼。我跟螳螂、耕马、兴国几个说，你们就留一小片林子给我吧，我一个人慢慢砍。他们几个急着想把树砍完、卖掉，就划给我三十来棵树，说到时候砍不完，他们会上来补。

然而，我不得不放下了斧头。

那时，我正在砍一棵汤钵那么粗的树，树上有一个鸟窝，鸟早就飞走了，可是当我的斧头砍向它，才知道窝里还有幼鸟。我一会儿看看树上的鸟窝，一会儿看看树桩上的砍口，最终决定爬上树去，在树倒下之前把小鸟救下来。当然，说"救"有些不恰当，因为我主要想着回家时可以把它作为礼物送给孩子们玩。当我爬上树，大鸟突然出现了，是两只鹞，它们俯冲下来，速度之快犹如利箭，我赶紧一手抓住树枝，一手护住眼睛。果然它们从我头顶掠过，爪子头几下落在我护住眼睛的手上，然后才把我的头皮和耳朵抓伤了。等它们再飞来的时候，我已经滑到地上，裤子被树干磨破，两腿侧火辣辣疼。我挥舞一根树枝，哇哇叫着，有一只被我抽中了翅膀，摇摇摆摆飞上了山。

鹞被赶开后，我抢起斧头，把那棵树砍倒了。可能是带着对抗的情绪的原因，我都不记得砍树的过程中我是否停下来喘息，只记得树倒下时鸟窝随着掉下来，两只还没长羽毛的幼鸟——赤裸裸的，一只摔死在岩石上，一只被树枝压成了泥。随后，我就看见越来越多的鸟在山顶上盘旋。有老鹰，有鹞，有隼，它们发出低沉的叫唤，身羽在阳光下射出冷光。

砍树的声音消失了，大伙看到头顶一幕，扯着嗓子问我咋回事？我支支吾吾，说一棵树砸死了两只幼鸟。他们兴奋地爬上来，就这件事议论了一阵，接着又去砍树了。刚砍了几斧，山下林子里飞起成群的山雀、黄莺、暗绿绣眼、白腰文鸟，它们迅疾地朝对面山上飞去……

大伙一如往常砍树，我却感到双手滞重，连斧头都举不起。这不仅因为疾病的困扰，而是感觉不对劲。整个上午，我再没有听到一声鸟鸣，大山里只有我们砍树的声音。我坐在被太阳晒热的石头上，一棵棵树倒在身旁，叶子散发浓郁的类似油漆的味儿。白云投下铅色的阴影，一丝风也没有……

尽管砍树对于我们，已经是理所当然的事情，我却突然想起我爹曾经说过的禁忌。那时候，开斧之前必须码起一堆石头祭拜山神。山神是每座山都有的，有的山神凶煞，有的山神慈悲。听爹说过，山越深越容易招惹山神，所以进深山不准猎杀怀孕的母兽和幼兽，砍树也只砍大树。想起这些，我不免后怕起来。因为吃午饭时，我们都从山的高处下来，在一处阴凉处坐下，打开各自的饭盒，竟然发现每个人的饭盒里都爬进了蚂蚁。这是怎么回事呢？我吓得无法吃下去，把饭盒重新捆扎好就上了山。

接着，就听见下面有人喊叫起来，我以为有人被倒下的树压住了，下去才知道老济公被山蜂蜇了，一只眼睛像公猪卵袋那样肿起来。老济公看见我，嚷嚷："痨病鬼！就是因为你砸死了幼鸟，滚开！"——自从分田单干后，很少有人拿我的疾病羞辱我了。当他再拿我来出气，我就冲上一步，朝着他的胸口搡了一拳。我们被大伙拉开了，都劝道，不要吵了，树得抓紧砍掉，听说乡里马上就要成立木材检查站了。可是大伙刚回到各自树下没砍一会儿，耕马突然被蛇咬了。那蛇与树下的箬竹丛一个颜色。

　　大伙七手八脚，用刀割破耕马被蛇咬的伤口，把草药和毒蜘蛛捣碎敷在上面。我们让肿着一只眼睛的老济公陪着用绳子扎死胳膊的耕马赶紧回家。然后，剩在山上的人就都没有心思砍树了。第二天，我们凑了几块钱，买了半个猪头和两斤黄酒，在龙坑的平坦处垒砌石头祭奠过山神，怪事才再也没有发生。

　　这之后，我们在战战兢兢中把树全砍了。

　　说也奇怪，当树全砍了，笼罩在心头的那种敬畏心理一下子就消散了。我跟大伙一样，眼看分树在即，开始盘算起树能卖多少钱，这些钱怎么花。我仿佛看到了治疗气管炎的药，看到了给孩子买的五花肉，看到了给爱莲买的新衣裳，看到了每个人脸上的笑容。而且，我还想到了带爱莲和孩子们去平原玩。但是，由于龙坑与吴村相距太远了，那些砍倒的树还必须保留着枝叶——因为刚砍的树有水分，非常沉，保留枝叶能继续汲取树中水分——为了能在短时间内加速树干的风干过程，我们还要在树干的根部，用斧头凿一个小洞，倒入一点桐油或者煤油，这样，树干里的水分就会被往树梢跑的油分子追着跑，加快蒸发，行内人管这叫"抽丫"。如此这般，既是为了砍倒的树干得快，背树省力，也是为了在某个涨水的日子，可以将半干燥的树扔进金塘河，利用水流运到吴村去。

　　一个星期后，大伙凑在一起问"该去了吧？该去了吧？"都担心哪天乡里真的就禁止树木运出山了。虽然都知道树还很沉，但是老济公他们已经等不及。于是我们别上砍刀、穿上破烂衣服，开始用砍刀删去树枝，断掉树梢，把树背到开阔地带。被归类、剥皮的树，一棵一棵，又白又净，立成一个个架子。

　　这过程同样伤筋劳骨：树枝删得不干净，背树的时候树枝的茬会扎进肩膀；而且剥皮的时候，剥皮人要掌握好下刀的力度，力下大了会砍伤树肉，留下刀痕，力使小了，剥皮就会变为削皮——削皮的坏处是，树干上残留着的树皮会继续渗出树脂，黏得要命。但是不管怎么说，剥皮总比砍树心情愉快多了。

　　等到休息时，大伙又嘻嘻哈哈起来，说小赖子老婆与平原人如何打情骂俏，相互揩油，为了挣钱小赖子夫妇连脸面都不要了。又说有一户人家的女儿看上了一个来村里买树的青年，那青年也是穷得屌丢了都没有钱赎回去的主，是给别人推独轮车卖苦力的。老济公说："牛栏仔，卖了树赶紧把她抢回来，肥水不流外人田哪！"牛栏仔是耕马的大儿子，他是代替他爹来干活的。他回嘴道："嗯嗯。可惜你家桂花许配给人了。"

就在大伙这么议论的时候，不知道为什么，我突然想到了爱莲，她会不会也爱上平原人中的一个呢？这想法让我有些不舒服，我就想爬到山顶去透口气。当我呼哧呼哧地爬到我砍过树的地方，心紧了一下。倒不是飞来两只抓人头皮的鹞，而是看到倒在山顶上的树减少了。

　　山那边，正是隶属龙游县的山庙村，与我们村有着世代的仇恨。这仇恨多源于地界的纠纷和相互偷树的矛盾。兴国、老济公和牛栏仔等人，都曾经去山那边偷树被对方抓到过，遭遇过挂牌游街的耻辱。当然，我们也抓到过山那边的人，抓回后除了游街还拿鞭子狠命地抽。

　　看到此番情景，大伙一致认为，树是被山那边的人偷了。他们嗷嗷叫了一番，就往山那边去了。仅剩下我和螳螂、汉匡几个，一边干活，一边盼着他们回来。我们当然希望树被追回，可是，中午吃饭时他们没回来，下午太阳西斜，还是没回来。螳螂叽叽咕咕，派我去山顶张望，我不愿去。后来是小个子的汉匡去了。

　　当我们在繁忙劳作中，渐渐忘记汉匡去山庙村打探的事，突然山上响起了他的尖叫，他就像一块越滚越快的石头往山下跑。接着，我们就看到无数鸟雀从山那边飞来，不是鹰，也不是鹞，而是小型鸟类，瞬间消失在苍穹下。

　　"到底怎么回事？"

　　"他们几个呢？"

　　"他们、他们被抓了……"

我们拿不定主意，要不要翻山去做增援。想来想去，就继续干起活来。不知不觉，太阳滚下山坡，天色迷蒙起来，这时我才想起，往常这个时候早就收工了。我们的人怎么还没有回来呢？我们不得不往山顶爬去——在山那边，群山蔼蔼，我们朝山那边呼喊兴国等人的名字，喊了没几声，有蝙蝠从山下岩洞里飞出来，吱吱叫着。天很快就暗了。是下到山的那边去，还是选择回家？正在这时，山下林子里响起沙沙沙的声音。

"谁？谁啊？！"我们同时问。

"我！！"

树下灌木丛里出现一个头，昏暗中也能看到冒热气，等来到我们跟前才看清是没有几根毛发的老济公。他满头大汗，告诉我们，他们几个跟着偷树贼留下的痕迹找到了山庙村，在两户人家的院子里发现了我们的树。那些树已经剥过皮，但是仍能认出从我们这儿偷走的。他们从树龄、干湿度、斧刃宽度进行辨认，对方蛮不讲理，说自己的树就是自己的树，哪来那么多道理。

"然后呢？"

"就打起来啦！"

回到家，我越想越不安起来。一路上，老济公都在讲他们与山庙村人怎么打架："半个村人都拥来了，这些贼，以多欺少，还要不要脸啊！"骂了一通，又说，"你们也不赶过去凑个人数，生产队解散了，但咱第四队的人还得一条心哪！"

老济公讲的无疑是真的，在我们这儿打架可不是坏事。相反可以因此成为英雄，或者地头蛇，被人敬畏。我由此断定，明后天两村人还要接着打。果不其然，次日一早，进山的队伍里多了耕马家的另外三个儿子，兴国的兄弟和侄子，老公鸡的儿子和女婿，还有几个以前因为偷树与山庙村结过仇的人。他们浩浩荡荡，直奔山岭那边而去。

留在龙坑继续干活的，只有我和汉匪、螳螂等人。我们将树一棵棵删枝去梢，从乱七八糟的藤蔓（没有了树荫遮盖，藤蔓再次疯长起来）或者灌木丛、箬叶丛里拖出来，然后根据地形寻找合适剥皮的地方，将剥完皮的树立成一个个晾晒的架子。树在阳光照耀下，雪白、干净。

总的说来，我对打架没有特殊的兴趣。这可能跟我的体质有关。在这个前提下，我已经习惯本本分分地活着。可是，从小到大我看过太多打架，在我们村、在山乡，我看到一个人如何将另一个人打倒，打得鼻青脸肿，头破血流；我看到一群人如何将一个人五花大绑，在他脖子上挂上"地主""右派""反革命"的牌子，推到台上去跪着……所以我想象得出，当我们村里人去了山庙村，两村人对峙的场面，你拿着棍棒，我拿着砍刀，他抡起锄头……

这些都是听来的：比如耕马家的三个儿子如何为解救他们的大哥，与山庙村人拳打脚踢，扭打；老公鸡的女婿如何招架不住，被山庙村人扔进臭水池，老济公的儿子拿刀砍人；兴国的兄弟，一个鼻梁断了，一个肋骨断了。还有其他人，或胜或败，两眼充血地回到山这边时，显得义愤填膺。他们一方面告诉我们谁谁受伤了，"你们必须也要去，这是为我们公家的事情"；另一方面告诉我们对方如何受挫，满地找牙，"这一回，可让他们记住咱村人的厉害了"。

我没有参与打架，不表示我对集体的损失无动于衷，而是无能为力。连日的劳作，已经把我折磨得半死不活。爱莲看到我把肺和肝都从喉咙里咳出来的样子，说，你休息几天再上山吧。我想想人家，为了公家的树去山庙村拼命，怎么好意思躺在床上呢？我真后悔那天是我发现树被人偷了。要是我不说，他们可能都搞不清在山顶砍了多少树。在这样的情形下，我跟那些人的家属一样不得安宁。

最后，我们村里的干部终于出面干预了。民兵连长国梁负责跑来跑去。谈判是在我们村进行的。山庙村来了许多人，我们村跑去看热闹的就更多了。那是吴村历史上数一数二的大谈判，大会堂里挤得跟看样板戏一样，但是整个村子安静得可怕，连四处乱窜的狗都不知躲哪儿去了。上午的谈判结束后，与山庙村人存在亲戚关系的人家没有一个去请他们回家吃饭，他们不得不在代销店买饼干充饥。晚上是回家去住的，第二天再重新爬过山岭。

第三天，那时天快黑了，我和小麦丁、汉匡几个从龙坑干完活回来，没走到村口就遇到了山庙村人，我跟着大伙走在路中央不给让路，没想到对方也不给让。"怎么的？这是吴村地界上！"螳螂壮着胆子大吼一声。

"该赔的已经赔给你们！现在我们是客人！"走在最前面的山庙村人朝路基吐了一口痰。不过，他们最终站到了路基边上。我们从这些人身边经过，闻到了一种类似水银挥发的仇恨气味。走了一小段路，听见他们冲我们吼："吴村狗记住！以后不要让我们看见你出现在山庙村——"

鉴于山那边的敌对情绪，以及我们的树还搁在随时被偷的区域，又一天，当被山庙村扣押的兴国等人从山那边放回来，我们立刻商议起分树的事情来。此时，那些被砍的树已经被我们几个剥完了皮，并且大部分从山坡或拖或滑到谷底。整个谷底，看上去全是赤条条的树，白花花一片。

我们都没有想到，这块长了很多岩石的山能产这么多树，根据螳螂粗略计算，每个人口能分到三十来棵。这是单干之后数次砍树的历史上没有过的。因此大伙都有些兴奋起来。树是按三个等级分的，也就是能做柱子、梁子的大树先抓阄分完，再分能做楼栅、檩子的中树，最后再分能做椽子的小树、杂树。为了分得公平，我们要在每棵树上写上编号。又因为每户人家都想占集体便宜，抓阄过程难免引发争吵（那种跑去与山庙村人打架的团结早就烟消云散了）。尽管这样，吵吵嚷嚷分了三天，树分完了，每户人家倾巢而动，带着绳子、拐杆来到了龙坑。

那一天爱莲带着山子、庆子也来到了龙坑。

"咋分了这么多啊！"爱莲笑起来有两个小酒窝。

我们都有些按捺不住喜悦。我安排两个孩子背最小棵的树，二十来斤的样子。爱莲背中棵树，九十多斤的样子。我自己则背了一棵大树，足有一百二十斤。不是我力气大，而是在我们这里，哪家男人不背棵大树呢？把大棵树留给女人背是要被人耻笑的。所以我无论如何要背一棵大树下山，挪也要挪下去。我用右手环扣树干，起肩后，左手紧握拐杵，它既可以当拐棍支撑身体平衡，也可以把它放在左肩再伸到右肩的树干下面轻轻往上撬，这样，树的重量便会通过拐杵分一部分给左肩承担。

经常干活的人知道，背树比挑粮食难多了，因为树不可随意减轻重量，而且容易撞到东西。从龙坑到金塘河上游的河畔，山路大部分筑在岩石峭壁上，为了避免连人带树滚进山涧里去，这一路只能背着树走。在树的压迫下，不管背树人体格多么强壮，沿着长满青苔的羊肠小道，所有人都得小小心心。一方面，要时刻注意不让双脚踩空；另一方面，还要对每一个拐弯的地方做出预判。

我的艰难状况就不说了。可怜的是两个孩子，他们还从来没有背树的经历，不会使用拐杵，更不懂得"打一杵，换一肩"。累了，肩膀疼了，只懂得把树扔在路旁，歇够了再重新蹲下去起肩。那是挑战极限的起肩，一口气站不起来，就会被树压趴在地。虽然一棵小树压不伤身体，但挫败的感受是令人崩溃的。当我呼哧呼哧地把树背到天子山一带，已经有人背完一趟往山上返了。

"得令啊，你快下去，两个孩子正坐路边哭呢！"

我以为他俩怕累、不想背，也就没有放下树先跑下去看看，等我背树到一处崖壁，看见两个孩子果真坐那儿哭。我那时已经快要累瘫了，流进眼里的汗不方便擦，感觉我是在一片火焰里站定了，我凭着经验让身后的树梢一端着地，再用拐杖把树支在崖壁内侧的岩壁上。我用衣袖擦了一把汗，知道不能骂他俩，但是愧疚的感觉让我窝火，我忍不住把两个孩子骂了。这一骂，吓得他俩不哭了，只是委屈地看着我。汗在后背流淌，衣服贴在肉上很不舒服。

　　我也顾不了，说："还愣着干什么？接着背下山去！"

　　庆子推了推山子，山子这才一撇嘴，说："爸，我的树……掉进沟里去了。"

　　庆子帮山子说："哥哥还受了伤。"

　　我的气有些喘不上来："伤哪儿？"

　　山子把胳膊伸出来给我看，胳膊肘上一片血糊。

　　我的心疼挛了一下，说："胳膊碍你走路了？"

　　山子又撸起裤管，膝盖处也是血迹斑斑。我不得不抓住岩壁上的草，猴子一样下到八九米深的涧里去。树已经被水打湿了，我的草鞋和裤子也湿了。我喊住往山上返的汉匡，让他帮忙把树拽上去。等汉匡走远，我就让两个孩子继续上路。山子微微瘸着，但能走路。我知道走几步，血液活络后疼就减轻了。

　　那天结束，我们背下山有大树一棵，中树九棵（有三棵是我背的），小树六棵。我们把树堆放在金塘河畔一处相对开阔的高地上。在天黑下来之前，除去预留出要接着往家背的树以外，剩余的树用绳子和藤蔓捆绑在一起。

金塘河暗沉沉的，像血管里冷却的血，在巨石与卵石之间，河水从上游的井上村流下来……这时我已经没有一丝力气，像垂死之人倚在一块巨石上，怔怔看着那些咬人肩膀的树，就像看着一堆在搏斗中死去、僵直了的蟒。

我们都有些拿不定主意，要不要留下一个人看守树。最后大伙推举我留在金塘河畔。我守夜的回报就是每户人家将帮我背一棵树下山。天黑后，爱莲帮我送来了铺盖卷、手电筒和一盒米饭。她离开后，整个石滩就剩下我一人。我在窝棚里铺上干草，再把被子折成对半，一半垫在身下，一半盖在身上。

一晚上，我被小腿肚抽搐疼醒两次，被咳嗽呛醒一次。我还听到野兽的呼吼，刺破压抑的水声，嗷呜，嗷呜。莫名其妙地，我想起大伙曾经说起小赖子老婆与平原人打情骂俏的事。那些平原人，一个个比我长得好，他们有力气，不会让女人受苦。我真想打着手电筒回家。可是等天亮了，我又后悔不该这么想——快要被树压垮的人，谁还有精力去打情骂俏呢！当我看到爱莲带着孩子还有我的早餐，任劳任怨地回到热闹起来的河畔，我低下了头。

我开始佩服起耕马的几个儿子，以及兴国、老济公、小麦丁等人，一趟趟地上山、下山，上山、下山，背树背得背弓起来，耳朵根的青筋一直涨到喉结上，但没有听他们说一声累。

他们的家属也是如此。老济公的老婆平时无声无息的，好像村里不存在这么个人似的，没想到就她背起树来，跟男人一样。

三天后，耕马家第一个把树背下了山。四天后，老济公和小麦丁也把树全背下山了。而我家，只背下来一多半。这还包括我用守夜换来的那几棵。可我已经尽力了。对我来说，树再背下去，已经不是能不能完成任务的问题，而是要不要多活几年的问题。我背着拐杖和绳子上山都有气无力的，背树走上三四十步就得赶紧靠边、用拐杖把树撑在地上，嘴张着呼吸。以至于我一趟只能背两三棵小树，连中树都不敢背。更难过的是，又过了两天，当我哀声怨道、还只想着如何背树下山的时候，另一件事发生了——

那天清晨，我还躺在窝棚里"挺尸"，晨曦开始照亮万物，小麦丁一早从村里来，他说得令你知道吗，上面出政策了！我说，出什么政策了？他说从这个月起，不经过审批，以后真就不准砍树卖了呀！……怎么会这样？！虽然这件事大伙早就在说，但是没想到会发生在这个时候，说发生就发生了。我坐在薄凉的石滩，感觉就像当年听到不能让我去当兵的噩耗一样，身子忍不住微微颤抖……

那条通往龙坑的路，突然变得那么绝望。我对爱莲说："咱回去吧！就让剩下的树烂在山上吧！这折磨人的玩意儿！我再不会指望它卖钱！"我的力气就是在这哀怨中，就像一个气球漏气一样，一点一点瘪下去的。"如果不是为了钱，白送我也不要背这些树了！"我实在没有毅力再坚持下去了，有种想哭的感觉，我真想躺在路上，就像一个喝醉酒的人，管它接下来该怎么办。但是我看见爱莲背完一趟，喝了些水，又上山去了。

我只得对跟在她屁股后面的两个孩子说："山子，庆子，你们回去吧！回去带弟弟去。阿囡一个人在家哭呢！"他们两个晒得又黑又瘦，经历过前几天的非人折磨，还有我的打骂，现在已经能顺利地把小树背下山来。"我叫你们回去，听见了没？"他们还愣在那儿，仿佛怀疑我的话是假的。

我的眼睛湿了。这都他妈的什么日子！然而，我又想到，万一这只是传闻呢，或者我们的树还可以补办审批手续呢？我就什么话都说不出来了。我又老老实实地跟在他们身后……

我们最终把树全部背下山了。那棵最粗大的树，就跟历次分树一样，又是留到最后我和爱莲抬下山的。抬一点也不比背省力。因为山上基本没有笔直的路，两个人相互牵扯着，不停地跌倒。当爱莲一脚踩空跌到沟里，树也跟着滚了下去。我看着自己的女人像中枪的野兽一样，在杂草丛里挣扎，爬起，心里翻滚着说不出的窝囊。我扔下她和树往山下走，我没有勇气面对这场景。

"你干什么去，你给我站住——"爱莲喊我。

我说："树背回去又没人要，你为什么要折磨自己？"

她吼起来："你这就肯定树没人要啦？！"她突然哭起来了，"——是你要这样折磨我啊！你知道你每说一次树没人要，我心里的感受吗？——你个死棺材，老虎叼的，没有树，我们家还有什么可换钱的东西吗？你告诉我……"

　　不几日，有些人家已经把树全部背回去了。此时的金塘河畔的高地上，尽管还堆着我家、螳螂、汉匪等人的树，但是我已经不用再守在这里了。树都运不出山了，谁还会来偷呢。那天我背着铺盖卷，走走歇歇……虽然在整个砍树、背树的过程，我没有一天不身心煎熬如同受刑，然而，终于把树从肩上扔下，人反而负重千斤一般，回到家后就生起病来。

　　想想从开始砍树到如今躺在床上，这期间的劳动强度于我而言是致命的。那种累，只能说类似想死又死不掉的梦魇。我昏昏沉沉的，躺在疾病的无助与窒息里，仿佛又看到许许多多黑色的鸟，老鹰、鹞、隼，发出低沉的叫唤，在龙坑上空盘旋；还有形形色色的动物，野猪、黑麂、兔子，失去家园，在黑暗里，眼里闪着寒荧荧的光；还有那些倒下的树、杉树、松树，流着树脂……

　　我不知道该庆幸自己挺过来了，还是应该悲哀自己没有因此死掉。我又一次想起年轻时，我的身体是健康的。我年轻时还验上了一等兵，但是由于成分不好被刷下来了。其实，我爹既不是大地主，也不是恶霸，我家的祖业在解放前几年就败落了。据说一部分田地，是与有福家为争地界打官司，被迫卖掉了许多。后来，长工佃户跟着红军闹革命，我家地租损失了不少。再加上日本鬼子进村，撒下毒药，我家人传染瘟疫死了很多，从此一蹶不振。解放后，恶霸有福爹、地主小斤爹被解放军押到村口枪毙，我爹则有幸逃脱了被枪毙的命运。只是那以后，被划为富农的他要随时接受思想改造，同时也连累了我。

那年，是我断了当兵改变命运念头的第二个年头，我被大队干部派到金塘河下游的莘畈（现已淹在水底）修筑大坝。我是去接替我爹的任务的。我被分配到采石场，挑石头、开石方，帮爆破手扶铁钎砸孔，我以为在工地上只要表现好、肯吃苦，就能改变不红不专的出身。结果，我白天与石头、粉尘打交道，晚上躺在一座破庙的地砖上过夜，天气冷了，我得了重感冒，却不治。偏偏这时候，那个势利的女人提出了分手，我成了行尸走肉……大坝建成时，感冒已经转成慢性支气管炎与哮喘……

而今，水库蓄水已经多年，它横亘于绵延群山与广阔平原之间，集防洪、供水、灌溉、发电于一身。淙淙流淌的金塘河，日夜奔流，流进这碧蓝的、群山环抱的库区，仿佛这是一个自古就有的自然湖泊——成千上万人的力气、汗水、移民、远走他乡，都仿佛被人遗忘。据从镇上回来的人说，现在一路上都会看到"封山育林，保护水源"的宣传标语。在水库大坝上，政府已经建起木材检查站，没有一辆独轮车和一棵树，能逃过木材检查站的拦截。

平原人只好到别的地方去买树了。或者，计划建造钢筋水泥的楼房。

现在，我们山里人不得不闲下来了。曾经有过砍树背树的繁忙，每天磨斧头砍刀的耐心，想着这棵树卖多少钱、那棵树卖多少钱，还有爬山砍树时那种热热闹闹的场面，都像是发生在生产队时期的事情似的。我们都有些不习惯起来。没有了独轮车的嗒嗒声，听不到平原人的讨价还价，村子里空洞得可怕。而那些突然卖不出去、横七竖八的树，就像一场洪水退去，被水淹过的稻田里留下成堆的油泥和垃圾。树在一夜之间成了最扎眼的多余物，就像不待见的远房亲戚存放在自己家的空谷仓，它不但侵占了原本逼仄的空间，也令人想到从中挑走的粮食。

磨刀六的猪肉也开始滞销了。这个洋洋得意的家伙吃胖了。他杀了不少猪，挣了不少钱，以为这钱可以永远挣得这么容易，有段时间去买肉他不允许你有选择，他卖给你什么都得接受。因为那时候村里人都争着买肉，每次抢到一块好肉拎着回家，仿佛胜利而归。而现在看着最好吃的后臀尖肉乏人问津，磨刀六不得不挑起担子沿街叫卖。那叫卖声里充满愤怒，气喘吁吁。

人们都在等待着。等待一种确切的生活。如果树还能接着砍，他们是不在乎买几斤肉吃的，但是以后永远不准砍了呢，就得把钱省下来。既然分到手的树都能被禁止买卖，谁知道以后责任田承包山会不会被收回去呢。当然，这样的忧虑只属于每一个家长，孩子们是不会去想的，他们为再也不用劳筋苦骨地背树感到高兴。他们在街巷里跑来跑去。年轻人则聚集在经销店里吹牛、打牌。经销店是新开的，店主正是做什么事都偷奸耍滑的螳螂。他开经销店是挺适合的。

这一天，我身体稍好了些，想去看看地里的庄稼怎么样了。当我路过经销店，听到里面吵吵嚷嚷的，再接着就看到村支书锅盔带着一群人从店里走了出来。其中有两个肚子鼓鼓的，我能认出其中的一个，当年造水库的时候，他还是一个瘦弱的青年，没想到如今胖成了这样，更没想到他也是木材检查站的人。村里人听说来了木材检查站的人，就都涌到了锅盔家，叽叽喳喳着，询问禁树的事。

那几个人回答得很肯定："以后不经审批，一棵树都不准砍。"

"那让我们怎么活呢！"

"该怎么活就怎么活。"

"你们就不想想，山区耕地少，连稻谷都不够吃呢！"

"这问题你们得向县政府反映去。"

村里人再没有得到更多的信息，等到这波人去了民兵连长国梁家吃午饭，人又都涌到了国梁家。但是国梁把他们轰出来了。

"奶奶的，有你们这样馋的吗？馋得想啃我家的桌腿不是？"

村里人就坐到桥头，等着吃饭的人出来。等了两个小时，那边还在猜拳。

"这都是因为水库里的水，要变成汤溪镇上人喝的自来水了！"

"这跟砍树有狗屁关系！"

"怎么没有，砍树发洪水，洪水会让水质变差。"

"可我们呢，就该喝一辈子西北风？！"

愤怒就像干柴，一点就着，聚集在桥头的人越来越多了。

当那几个人喝得晕晕乎乎从国梁家出来，人们又不约而同地围了上去。也不知道是谁带的头，呼喊起来："我们要吃饭！我们要砍树——"但是，那几个干部没有丝毫在意，其中手拿一个铁锤样东西的，还朝人群扬了扬手，吼道："封山育林是上级命令，都给我走开去！"那人的声音低沉，却像一只豹子发出的音。当他们就跟什么事都没有发生，拍拍屁股走了后，人们才发现站在台阶上的国梁的胳膊上多了一个红袖套，上书"综合巡逻"。

国梁恶狠狠地说："都乡里乡亲的，《饮用水源保护管理条例》我就不念了。开门见山地说吧，以后，咱村！至少十年之内，没树砍了。条例上写得明白，不到三十年树龄的林子，一律不给批。咱村呢，这几年把十五年树龄的树都砍得差不多了。所以今后，除了自己家造新屋、打家具什么的，一律不准砍树，都听明白啦？"

我又想起我验上一等兵那年，那个当兵名额最后落在了二等兵国梁身上。他是当时的某大队干部的侄子，其后他在邻省当了三年伙头兵，服役期满从部队回来就当上了民兵连长。这虽然是个小官，却要负责兵役登记、征兵工作和民兵训练，还要担负树林防火、维护社会治安等任务，所以很受重用。在树木禁伐的日子，村里人明显感觉到，戴上了红袖套的国梁每时每刻监视着每一个人。在他的监视下，有人上山砍柴，本想砍一棵小树挑着柴火回家的，结果想想国梁将跳出来抓住小偷似的盘查，砍刀抡到半空又收回去了。

村里人对国梁很反感，看见他从身边走过就往地上吐唾沫。也有人当着他的面把树拉到街上，拿锯子将树锯成若干段，再用斧头将树劈成柴，码在自家屋檐下。有一次小赖子喝醉了，东倒西歪着，直接跑到国梁家去骂。国梁说："你他妈的开旅店没有生意跑我这儿来撒娇？我揍你！"小赖子说："你就是木材检查站养的狗！"结果国梁几脚把他踹倒了。小赖子艰难地爬起来，直着脖子说："禁你妈的×呀，禁你妈的×呀！"他反反复复地骂，带着哭腔。我想，小赖子借酒浇愁，是因为他心里清楚，他家再也没人去住了，而且他把老婆都赔出去了吧。

可问题在于，禁树令颁布之前，人们已经尝到过卖树的甜头，难道那些背回家的树当真要当柴火烧掉吗？我想这样的柴烧出来的饭菜，吃起来也会有一股苦涩味吧。因此，人们在小赖子的带动下，躲在国梁监视不到的地方，诅咒禁伐令，诅咒国梁，诅咒木材检查站。诅咒完了，心里好受些了，这才背起锄头扁担或者簸箕背篓，到田里干活去了。不管怎么说，山里人活命的本钱，除了树木以外还有庄稼。庄稼已经成熟，总得先做要紧的事才对。于是忙忙碌碌的秋天，在一种略显失落的叹息里到来。人们开始挖红薯、毛芋，摘玉米，砍大豆秆、高粱穗，收割晚稻。繁重的劳动，就像砍树背树一样，一方面暗含着收获的喜悦；另一方面也把人累得麻木迟钝。所以，直到秋天接近尾声，特别是屋前屋后的树妨碍到粮食的晾晒，关于树的话题才又被引了出来。

村里人当然是期盼着平原人进山的，虽然平原人狡黠，往死里压低树价，但是只有从他们的口袋里能掏出钱来。可是平原人真的像候鸟那般飞走了。随着秋季结束，期望越发渺茫。如果说前阵子平原人也忙于收割，那么现在不是已经结束了吗？人们四处打听别的村是不是也卖不出一棵树了。结果都一样，整个金塘河流域，不经审批都不准砍树了。

有一天，天还黑着，耕马带领他的四个儿子每人背一棵树，决意要把树背到他的妹夫家去卖掉。他的妹夫住在平原，他有理由说，这几棵树是在禁令颁布前砍的，早就答应送给妹夫造屋。可是这样的理由说服不了检查站的人。为了证实没有说谎，耕马还打电话叫来了他妹夫。但是检查站的人说，我们只能放走经过审批的树。什么是经过审批的树？首先在树龄上达到三十年，其次还要检查树上是否敲过钢印。那钢印是要提前上山数过树桩，核实之后才给敲。

耕马虽是一个粗人，平时仗着四个儿子动不动跟人撸胳膊，这时却也懂得软磨硬泡，他让大儿子去大坝下面买烟，还要请检查站的人"来吴村喝高粱酒、吃黑麂肉"。检查站的人厌烦至极，扣下他的树让他离开。耕马伙同四个儿子在检查站大闹一通，然后逃之夭夭。这事在整个山乡产生了极其恶劣的影响。

继耕马之后，还有村里人尝试过运树出去，他们不坐柴油机船，而选择背树绕道而行，他们在水库两岸的山上像逃荒的人那样走上一天，但无一例外在水库大坝下面的公路上，被骑三轮摩托的检查站人拦截。于是检查站、审批、钢印、水源保护、违法、没收等等概念，就刻在了每个山里人的内心。

随着天气转冷，稻草剁和枯草上结着厚厚的霜，我的老毛病如期到来。我通宵咳嗽，人就像一辆发动不起来的拖拉机。这一天，在太阳出来之前，我还赖在被窝里，突然听到门外响起一阵陌生的脚步声。我一下子坐起来。

"得令，得令！"是兴国的声音。我不想理他，又想躺下去。兴国很没礼貌地掀开了门帘，说："得令，就你还躺着不知道吧？我今天要告诉你，我没有想到，没有想到啊！不允许我们卖树，干部怎么就可以卖啦？……"兴国再次重复"没有想到"的时候，我闻到了他嘴里隔夜的酒气。

我披了衣服跟他走到门口，阳光还在对面山上。

兴国说："这当官的，还真是脸皮厚呀！你绝没想到，检查站的人给咱村干部的树都敲上了钢印，他们的树神不知鬼不觉地运出去了。我这么说有人还不信，说他们家门口还立着树呢。那是他妈的摆着给人看的好不好？事情败露后，你猜怎么着？国梁说：'谁能把检查站的人请来，那是他的本事！你们哪，就是没丁点出息！等我们的树分批运出去，自然就会考虑把你们的树也分批运出去。我们村囤了这么多树，一窝蜂地往外运，检查站的人能都放行吗？'"

我听了这些，顿时心里乱糟糟的。我冷冰冰地应付几句，把兴国打发走了。据说他走后，又去经销店、代销店闹，甚至扬言，要像砍树一样砍掉干部们的头。但是许多天后，我发现什么事都没有发生。有人说，锅盔受不了他的纠缠，想办法把兴国家的树也敲上钢印了。也有人说，锅盔命令国梁教训了兴国一顿，他就此噤了声。有一次我在路上遇到他，想问他几句，他竟然像做贼那样溜掉了。后来听人说，村里包括兴国在内的很多人，都在和锅盔、国梁搞好关系。因为大伙心里清楚，只有他们能把检查站的人请到村里来。而检查站的人呢，还真来我们村喝过几次酒，至于喝酒之后有没有给人敲钢印，也只有他们自己最清楚。

这个时候，其实我也很想去讨好国梁。但是由于性格原因，要如此势利、肉麻地去讨好一个人，装出一副摇尾乞怜的样子，实在太难了。整个冬天，我都处于无望中。我想起撂在金塘河上游的树还没有背回来，有些后悔耽误了卖树的时间。在天气变暖之前，我的病加重过几次。到井下卫生站挂盐水，每次路过小赖子家，看见他家房门虚掩，狗躺在门槛上睡觉，我的心里就会难过起来。我不敢想象接下来，没有树卖该怎么办？我该怎么把孩子养大，为老人终老？

随着雨水渐多，我不得不考虑把背到金塘河畔高地的树先运回来。我准备用水运，即把树扎成木排，等待涨水顺流而下。我专门去了趟堆放树木的河畔，树都还在，而且颜色没怎么变暗，仿佛身价的变化对它们自身没有产生什么影响。这让我有些感动。回来的路上，我幻想着如何把这些树卖掉。如果是那样，我就能送两个孩子去上学了。就在前几天，学校新来的老师因为不知道我家情况，又来问两个适龄儿童怎么不上学。我当然知道知识的重要性。之所以没有急着让孩子上学，是因为1+1=2，基本的知识，我自己就能教。这样既省了学费，两个孩子还能帮妈妈干点活。他们的妈妈太辛苦了。可是，现在大的孩子按理说要上小学三年级了，不该再由我来教了。我也教不会了。

我想来想去，想不出很好的办法。后来，我就想到把树以最低价卖给国梁。尽管我因为当兵的事，一直不愿与他交往，但是他不是有办法偷偷往外运树吗？没想到这事差一点就谈成了。国梁说："我可不敢买你的树啊得令，我端着这饭碗就是要喝清汤的。但是我看你家确实也困难。这样吧，时间合适的时候我带检查站的人上你家瞧瞧，价格嘛，你们自己谈好了。"他这么一说，我暗暗怀着喜悦的心情，连爱莲都没有告诉，同时明白兴国他们为什么没有接着闹了。

万万没有想到的是，这时候木材检查站出了一件丑闻。有人发现大量木材上敲的钢印是假的，一是敲上去的字模糊，二是中间的五角星缺了一角。这事引起了检查站的重视，结果一调查，发现这些树大部分来自吴村。于是，那个制造假钢印的人很快就逮起来了，他正是国梁。这个家伙摸透了村里人急于卖树的心理，每次带回村的所谓检查站的人，十之八九是事先勾结的树贩子。他们以白菜价买走村里人的树，再敲上假钢印偷偷运走卖高价。因为每次打着国梁的名头，检查站的人就以为这些树是前阵子他们中的某一个去吴村敲过钢印的树，于是一律放行，直到这些树流入市场，有好事者发现钢印异常。

如此一来，我们村那些还没有卖掉的树就倒霉了。因为检查站的人不可能再轻易地给人行方便之门，也不会再轻易被人利用。这样，我本想去河畔高地运树回来的，还有孩子上学的事，只能搁置了。爱莲说："当时背树的时候咱只顾背树，这……就再也没机会了。唉，只得我多干点活，你留些时间教他们读书吧！"

我只能说："好的。"因为我只能这么说。

我不知道命运为什么要这样捉弄我。有时候，我真希望那是一个梦：在源远流长的金塘河没有被拦截成水库之前，我曾那么健康、爽朗，我十三岁就跟父辈去放木排了，那时候毛竹和木材都是通过水路运到平原上去卖的。祖辈们来往于山区与市镇码头，既能赚钱又见世面。我站在木排上能判断水流流向、避开漩涡，大人们都说我脑子灵、身手矫健，将来是块撑排的料。如今，水库把我们封锁在大山里了……

转眼到了春夏之交，正是下暴雨的时候，河水猛涨，浑浊不堪。由于连年砍树，被砍秃且被开垦的山在雨水冲刷下裸露红土，就像皮肤上生出血淋淋的疮。这是乱砍滥伐的危害。从这个意义上说，禁伐令恰逢其时。我站在自家稻田里，看着脚下惊涛骇浪，泥浆滚滚，一方面担心稻田被洪水冲毁，一方面担心河中漂过的是我家遗留在金塘河上游的树。我不知道该怎么办，眼睁睁地看着直扑过来的浪头嘭嘭地撞击田坎，浪头每次扑来都要卷走几块石头，执意要将田坎掏空。我看着整块整块往下掉的田土上，还立着刚刚插下不久的稻秧，翠绿翠绿的，转眼卷进浑浊之中……

我吃不下饭，也睡不好。当年参与水库建设遗留下来的剧烈咳嗽，在我的胸腔与咽喉处汹涌。两天后，雨逐渐小了，河水开始下降，不再像血那么黏稠了，但是岸上一片狼藉。我家稻田里大量螃蟹爬行，它们可能在寻找食物，也可能盲目地爬来爬去。还有不少燕子，在湿漉漉的田埂上起起落落，它们是要衔上一块上好的油泥，飞到谁家屋檐下去做窝的吧？

这时的水深最适合放木排了。我突然想起小时候，跟随大人撑排到兰溪去的那次，就是在这样的洪水退去之后，河床被洪水冲得平整，而涨起来的水还没有退尽。我的心竟然有些激荡起来。我决定叫上汉匡（河畔高地上只剩下我们两家的树了），一起把树做成木排放下来。这既是为了结束旷日持久的对树的惦记，也是出于安全考虑，万一有谁落水相互有个照应。事实证明，我的决定是对的，甚至意义非凡。

我愿意把这件事，当成是我这一生的骄傲——

我仍记得那天，我和汉匡在石滩上扎木排，太阳当空，天是蓝的，河滩上的石头渐渐烫了起来。扎木排需要大量藤条，我们正用它把树一棵棵捆在扁担那么长的横木上，抬头时，我看见不远处有一个人戴着斗笠，正看着我们。我从没有见过这个人，而且，他的斗笠下面还罩着一个纱罩……

"你好啊，"我站起来，跟他打一声招呼，"你是从井上村下来放牛的吧？"

"不，我是来你们山里放蜂的。"

"那你是养蜂人喽？"

"可以这么说。"

正是这个神秘的养蜂人，当他了解到我们的情况后，说出了一番让我们吃惊的话。他告诉我们，树在东南方向的遂昌县境内不但不禁伐，而且林业经济是非常受重视的。我至今记得那人的口音，汤溪方言里交杂着龙游话、遂昌话，甚至冒出客家话。我不知道他从哪里来又到哪里去，那次见面后我就再也没有见过他。

我想他一定是上天派来帮我们的，如果不是，那一定是山神发了慈悲。因为正是他告诉我们卖树的出路，让我们把树卖掉了……

养蜂人指明的那条路，其实就是古时就有的古盐道。我小时候就听爹说过，以前的挑夫就是通过这条崎岖山路，把温州、台州那边的盐，经遂昌挑到井上村，再由井上挑到井下，再由井下至山乡至汤溪、洋埠等地。事实上，这也是一九三五年红军翻山越岭，到我们这边来闹革命走过的路。当年红军到了井上村杀了一富农家的两头猪，我家长工麻一杆听闻，就从家里逃走，跟了红军，而后带领红军挺进上阳村，毙掉了雄霸一方的大地主炳文、炳武。从此我家惶惶不可终日，不知该做开明士绅，支持红军扶危济贫，还是等着国军来清剿。

那天，我和汉匡同样面临着两难的选择：我们还要不要继续扎木排，将木头运回家？还是听信养蜂人的信息，另作决定呢？因为在平时，我们习惯顺着金塘河往下游走，走过井下村、和尚村，渡过山乡水库……很少往金塘河的源头遂昌方向去。我已经记不清我们到底谁说服了谁，或者是我们共同的决定，我们抢起砍刀，砍断藤条，把扎好的木排拆了……

我们决定冒险。我们回家做了必要准备后，第二天就带着一身换洗衣服、两块防雨油布、一只水壶、一袋干粮、一双备用的草鞋，告别家人，逆水而上。当我们背上树——树已经风干，没有以前沉了——途经流沙坑、天子山，到达涡坞的时候，我明显感到追不上汉匡。因为背树上山比下山累多了，更何况，从龙井出发，挡在前面的是一座很高很高的山。这座山叫井台，站在吴村的任何一个地方眺望，都能看到它的顶峰耸立在正南方。

井上村就坐落在井台开阔处的凹地上。当我们气喘吁吁地到达这个状如铁锅的村庄，简单吃过午饭，接着还要翻越大石门、登步坑。一路上群山连绵，山顶着天，天压着峰，只有茂密的树林和潺潺的泉水做伴。好在当年挑盐的队伍、红军的队伍虽已散去，但是崇山峻岭间的古盐道被顽强地保存下来。

一路上，我们遇到好几处盐夫祭拜山神留下的石头堆，石缝里插着过路人折的细枝条，显然是当一炷炷香插上去的。鉴于曾经在龙坑的教训，我和汉匡每遇到一处石头堆就放下树，双手合十，拜上一拜。所以，我们虽然在深山里上高坡下陡壁，却没有发生什么意外。

我们在天黑时，终于顺利地到达野苍岭。我们找了一处平坦的岩石，点起篝火，铺上油布。夜里，我一直担心山上有狼，或者豺狗，但是只看到了野猪。第二天一早，我们收起油布，继续翻越野苍岭。中午，烈日晒在身上，那酷热就像要把我们全身的油都晒出来。有几次我累得连拐杖都扶不住，不得不把树扔在路边草丛，蹲下来喘息。汉匪见我没有跟上，几次返回来帮我背树。我们上到野苍岭垭口，终于看到长满青苔的界碑。然而下山的路，却没有想象的那么省力，岭的背面突然陡峭起来，我的双腿忍不住哆嗦。

　　"你不要往山下看啊，而要把眼睛死盯住下一步要迈的地方。"汉匪叮嘱我。这个小个子男人，因为老婆跟人跑了，村里人瞧不起他，这时候却让我肃然起敬。我按他的做法下山，双腿没有再哆嗦。等过了最难走的断腿崖，我们终于走到了相对好走的古驿道上。

　　下午三点多，我们终于到达目的地：遂昌县歇脚镇。在这里，还真有人开着拖拉机收购木材。而且树的价格，要比卖给进村的平原人贵了好多。我和汉匪高高兴兴地卖了树，在镇外小河里洗了澡，在凉亭里歇了一晚上。

　　天蒙蒙亮，我们再沿原路返回的时候，看着高耸入云的野苍岭，连我们自己都十分感慨：昨天我们是怎么从一条山脉翻越到另一条山脉来的，而且还背着树。

　　因为返程不负重，加上心情放松，我们紧走慢赶，来时花去两天的路程浓缩成了一天。进村的时候，我偷偷地摸了摸口袋，口袋里放着卖树的钱——虽然在歇脚镇，我为爱莲买了一条丝巾，给两个孩子买了一个书包，钱花掉了一多半，但是足以让我把腰杆挺直了。

半刻钟后，我就看到我家的烟囱冒着烟，庆子带着弟弟在门前跑来跑去的。阿囡看见我回来了，"爸爸爸"地叫起来，大老远跑过来抱我，我们的眼圈顿时就模糊了。"阿囡，"我说，"这是我给你们三个买的书包。哥哥用过了再弟弟用。"——我这才发现，我光记着两个大的要读书，忘了给最小的买糖果了。可是孩子们并没有意识到糖果问题，争先恐后地要背书包，从来没有这么高兴过。

我进屋，爱莲已经给我端来热水，要我好好洗洗脸、烫烫脚。当我把两只脚伸到热水中，脚底下成串的水泡破裂了，疼得我呻吟了一声。

"爸爸，爸爸，你这几天上哪儿去啦？"

"爸爸这几天，背树去遂昌了呢。"

"下次，你再去带上我们吧！"

"嗯呢。好啊。"我说。

但我在心里，想到这一路的艰辛，真希望这个世界上不会有第二个人走这样的路，毕竟荒凉的古盐道上早已没有了挑盐的人，也没有了红军战士，而砍下山的树就更不应该往山上背。但是，接下来没几日，我又开始做草鞋、缝补衣服、炒制干粮，准备出征。因为家里还有不少能换成钱的树，不卖掉实在可惜……

正因为此，爱莲说她也要跟我一起背树去卖。我没有同意。

然而，当我和汉匡再次出发的时候，我们村里有不少人，悄悄地跟了来……

那真是难以置信的一条生路。我永远记得我们的浩浩荡荡的队伍，每人背着树，握着拐杵；有人的拐杵底部包着铁，拐杵打在石头上发出铿锵声；有人年轻力强，健硕的脊梁冒着热腾腾的汗，背树不但不觉累，上了古道的制高点还唱起翻山越岭的小调；但也有人跟我一样，身体透支了力气，过崖时稍有不慎就会摔下深渊；加上山路上常有毒蛇，赶路人多了难免会有人被咬到……

我不知道，那期间到底有什么树从山的这边，由一具具肉身肩挑背负，翻越层峦叠嶂输送到山那边的遂昌地界，再由遂昌地界运送到需要它们的地方。可以肯定的是，在树木再次被禁运之前，这条曾经由沿海地区熬制的食盐运往内地必经的千古盐道，这一次却承担起了树木运输的任务。

不，我当然不是说这条路有什么了不起，只是在那特殊年份我们为了卖树，只能选择走这条路。靠山吃山，这原本就是世代山里人活下来的手段。慢慢地，金塘河沿岸及其源头其他隐没于丛林里的村庄，也有跟着我们背树到遂昌去卖的。当然也有遂昌那边的树贩子为了赢利，自己翻越野苍岭到我们这边来收购树，再雇人背过岭去的。因此，野苍岭下那个只有十几户人家的登步坑村，就成了野苍岭这边的木材中转站。这个小小的村子，因此诞生了像小赖子家那般的小旅店，我们中有些人去的途中会住在这样的旅店里，等第二天抵达野苍岭那边的遂昌地界，还要在正式的旅馆里住上一夜。

歇脚镇，毕竟是一个有着辉煌历史的古镇，古代的挑盐人要在这里吃好睡足，第二天才有力气翻山越岭。可以想见那时候有大量盐商、盐夫往返于此。虽然解放后由于公路铁路的兴建，古盐道逐渐被人们遗忘了，但是当我们这边出了树木禁伐令以后，木材的涌入再次让这个古镇热闹了起来。特别是像耕马家的儿子们，老济公的女婿、兴国的兄弟们，总有一些人在镇上卖了树，活脱脱变成了昔日从金塘河撑排出去、在兰溪城里潇洒一回的人。他们背着被肩膀磨得锃亮的拐杵，就像当年的撑排人背着长长的竹篙一样，人和拐杵及挂在拐杵上用于捆树的绳子和放衣物草鞋的布袋子，在歇脚镇上晃荡着。

有几次，我们还遇到了从另一条山岭上下来的山庙村人。他们也背着树。俗话说"冤家路窄"，没想到我们在遂昌地界会合了。我那时真担心来自金华县、龙游县这两个村子的人，会在遂昌县境内打起来。可是并没有。

"嚯，嚯！我一认出背树下来的是他们村人，奶奶的，立刻就把树横在路中央，问他们还认不认得我不？"耕马的大儿子牛栏仔吐一口唾沫，万分骄傲地说，"他们没哪个敢说话的，看见我拦住不让走，他妈的就跟做贼被抓一样。哈哈哈！"

"后来呢？"

"后来就有领头的给我敬烟来了！喏！哈哈哈！"

不管耕马的大儿子说的是真是假，总之，这事让所有背树过来的吴村人感到特别解气。他们去饭店炒上两个菜，喝了许多酒。而酒精的刺激和疲乏的解除，总是让人兴奋又轻浮。到了歇脚镇，我们村里人爱在旅馆里赌钱，在理发店里让姑娘洗头。只是，等到第二天醒来发现花钱太多，隐约的后悔，会让他们在返回路上闷闷不乐。不过，过不了几天，他们就会再次汗流浃背地出现在野苍岭上，像公牛那样喘息，像野兽那样嗷嗷欢叫……

　　不过，这条路，也就通行了两三年时间，后来木材检查站的人在去往野苍岭的大石门设了岗。于是我们这一带山区，就再一次成了交通与生存的死角。那些翻越野苍岭、肩膀生了一层厚茧子的背树人，就像推着独轮车进山买树的平原人一样，也很快消失在了历史的长河中。

　　再后来，我们村里那些背过树、尝过挣钱甜头的年轻人，就相约去了城里，在工地上卖苦力、在工厂里打工。再后来，很多山里人就没有了靠树卖钱的念想，事实上，也从此丧失了从事这项艰苦体力劳动的雄心与忍耐力——

　　是的，再也不可能有人爬到龙坑那么高的山上去砍树，更不可能在严寒酷暑中背着树翻越野苍岭，把荒芜的古盐道踩得路石发亮。而我，或者说那个时候的人们，就是这么砍树、背树，然后这么把树卖掉的。

阿巴东的葬礼

　　天快黑下来了。老满头的孙子在枫树湾等老满头回家。老满头的孙子叫明明，这个星期，一等放学他就跑到枫树湾等爷爷回家。爷爷出门好些天了，爷爷说，姑姑生病了，他去城里看望她。

　　明明知道，姑姑和爸爸其实在同一个城市打工。所以他在等爷爷的时候，脑子里时不时会想到爸爸。爸爸会不会跟爷爷一块儿回家呢？

　　不下雨不刮风的日子，尤其是黄昏，村里的其他孩子也经常来枫树湾等爸爸。黄昏时刻的枫树湾成了吴村最热闹的地方。

　　"你们看，你们看。车来了，车来了，爸爸回来了！"小茶壶的儿子坐在一棵板栗树的树杈上，他看得很远。孩子们都爬到了公路边的大树上。他们先是听见远处传来突突突的声音，然后看见稻田的背后蹿起一股白烟，滚滚向前。

小茶壶的儿子最早跳下树，往前跑，其他孩子跟着他，风把他们的头发和衣服吹了起来，就像一群惊飞的麻雀："爸爸回家喽，爸爸回家喽。"

三轮卡（一种由三轮摩托改装的运输车）就像气喘吁吁的巨兽停在了他们的跟前。孩子们在扑面而来的尘土中间紧张地站着，都不说话。戴墨镜的车主从驾驶座上跳下来，开口就骂："你们他妈的找死！撞死你不要我赔！"

说着，他走到三轮卡的背后去，拉开铁栓，打开两扇扭曲的门，车厢里面对面坐着七八个灰扑扑的庄稼汉。最先下来的是到镇上看病的一歹，他有胃病，下了车，"呸"的一声吐一口痰，蹲在地上。接着下来的是一个给上高中的女儿送钱的中年妇女，看见明明，扭头说："老满头，老满头！你的孙子等着你呢！"

明明的心跳加快了。当爷爷探出头来，他在下面接住了爷爷手中的袋子。袋子是那种能够拉上拉链的编织袋，很沉。爷爷将它小心翼翼地搁在公路边，问他："这些天你吃得好吗？"

明明说："我吃得很好，我会烧饭做菜，爷爷，这里面装的是什么呀？"

老满头的心哆嗦了一下，低声说："一只木盒子，你爸让我捎回来的，他还给你买了一些吃的。喏，在塑料袋里。"

明明兴奋地抢过爷爷手中的袋子，跑到孩子们中间："喂，喂，我爸爸给我捎吃的回来了！捎吃的回来了！"

孩子们并没有跟着明明往前跑，而是继续守在三轮卡附近。他们等到三轮卡离开了，才失望地问老满头是否在城里遇见他们的爸爸？老满头的喉咙给一块痰堵住了，他背着编织袋往前走了几步，撒谎说："都看到了，都看到了，他们都要我给你们带礼物，我说我背不动……他们过段日子要回来过端午节。"

孩子们追明明去了。

深夜，明明已经睡了，老满头坐在门槛上。门外头拥堵着呛人的黑暗。

"来福，过来！"狗在黑暗中摇着尾巴。

老满头摸了摸老公狗坚硬的头骨，热辣辣的眼泪滴在手背上，他哽咽着说："来福，你是建设从别人家抱来养大的，转眼十个年头了，如今，建设死了，就在门后头的盒子里。你再也见不到他。我跑到城里去，已经冻在殡仪馆的冷柜里……"

狗似乎听懂了老满头的话，走过去，嗅了嗅门后头的编织袋，用两只前爪撕扯着编织袋，咝咝地叫……老满头的两只手抽起了筋，他从墙上摸到一把倒挂在横杆上的锄头，他握住锄头柄，将它取下来……他的脸变形了，血撞击着他的脑袋，嗡嗡作响，他举起锄头，然后又将锄头放了下来。

他一辈子没有做过暗箭伤人的事。他身子一软，抱住受惊的狗，想哭，又拼命地忍着："来福，建设死了，我跟谁都没有说，建设是被人打死的，他命贱，歇工以后，在立交桥上卖一点旧书，城管来查，他跟他们吵起来，"老满头擦了一把眼泪，嘴角沾着口沫，"女婿陪我去讲理，一分钱不给。我哭昏在地上。我说我要把他运回来，女婿说建设一化冻就臭了……女儿要陪我回来，我说，你们请了这么多天假，老板不会乐意的。可是在吴村，没有一个人下葬的时候只有几两重，我儿一百三十斤的骨肉烧成了灰，没有身躯的魂儿，让他在哪里安身？来福……让我儿下辈子做一条狗吧！"

这一回，狗似乎没有听明白老满头的话，他被主人搂在干瘪的胸脯上，闻到了主人身上的汗臭、体臭，像烧焦的塑料一样难闻，它挣脱着，跑到外面去了。

屋外起风了，一轮弯月像一把刚刚打磨的镰刀挂在天上，他感到冷了起来。他关上门，走到卧室，将一条破烂的毛毯盖在明明的肚子上，明明在睡梦之中咂咂嘴，回报给爷爷一个微笑。老满头的眼睛又湿了。

第二天，天刚亮，明明就被一声狗叫惊醒了。他穿好衣服，叫了两声爷爷，爷爷不在。这时，在房屋的后头，又响起了狗叫，就像刀刮玻璃一样刺耳。明明绕过屋角跑过去，看见长满青苔的岩石与墙壁之间，爷爷就跟疯了一样用棍子打狗。狗低着头嗷嗷地叫着，棍子落在它的身上时，它就跳起来，往另一头逃跑，另一头被木柴堵死了，它掉过头来，悲哀地瞪着爷爷，狗牙露了出来。

明明冲上去，抱住爷爷："爷爷，爷爷！不要打来福，不要不要啊！"

"你去上学，别管爷爷！"

老满头推开明明，面色铁黑，眼睛血红，吓得明明坐在地上，哭了起来。他还是第一次看见爷爷这么凶狠，残暴。他看见他又一次冲上去打狗，狗被逼无路，咬住了他的腿，爷爷的裤角湿了，血汩汩地流到地上。爷爷将棍子再次举起来的时候，狗跃过明明的头，跑了……

爷爷就像死人复活一样，看见明明还坐在地上，吼道："你还不去上学？你想挨打怎么的？走你的路！"

明明背起书包，当眼泪涌上来的时候，他咬住嘴唇。他的嘴唇破了，他一点也不知道。

吴村小学在金塘河对岸。明明去上学，要经过一条又长又窄的街道，这条街道两边的房子参差不齐，有一些像患病的老人一样弯着腰。当明明路过阿巴东家的时候，他家的门口聚满了人。明明听见有人在说："阿巴东一定死了！"但也有的说："不要相信他！他又会活过来的。"

其中有一个长相像猿人的光棍汉，叫猪富，他对死人呀打架呀之类的事比偷情还热衷。他从家里找来梯子，架在窗户下面，噌噌地爬上去，吓得跌了下来。他那惊恐的样子惹得大伙儿都乐了。

猪富擦着冷汗说："这一回阿巴东真死了，躺在天井里，眼睛要么被鸡啄掉了，要么被老鼠吃掉了。两个空眼窝。太可怕了，太可怕了，我的老天爷，吓死你！"

人听他这么一说，都想爬上去看个究竟。看了之后，一个个重复着这样的话："太可怕了，太可怕了，没想到阿巴东落得这样的下场！作孽啊作孽！发臭了，肚子胀起来了……"

这时候，又有几个去上学的孩子背着书包经过这里，他们听说阿巴东死了，都争着去爬梯子。一个大人喊住了他们："都给我下来！看了做噩梦！让鬼掐死你！"

几个小孩乖乖地爬下梯子，他们想起阿巴东活着时的样子，沉默、阴郁、喜怒无常，阿巴东活着时的样子就够可怕了……他们不敢想象变成鬼的阿巴东是一个什么样子。

他们朝学校的方向走去。

小茶壶的儿子说："你们知道阿巴东一共死过几次吗？"

石匠的儿子说："三、三次。"

警兵的儿子说："不，四次。"

小茶壶的儿子说："告诉你们吧，他这是第五次死了。他真奇怪，我听说，坟墓他自己早挖好了。"

这时，小茶壶的儿子发现明明有些不快乐，问他："明明，你的嘴唇怎么破了？"

小茶壶的儿子个子小小的、瘦瘦的、耳朵很大、眼睛扑闪扑闪的。

"爷爷要打死家里的来福。"明明的鼻子酸酸的。

"那你有狗肉吃了！哈哈！"

"来福的肉我才不吃呢！它是我爸爸养的狗。幸好它逃走了。"

"明明，我问你，五一劳动节你到城里去看爸爸吗？"

"我、我没路费。你们都去吗？"

"我们都去的，我们都给爸爸打过电话了。"

"那我也去。我已经有好久没见到爸爸了。"

"我们也是。"

他们已经走上了通往学校的石拱桥。

其实，明明早就想去城里找爸爸。早在正月过后，他就偷偷地攒钱。都是他捡破烂得来的，已经有二十多块了。在小山村，破烂几乎是没有捡的：在学校后面的垃圾堆上，虽然能捡到少量的纸，可他不敢在白天捡，怕同学笑话，要等到天黑之后照着手电筒捡；村里人倒出来的垃圾堆上，更是连纸张都没有，偶尔捡到一只酸奶瓶或可乐瓶，能卖一毛钱一只，那是他最高兴的时候。

他听爸爸讲起过，他在省城的工地上打工。从吴村到省城，要坐汽车，还要坐火车，路上要花掉五十多块钱，他算计着，只要再攒上三十块钱，等到学校放假的时候就可以去看爸爸了……

有过这么一回事：爸爸回家过年的时候，明明想把爸爸关起来。那时明明才六岁。他趁爸爸早上睡懒觉（他回来后总待在经销店打牌打到很晚），他找了一把锁，把他锁在了房间里。爸爸起床后，在房间里大声咆哮，房门打开后，爸爸打了他：

"你想干什么？为什么把我锁起来？我在外苦了一年，就这几天睡会儿懒觉都不能吗？"

明明哭泣着："爸爸，不是的，不是的……我再也不敢了。爸爸。"

这时爷爷走进来，狠狠地打了爸爸一嘴巴："给我住嘴，畜生！明明盼了你一年，你就不能在家陪陪他？我看你不把出门的盘缠输光很难受，是不是？"

建设低着头，仿佛刚刚意识到明明已经有了思想和感情，而不是什么都不懂的小娃娃。以后，建设过年回家再不去赌博，他陪明明玩耍，给明明讲了许多城市的见闻，还有妈妈离开之前的往事……

明明却不快乐，不是因为爸爸提到了妈妈。明明对妈妈的印象仅仅是墙上的一张照片，妈妈的脸方方的，嘴唇下面暴露着两颗很大的门牙。明明的不快乐，是因为正月初八一过爸爸又要走了。明明害怕时光流逝，珍惜和爸爸在一起的每一分钟。他像影子一样跟着爸爸，直到晚上爸爸躺在床的另一端打鼾，他还忍不住去抚摩爸爸露在被头外面的脚。爸爸的脚又宽又长，脚掌上的皮裂得像干硬的树皮，摸上去哗哗响。爸爸疼得醒了过来。

"明明，你还没有睡啊？"

明明从被窝的这头钻过去，脑袋撞到了爸爸的下巴上："爸爸，你的脚掌上怎么都是裂缝？是不是被刀割的？"

爸爸笑了："小傻瓜，爸爸的脚是被石灰泡的。石灰伤皮肤，你摸摸看，爸爸的手也是粗糙的。明明，你一定要好好儿读书，将来才会有好工作，记住了？"

"记住了。"

明明八岁上的学，现在是二年级的学生了。明明读书很用功。吴村小学的陈先根在路上遇到老满头，总要夸赞他："你这个孙子将来有出息。你和建设赶快攒钱，培养他读书读到研究生、博士生。"

老满头憨憨地笑着，对陈先根老师毕恭毕敬地说："将来明明能像你这样教书我就很高兴了。我们家只出庄稼汉，恐怕祖宗的风水荫不出人才来。"

先根叹口气，不客气地说："教书教书，教书算什么出息？工资低、累死，教书是最笨人做的事情。"

现在，先根正做着这项"最笨人做的事情"：他既是校长，也是教工；既是语文老师，也是数学老师。更让他难以释怀的是，他还要同时教三个年级。一天下来，他累得嗓子沙哑，腰酸背疼，吃掉的粉尘沾在呼吸道，火烧火燎。加上他的老婆又爱絮叨，总要拿他跟有钱人去比，他常常为自己丢不开村里的这些孩子、不能跑到外面去闯荡感到烦躁与郁闷。

这一天中午，他刚刚躺下（他有睡午觉的习惯），村长带着一个满脸刀疤的人走进他的寝室。他不等村长介绍就认出了他："哎哟！是利军，多少年没见了！哎呀，坐，坐。"

"呵呵，先根，你还是老样子！怎么没见胖？"利军掏出中华烟来，先根不好意思接，利军将整包烟扔在先根的书桌上，说，"抽着玩嘛！"

他们聊了一会儿天。利军说："我大老远赶回来，就是想把我爹的丧事办得风光些、体面些，这些年，说实在的，我对不住他。我想租你们的学生为我爹送葬。"

先根就像被利军打了一拳："这、这，能行吗？"

利军说："我看电视里学生都能光屁股集体拍广告，正常。送一送我爹，你们也挣点儿钱，别把自己憋穷了。我是做生意的，这个道理我懂：我给你三百块钱，你带着学生来，学生的工钱单算，怎么样？"

先根的心怦怦怦地跳个不停，好像被人推到了悬崖上，支支吾吾着："这事……棘手，我……我再想一想。"

利军也不强求，走在前头，村长尾随其后，他们走过坑坑洼洼的操场。利军向村长回忆了自己当年在这里读书的事情：他跟建设打架，鼻血把衣服染红了，建设也狠，力气也大，他如果不使花招，说不定还打不过他。村长一直在咯咯地笑。他说："你读书时可不成样，不像现在，阿木老师天天揍你，还记得？同学也欺负你，呵呵，我也揍过你呢！"

"这怎么可能？！我打起架来凶得很，我记得没人敢迎战！我有刀……不信，你去问问先根嘛！"

先根乘机走了过去，勉强笑着，他已经同意了利军提出的租约。

下午快放学的时候，先根清清嗓子，用黑板擦拍着桌子，说："同学们，明天停课一天，大家一早到祠堂门口集合。村里的阿巴东爷爷死了，我们去送送他。到时候，利军叔叔给你们发工资，一个人十块钱。都听到了？"

"听到了。"教室里响起了热烈的掌声。

对孩子来说，明天不用上课，是多么高兴的事！他们背起书包，蹦蹦跳跳。只有明明低着头，闷闷不乐地走在后头。他想起中午回家吃饭的时候，看见家门口放着两只簸箕一根扁担，这些东西上面沾着新鲜的草根和红泥。这样的红泥一般要挖到很深才有。明明走到屋里去，看见爷爷身上也沾满了红泥。

"爷爷，你挖冬笋了吗？"明明壮着胆问。

"现在哪有冬笋挖？冬笋都长成毛竹了。"明明看见爷爷的眼睛红肿，好像哭过。

"那你的身上为什么沾着红泥巴？"

"这个，爷爷给来福挖坟墓来着，你看见来福了吗？该死的，又躲起来了！"

明明的眼泪不知不觉就落下来了："爷爷，你为什么要打死来福？来福多么听话……"

爷爷拿着锅铲的手轻微地抖动，油锅里嗞嗞作响："来福该到死的年纪了，养着它有什么用？等你长大了，你就会明白爷爷的苦！……你回去跟老师讲，明天你跟爷爷一起埋狗，你要哭两声……"

明明的脑子里很乱，他从桥上捡起几块牛粪，朝桥下扔去，牛粪漂浮在水面上，被湍急的水流冲散了……

"明明，你怎么还不回家？"

明明转过身，是今天的值日生晶晶在问他。明明不善于跟女孩子打交道，匆匆地跑了。没想到在桥的另一头是另一番景象：同学们围在桥头的一块空地上，不知道在干什么。明明凑上去看，只见空地上停着一辆黑色的小轿车。这有什么好看的？明明挤进去拉拉小茶壶儿子的衣角："铜板，谁死了，谁死了？是不是开车人把人撞死了？"

"什么谁死了，你说什么呀？"铜板不屑地说，"这是利军叔叔开回来的'乌龟车'！值二十万呢！能造一座大楼！"

明明很失望，他刚要走，铜板追上来，神秘兮兮地说："明明，你知道明天有多少人去送葬吗？你猜猜。"

明明不耐烦地说："二十，三十。"

"放屁！"铜板眨眨眼睛，"光咱学校就不止这个数。"

"那……五十。"

"不止。"

"六十。"

"也不止。"

"一百！"

"嗯，差不多。"

明明简直不相信自己的耳朵。这些年，村里老有人死，不是病死的，就是自杀的；不是从外地运回来的，就是死在床上无人知晓的，能有二十个人去送就很热闹了。晶晶奶奶死的时候，她爸爸在外地打工，只寄了一千五百块钱给她妈，送葬的时候只有五六个人。

"你说说，哪会有这么多人，我不相信。"

"你不相信有什么用？到明天你就知道了，我爷爷也去呢！"

"你骗人，反正我和爷爷不去送。"

"为什么不去送呢！现点现的！大人的工钱才高呢，听说能领到三十块！"

明明仿佛看见眼前蹿起一团火焰，如果他和爷爷明天都去参加阿巴东的葬礼，那岂不是一下子就凑足了去城里看望爸爸的路费？但是，他知道爷爷不会同意的。

"你还是去吧，明明，明天我去叫你，你连别人擤鼻涕的纸都要捡，为什么不来呢？"铜板似乎为明明惋惜。

阿巴东的家门口，好像比早上路过时更嘈杂。明明看见地上的血，被人踩得很脏。猪大概是刚杀的，一大帮人在一团雾气之中忙碌着：猪被他们扔进一只盛满开水的木桶里，一个大人用铁钩钩进猪的耳孔，将猪捞出半个身子，一个大人用一个铁器将猪身上的毛刮了下来。更多的人站在一旁议论：

"阿巴东死得值，没白养这个儿子。"

"阿巴东早原谅利军早享福。不过现在也不晚，阿巴东死后住上三层洋楼。"

"嗯，阿巴东让咱吃上一顿好肉，还有工钱领。阿巴东这咨啬鬼总算大方了一回。"

"嘘，别乱说，当心阿巴东变成鬼找你事！"

明明被拴在墙根的两只羊吸引住了。两只羊咩咩地叫着，惊恐不安地注视着每一个人，它们似乎预感到了它们的命运。接着，明明才看见石匠的儿子佳男站在羊的一旁，低垂着脑袋。原来它们是佳男家的羊。

"佳男，他们要杀你家的羊，是吗？"

"明明，救救我家的羊！妈妈把它们卖、卖了！呜呜……"

石匠的儿子撇着嘴，眼泪就像从水管里喷出来的水。明明不知道怎么安慰他，他的心里很难受，因为他想到了自家的狗。他觉得这几天世界突然变了，变得可怕，残忍！这时候，那个长相像猿人的猪富冲过来，就像有人割了他的肉。

"别玩鳖了！杀不出鳖血的鳖肉炖不烂。你们还不住手？"

"又不是你娶老婆！明天轮不到你吃鳖肉！"

明明看见在墙角一溜排开的塑料脚盆里养着鱼和鳖。几个小孩在用一根稻草逗弄一只鳖。猪富举着菜刀，去追他们，追了几步，大概觉得吓他们一下就足够了，气喘吁吁地往回走。看见明明，拦住他说："建设儿子，回去跟你爷爷说，明天一早就来帮忙，有工钱领，不来拉倒，到时别怨我没通知他。"

明明被他气势汹汹的样子吓坏了。

"听到了吗？龟儿子？真是便宜了你们！"

明明继续往前走。在路边的经销店里，也是吵吵嚷嚷的。他走到店门口，听得出来，是村里的一歹和阿海在争吵。

"你去送葬你就是软骨头，没出息！阿巴东这样的恶棍烂在床上才好！"

"钱是他儿子出的，谁挣谁的钱？阿巴东当年整过你，跟我有个屁关系？到哪里去找这样的好事？"

年纪大一些的一歹要冲上去打阿海，被人拉开了。

"你，你！没骨气！阿巴东照样斗过你爹！你爹要是还活着……"

"你这老狐狸，少管别人的闲事！有精力到河里搬石头去……"

"好了，好了，别说了。人都死了，还提陈芝麻烂谷子的事做啥。"开经销店的得林出来圆场，"还有你，阿海，让着长辈一点！快走吧！明天挣了钱把今天欠的酒钱还上。"

阿海朝地上吐一口唾沫，走了。一歹冲着街上嚷："明天谁去送阿巴东这个恶棍，谁就是走狗，叛徒！"

明明回到家，天色已晚。爷爷手中拿着沾血的木棍，吩咐明明："吃过晚饭，你往上屋的方向找，我往新屋的方向找。你看见了就跑来告诉爷爷。来福疯了，不打死也不行了。"

明明的神经顿时绷了起来。他害怕疯狗。疯狗不打死，村里所有的狗都会发疯的。可是明明很难把自己家的狗跟疯狗联系起来，来福是一条比人还聪明的狗。它怎么会疯呢？

上屋，是指祠堂后面的那些老房子。它们沿着山脚像梯田一样层叠而上，在房屋与房屋之间的胡同里，到处是石头铺就的台阶。明明在上屋的老房子上刮到过一整碗的硝，将硝和研成粉末的木炭掺在一块儿，可以做成"烟花"。现在天色暗下来了，幽深曲折的胡同显得阴森可怕。

明明为了壮胆，扯起嗓子喊："来福，来福——回——家——"

明明的声音回荡在胡同里。胡同深处有一盏灯亮了。灯火忽明忽暗，就像鬼火一样。明明一时毛骨悚然，想往回跑。这时那灯火跳动了几下，灯火下面有一个声音抓住了他："明明，是你吗？我是嬷嬷。"

明明犹豫着，不知该回头还是逃跑。他战战兢兢地喊了那个终年穿黑衣的老女人一声"嬷嬷"，腿就跟刚刚爬了一座山似的乏力、哆嗦。

"刚才你爸爸来过了，嬷嬷问你，你爸爸出事了吗？"

"你爸爸才出事了呢！"明明带着抵触的情绪，不悦地说。

在村子里，没有一个孩子喜欢并尊重嬷嬷。因为她是哭丧婆，就像乌鸦一样晦气。明明听说她家的老屋里，半夜后比赶集还热闹。

"那么，你爷爷呢？"

"我爷爷也在找狗。"

明明已经适应了煤油灯（老太婆还点煤油灯）的微光，他看见嬷嬷的脸像水中捞出来的月亮一样白，脸上的皱纹像蜘蛛网一样密，她的嘴唇却是鲜红的。

"明明，可怜的囡，我给你爸喂过奶呢。"

明明打断了她："我爸才不要喝你的奶！"

嬷嬷叹口气，笑了："你家的狗在我家呢，跑来好几次，我不知道它为什么跑到我这儿来，难道狗也知道你爸出事了？"

明明往老太婆家的门里张望，她家的天井里挂满了白色的孝服，就像影影绰绰的鬼魂在飘荡。嬷嬷说："不要怕，都是给明天准备的衣服，阿巴东的葬礼要那么多衣服，我今晚就要准备好。"

神神道道的老太婆将煤油灯放在门槛上，隔一会儿，来福瘸着一条腿，从黑暗里走出来。

"都回去吧，都回去吧！我只是一个哭丧婆，我什么都帮不了，唉，可怜你爸……我什么都明白了……"

门槛上的煤油灯一拿走，明明立刻坠入了深渊一样的黑暗。狗朝着黑暗吠叫起来。

狗最终被爷爷打死了。

狗伤得很重，一条腿瘸了，腰也断了，它在明明的前面跑得很吃力，不一会儿，它就倒在地上，悲惨地叫着，当明明靠近它的时候，它才跳起来，跑上两步，并且回过头，露出牙齿。明明的心里很矛盾，他想把狗藏起来，又怕爷爷揍他。

这时，爷爷出现了。爷爷用棍子打狗，狗已经不能像凌晨那样咬他，狗只能跌跌撞撞地往前跑，不辨方向，倒在地上，悲惨地叫着，爷爷打中它的时候，它才叫得更响一些。后来，爷爷将棍子打在狗的头骨上，狗抽起筋来，嘴里吐出白沫，发出打喷嚏一样的声音，狗的脑袋越垂越低……

这时候，老满头扑通一声跪在地上，吻着狗身上的血，断断续续地说："来福！来福！我儿的肉身哇……我的亲骨肉……我也是没有办法……"狗突然挺了一下身子，咽了气。

老满头抱着狗，摇摇晃晃地站起身，手指沾满热乎乎的鲜血和黏液，感到喘不过气来。明明从黑暗当中冲出来，撞在老满头的身上，用带哭的嗓子大声嚷："爷爷，你是一个坏蛋！爷爷，等着吧！你也有死的一天……"

老满头直感到血涌上脑门儿，他靠墙站了好一会儿，觉得心像针扎一样疼："畜生！你这是在威胁我吗？我这是何苦来？你给我站住，兔崽子！你要到哪里去？……"

明明跑了起来，跑得飞快，他没命地跑着，哭泣着……

一整夜，老满头都在喝闷酒，一动不动地坐着，偶尔，他的嘴唇哆嗦着，肩膀一起一伏地抽动。

第二天，明明是被爷爷从梦中叫醒的。明明梦到爸爸回家了，他把他抱起来，紧紧地搂在怀里，爸爸满脸是血！头发上沾着白色的黏液！明明感到害怕，可是挣不脱……爷爷使劲地摇晃他："明明！明明！醒一醒！太阳照到屁股了！"

明明睁开眼，不敢向爷爷讲述梦中的所见。爷爷对他说："明明，外面有人喊你！快起床！"

明明看见爷爷的头发乱糟糟的，就像落了霜的稻草。他的眼睛更肿了，颧骨更高了，就像两块从灰烬里扒出来的石头。

"明明，你还去给阿巴东送葬吗？"原来，是小茶壶的儿子铜板在门外等明明。

明明扣好纽扣，低声说："铜板，我爷爷不会让我去的，他要我跟他去埋来福。"

"来福真死了？"

"嗯。爷爷吩咐我，今天要把来福埋在我家茶园里。"

小茶壶的儿子努努嘴，说："你再去问问你爷爷嘛，你为什么要怕爷爷？"

明明走进屋去，心中充满怨气，看见爷爷正蹲在楼梯底下搬砖头，不高兴地喊："爷爷，我今天要去挣钱！"

"挣钱？什么钱？"

"挣阿巴东的钱。"

明明低着头，看着自己的鞋。老满头回过神来，严厉地说："不准去！今天爷爷需要你哭的时候多哭几声……"

"我不想哭！"

"你不想哭我揍你！"

老满头脸涨得通红，他要去找一根可以威胁明明的鞭子来，明明乘机溜到门外，跟铜板跑了。老满头气咻咻地在门口站了一会儿，将一根脏兮兮的藤条扔在地上，眼前漂浮着金黄明亮的色斑。他差一点晕倒在地上。

四月，万物疯长，燕子在低空飞翔。明明跟铜板穿过菜园，往祠堂的方向疯跑。想到今天能挣到十块钱，他们兴高采烈。

"铜板，劳动节你们真去城里吗？"

"当然去呀！不是都说好了吗？"

"那你以为阿巴东的儿子真会发给我们工钱吗？"

"当然会，利军的钱多得花不完。你知道利军为什么这么有钱吗？"

"不知道。"

"听爷爷说，他在城里开要债公司，跟黑社会老大都认识呢！"

"你说他会不会骗我们？我听说他是大骗子，他以前把假烟假酒卖给村里人。"

"不会不会，昨晚上，阿巴东的入殓仪式一完，利军当场发工钱给去帮忙的人。"

"入殓？是赶鬼吗？"

"不是，入殓就是给死人洗澡、穿衣服，按一定程序将死人放进棺材里去。昨晚你没有去看吗？"

"没有。"

"我去看了呢，抬棺材的松树和裕闵给阿巴东擦洗身体，用了九碗水，洗完以后全身涂上酥油，穿上寿衣，在耳朵、鼻子、眼角、嘴巴里塞上棉花，尸身上盖白布单，还把一张黄纸盖在阿巴东的脸上……"

"道士念经吗？"

"当然念！像唱戏一样……"

他们说着话，来到了祠堂门口。祠堂门口像等着看电影一样热闹。他们的老师陈先根早等在那儿，他发给每个学生一个白帽子，还有三根没有点着的香。一些同学把白帽子戴歪了，样子很滑稽，又一些学生你推我搡，兴奋得如同去春游。村里的大人们也来了许多，或站或蹲，说着话。祠堂里只有道士和他的两个徒弟在忙碌，他们蓬头垢面，在赶制一座金闪闪的纸房子。

明明注意到，好几个老人是拄着拐杖来的，一个半身不遂的老太婆干脆由他的儿子背着来，儿子把她背到祠堂里，找不到一个让她坐的地方，把她扔在门槛上。她觉得坐在门槛上不体面，儿子凶她："你坐着吧，我去帮你找个蒲团来！"

前来送葬的人越来越多，其中数量最多的是妇女。这是因为村里的男人大部分在外打工造成的。尽管这些妇女平时也经常聚在一块儿，但这一天她们都好像第一次见面似的，询问对方的老公在外面做什么，多少时间往家里汇了多少钱，又问孩子的学习成绩怎么样。她们谈论家长里短，总在叹气，埋怨生活辛苦、老公挣不到钱。她们对利军的赞赏溢于言表。

男人们其实也一样，不过，他们等得有些不耐烦了。有人骂了起来："利军这狗东西！趁阿巴东死了，回来显摆的，真不是玩意儿，都几点钟了还不来！"

有人回应他："你不愿挣这点钱你可以回去嘛。站在这里干吗？"

"我站在这里你管得着吗？祠堂是你家的？"

"我没说是我家的。"

"我站在这里看你们出洋相！行不行？"

争吵如同会传染一样，小孩当中有人打起架来。祠堂口乱成一团。

这时，村长铁着脸，走了过来，安静立刻降临在人群中间。村长将手举过头顶，拍了拍："大家安静，刚才利军接到电话，家里有一笔生意急需他回去，他把八千块钱扔在我这儿，叮嘱我要把它花在今天的葬礼上。明天他还赶回来！听着，你们家里还有人没有来的吗？赶紧去把他叫来！"

人群里有人走出来，往街上跑，由于跑得太快，跌倒又爬起来。村长咳嗽一声，接着说："我把丑话说在前头，天下没有免费的午餐，一个个给我听好：哭丧，哭要哭得真心，哭出眼泪来；中午吃丧饭，吃要吃得有节制，撑死你不管！下午游街出丧，路上棺材不能停留，现在我命令猪富做监督员，谁要是在葬礼上嬉笑胡闹，一分钱不给，听见了没？"

村长的话就像一颗炸弹扔在人群里。

"亲儿子不参加送葬还要我们哭，休想！"有人为利军的离开感到极度不满，"他这是在戏弄我们！"

但也有人捂住嘴，偷笑："他不在钱更好挣，中午还有鳖吃，村里多死几个阿巴东才好呢！"

村长想了想，又说："没拿到钱之前，都别高兴得太早！刚才利军还丢在我这里一个录像机，我不会拍，待会儿找个会摆弄的人把葬礼的过程拍下来……利军要带回去看的……"

人们这才看见村长的腋下吊着一个长方形的包，打开，是一个比照相机大三四倍的机器。懂照相的先根走过去，摸了摸，问村长说，这是摄像机吗？有说明书吗？

村长说有。

比起满街的人，祠堂显得太小了。戴白帽穿孝服的人争先恐后拥进去，差一点将道士和他的两个徒弟扎的纸房、金山、大彩电、小轿车、洗衣机、电冰箱等丧葬品挤变形（其中有一些精细的纸活是道士预先做好直接带来的）。尤其是小孩，对眼前的事物感到兴奋、惊奇又恐惧，他们就像在集市看猴戏似的，拉拉扯扯起来。有几个差一点碰翻了灵柩前的"过桥灯"。

道士不得不去制止不停地挤到灵柩前看阿巴东"新房"的人：小心小心！并且，命令他的徒弟将这些纸制品暂时搬到祠堂的侧房去。

按照规矩：老人去世，孝子全家及亲戚朋友要为之痛哭，道士敲锣打鼓唱经念咒，超度亡灵。除此之外，主要表演就是孝女、媳妇、侄儿媳、侄孙媳，还有哭丧婆等人的哭丧。哭丧内容大都诉说死者对自己的恩德教诲及死者一生的言行功德、勤俭持家和抚育子女的辛劳。哭得越凶，表示哭者越知礼。

现在，神秘的道士已经整装，在灵旁挂上魂幡、摇铃铛、敲木鱼、嘴唇翕动，但是没人能听清声音。他的两个徒弟呢，奏起了哀乐。与此同时，抬棺材的松树在祠堂门口放了单响的爆竹……按照规矩，此时该是孝子孝女披麻戴孝，腰间捆一根草绳，跪于灵前，手扶哭丧棍（一根缠绕黄纸的青竹子），在道士的号令下用鸡、猪头和羊进行拜祭，以哭泣示哀的时候了。可是由于利军的缺席，一切只能另行安排。

村长走到灵柩旁边的八仙桌前，夺过道士徒弟手中的击棒将挂在桌腿上的铜锣敲了一下，锣声响过，他吼着说："赶紧！赶紧！大家都给阿巴东单腿下跪！哭起来！哭起来——"

没有人下跪，也听不到哭声。村长气得暴跳如雷，咆哮起来："你们都不哭不跪是不是？先根！都拍下来！一分钱都拿不到——"

这时，几个年纪大一些的妇女犹豫着，跪下了，她们因为站得时间过长，觉得跪着反倒更省力一些。随即，又有几个中年妇女单腿跪下。她们都有公婆，都想趁今天学一学怎么哭丧。于是，愿意跪下的都跪在了棺材跟前，不愿意跪下的都站到了墙边。还有一些仍站在祠堂外面，冷眼旁观。

村长问先根："都拍下了吗？"

先根的脸红了："拍下了，拍下了。"

村长得意地笑了，说："那你也给我拍一拍！"

先根把摄像机的镜头对准村长的脸，姿势就像托举定时炸弹似的，真是奇怪，镜头中的村长脸上布满麻雀蛋一样的麻点，先根从来没有这么仔细地看清过村长的脸，他发现他的脸左右是不对称的，嘴巴也歪。这时，村长的嘴巴张开了，露出了烟熏黑的老鼠屎一样的牙齿。

"都给我听好，你们不要把利军当慈善家，他的钱不是天上掉下来的，你们看一看他脸上的刀疤就知道，他愿意雇你们，是想让你们都挣几个钱花！人要讲良心……"

"先付我十块钱定金，我就哭！"有人大声地喊。

"对，对！见不到钱怎么哭？！不哭！"有人附和着喊。

这是两个熟悉的声音——至少对故事中的明明而言，他曾听到过这两个声音在得林的经销店里争吵——他们是故意捣乱还是不服村长？明明转过头去，果真看见站在身后叫喊的，是一歹和阿海。

村长哼了一声，恶狠狠地骂："放你妈的狗屁！给我闭嘴！我警告你们：谁愿意哭，只管哭，我让猪富记下你的名——跪着哭的，工钱增加十块，站着陪哭的，工钱增加五块；不愿意哭的，就别哭，我不强迫——现在，道士要开始做法事，你们谁哭得最凶，猪富还有先根会帮我记录下来的。到时再奖励。听明白了没？"

"不明白。"还是一歹在捣乱。

村长已经不想跟他纠缠："还有个别人不明白的，不屑于挣这个钱的，算你有种，你现在就给我滚出去……我看着……"没有人滚，也听不到嘟囔声，村长就摆摆手，说："时间不早了，我还要安排人去墓地，还要安排人给你们做丧饭。听着，都给我老老实实的，别耍滑头！"

说完，村长头也不回地走了。

村长一走，祠堂里就跟电影散场时那样乱糟糟的。许多人在衡量要不要哭上两声，或者不哭。许多人在看先根怎么拍录像，都很好奇，因为这玩意儿大家都是第一次接触，感觉就跟拍电视似的。他们都想在机器里留上一个影。

小茶壶儿子悄悄地问："明明，你哭吗？"

明明不知道如何回答，只好说："大家都哭我就哭。"

小茶壶儿子说："我也是这么想的，多挣十块钱呢！"

明明提醒他："多十块钱是要跪着的，站着哭只有五块。"

小茶壶儿子说："大家都跪着哭我就跪。"

明明没有说话，因为在他的印象里，男人是不该随便下跪的，他想不起这话是爸爸说的，还是爷爷说的。

这时候，法事开始了：只见道士的两个徒弟绕灵柩倒了一圈木炭，形成一个很大的圆圈，他们在木炭上烧纸，纸烧起来以后，木炭红了，就像黄金一样澄明通透，道士往赤脚上喷一口酒，又往脸上抹一手指墨汁，一手挥仙帚，一手执法杖，绕着灵柩，时而跳入燃烧的木炭圈，时而念诵丧经，两个徒弟跟在后面敲打铙钹和小锣。

"东边一朵红云起，西边一朵紫云开（咣咣咣咣锵）；香在炉中蜡在台，仙乐渺渺随风来（咣咣咣咣锵）；孝男孝女齐下拜，仙桃仙果献上来（咣咣咣咣锵）；牺牲牛羊不消说，金银丧礼载一船（咣咣咣咣锵）；东方亲友骑白羊来，西方亲友骑母猪来（咣咣咣咣锵）；从今后你化做雄鹰展翅飞，变成老虎镇守山冈（咣咣咣咣锵）……"

几乎同时，跪在火圈一侧的哭丧婆用手中的哭丧棍使劲捣地，哭起来了：

"生生爷——从未想到你会过老，临别前好饭没有来得及吃一顿，啊啊俄——临死前的叮嘱——啊啊俄——还没说完，今后公道谁主持？你的子孙不懂的事问谁？生生爷唉——不会做的事谁来教？今后看见别人的爹娘，就会想起自己的亲爹。生生爷——唉，你老想吃的饭，再不会尝一口……"

许多妇女早等着哭丧婆先哭，哭丧婆一哭，她们就逐字逐句跟着哭。大的叫、小的号，祠堂里顿时哭声一片。如泣如诉、耐人寻味的丧歌，充满悲怆、哀婉的腔调，叫人听了如冰凉的蚂蚁在心窝上爬。

"生生爷——你犹如一只蚕，一生勤奋又节俭，你是土匪的遗腹子，啊啊哦——解放后流浪到吴村，你吃尽了苦，才积得这份薄家产，啊啊哦——都说你长寿享清福，你儿发财美名扬，开着乌龟车接你去享受，生生爷——谁知你早早离人间……你有一个贤孝子，啊啊哦——你应含笑在九泉……"

明明长这么大，还是第一次近距离地看道士作法，听哭丧婆哭丧。他看得听得不是很明白，单是感到悲伤、紧张、撕心、恐惧，甚至产生了类似崇高或者神圣的感觉。他一动不动地盯着哭丧婆怎么用手中的哭丧棍捣地，恸哭，那情景真是让人感到悲恸欲绝；他又看到满头大汗的道士庄严的、危险的舞蹈，赤脚在熊熊燃烧的木炭上踩过，明明的心一次一次被什么东西吊了起来……

这时候，除了道士和哭丧的人，最忙碌的要算陈先根，还有猪富。

"嘿，嘿！借路借路，别挡镜头……谢过了……"

陈先根是摄影爱好者，早在他没有转正之前，就拥有一架什么牌子的照相机，他拍的照片在市里获过奖。当然，除了搞艺术摄影，他也揽些学生毕业照之类的活儿。他对光线、角度、焦距、取景太在行了，几乎没有漏掉发生在祠堂里的任何一个重要的细节。

"我这是在拍纪录片哪！我不比电视台的记者差，如果把我调到电视台去，我也能胜任……"

猪富呢，对自己的工作也很满意。他在统计人数。早年他读书的时候，数学成绩非常不好，可是今天他把账记得头头是道，是谁、哪些人、第几个开始哭的、哭了几声又不哭的，记得一清二楚。

"要是哭声不混杂在一起就好了，那样子我可以直接打出分来，该不该奖励……用不着先根在那里拿别人的机器炫耀……"

当轮到统计吴村小学的师生时，猪富终于表达了他的不满，他问先根："你们怎么都不哭？啊？香也没有点上，看六一文艺会演哪！你都拍了些什么？让我看看！"

先根赶忙用手护着昂贵的机器："不要乱来！小心点！摔坏了你赔不起！"

"咱换一个工作怎么样？你来记账。"

"不行！"

"那我跟你说：你们一个都不哭不行！也要哭起来！"

"少说话！他们第一次给人送葬，都吓坏了，等到下次就知道装哭了。"

"哪有第二次？除了利军，谁愿意拿出钱让你们挣？要不你带头哭两声，怎么样？"

先根看了看他的学生，此时都呆呆的，脸色煞白，尤其看到自己的奶奶或妈妈跪在地上哭的学生，神情更是不自然。孩子的情绪是最容易受感染的，但是，他总觉得让学生跟着自己哭丧影响不好："你先数数人吧，一共三十七人。待一会儿我想办法让他们哭起来。"

猪富极不情愿地走到另一边去了。他走后，先根觉得猪富说的不是没有道理。学生们的家里都穷，如果他们都哭上两声，都多挣点钱，也不一定是坏事。于是，他对他们说："你们要哭的赶快哭，不要难为情，你们哭不需要调不需要内容，只要哇哇叫两声就行……"

学生们都紧张地往后躲，看来不能勉强。先根只好说："你们要想一想伤心事……比如，你们的爸爸，你们的爸爸回不了家，他想你们，他为了挣钱，流血流汗，苦哪……"

先根立刻发现他没有煽情的本事，也不太清楚学生的父亲都受了哪些苦，心想说算了，不哭了。不料，他的学生们一个个好像都挺伤感的。终于，一个学生举手说，他很想爸爸，夜里，想着想着就哭起来了。先根说，要哭就现在哭，夜里哭有个屁用。

这时，又一个学生走出来，轻轻地说："老师，我现在就想哭，因为我想到了我家的羊，我家的羊就在那边的祭台上……我家的羊昨天天黑的时候被他们杀了！我现在就想哭……"

"那你就哭吧……"

佳男就真哭起来了。佳男的哭声就像催化剂一样，使得明明的心立刻酸了，他忘不了来福，来福临死时，他痛苦得想杀了爷爷……来福是多么听话的一条狗呀！在孤独、寂寥的童年，来福是他的兄长和朋友，冬天的时候，来福知道给他暖被窝……明明的嘴唇抽动着，眼泪无声地滑落在面颊上……

"明明，佳男带头了，你也哭出声，我叫猪富给你们记上……"先根鼓励他。

可是明明把哭声憋住了，或者，悲痛压抑在他的胸脯里，他哭不出声。只是感到难过，瘦弱的身子打摆一样颤抖："老师，我不哭我不哭，我不哭行吗？老师……"

先根正要说什么，就在这时候，在门口，却有一个人突然很响地哭起来了。所有人的心震了一下。

那个人不是哭丧，而是干号。大概是他号得过于难听，突兀，站在他旁边的人都闪了开来。顿时，祠堂里的声音减弱了。仿佛这个人的干号是一阵劲风，把催人泪下的丧歌吹散了一样。

"是谁？"猪富赶了过去。

"是哑巴吧！"先根也将摄像机打开，跟了过去。

他们都没想到这个人会是老满头。他们简直弄不明白这个平日里老实本分、不爱抛头露面的倔老头儿怎么会来这么一嗓子，哭不像哭，吼不像吼，并且，他的喉咙里还在继续发出这种不悦耳的声音……

猪富跟人打过架，他把人的脖子掐住了，老满头的干号就像被人掐住了喉咙一样，猪富其实是吓坏了，但是他必须出面阻止。他推了老满头一下："建设爹！你想干什么？！中邪了怎么的？不要哭了，怎么回事？！"

老满头就像中了邪一样，扶着门，躬着背，将头顶在门板上，拳头握得紧紧的，号啕着，不能控制自己，过了一会儿，他才瘫坐在门槛上，哭出音来："我的儿——哎，爸没想到你会死……你死了，爸没有为你举行一个像样儿的葬礼……爸是浑球儿……"

一阵喘不过气来的咳嗽打断了他，呻吟，就像一只杀了一半的牲畜。

猪富又拍了拍老满头的肩膀："建设爹，你想挣钱我理解，可我跟你说，你这样哭不给钱……别怪我不讲情面，阿巴东不是你儿子，他不能躺在棺材里认你这个爹！"

老满头就跟一个呆子一样望着他，他的脸红红的，嘴角挂着带血丝的黏液。猪富被他那副神经错乱的样子看得怕了起来……

事实上，老满头站在祠堂门口已经好一阵子了。他是来找明明的。

他在来找明明之前，一个人把砖头挑走了。他要为建设做一个墓穴。他没有做过泥水活儿，但是他知道怎么做。他在昨日挖好的土穴里铺了一层砖，又在土穴的四侧垒了砖墙。砖与砖之间是用黏土合缝的。土穴很小，但是，看上去已经像个墓穴了。

他挑着两只空簸箕回到家，一只簸箕里放上儿子的骨灰盒和一点祭品，一只簸箕里放上来福的尸体，他把扁担插进两只簸箕的藤圈里，试了试，担子不重，两头重量相当。他回到厨房，喝了一碗水，出来的时候没有忘记抱上一捆干稻草，他将它们铺在担子上。

去茶园的路不需要经过祠堂。他挑了一段路，这才想起他肩上挑的不是砖头！这才省悟过来，这一趟，他必须把明明叫上，至少叫明明跟他爸告别一下。一个曾经活生生的人就要被埋掉了，总不能这样，就真的跟埋一条狗一样……不过，他到现在还拿不定主意要不要把事情的真相告诉他。他怕明明承受不了。

老满头走过两条小巷，在该拐弯的地方拐了弯。这是阳光充足凉风习习的好天气，温暖的风在小巷与胡同里穿梭，把鸡屎、猪粪、人屎尿、阴沟水和香火的烟雾、闹闹哄哄的哭声混合在一起，吹到他的脸上。老满头开始没觉着什么，他能忍住，可是当他看见破旧的祠堂，贴在祠堂墙上的冥纸，还有一些人头上的白帽子……他感到胸中一阵难以忍受的剧痛，担子一下子变得沉重起来。

他咬着牙，勉强撑着，就像害怕身后的鞭子会抽在他的脊梁上。他往前走，连他自己都不知道他是怎么穿过小街，穿过一些人的目光，迈上祠堂门前三十多级台阶来到祠堂门口的。咬牙硬撑的感受，就像一个女人在痛苦之中生下孩子才知道脐带还连在自己身上……

这里多么热闹！他完全被这里的场面吸引了。他从来没有见过世上还有这么热闹的葬礼，他甚至怀疑连阿巴东自己都没有想到过：全村的男女老少，哭声震天，密密匝匝地拥挤在一起，祠堂里就像下了一场热气腾腾的雪！

然后，他就看见了油过漆的棺材，作法的道士，用棍子捣地的哭丧婆，还有澄明通透的火！那熊熊燃烧的火圈，是通往天堂的车轮子啊！……他突然后悔了。后悔他不该把女儿塞给他的三千块钱存起来……那是女儿把自己的积蓄拿出来叮嘱他请道士埋葬建设的！……他却瞒着女儿，把钱存起来了，为了给明明念书！他真是老糊涂了，他到现在才想到死人不超度，灵魂上不了天！他想到自己的心多么狠，多么自私！他是怕以后交不上学费，怕以后，会挨饿……

他再也憋不住了，他不知道现在该怎么办，也不知道接下来会发生什么，他只想哭出声来，他会憋死的！老满头突然很响地哭起来……

事情就是这样。由于老满头的干扰，现在，阿巴东的葬礼完全被停顿下来，被打断了。除了猪富，道士也是气愤的。道士作法的时候是不能受任何干扰的，老满头干号的时候，道士忍不住朝门口瞅了一眼，他差一点烫伤了脚。

同样的原因，老满头使得哭丧婆也停止了哭丧。哭丧是需要酝酿情绪的，有时候一旦失去哭的情绪，就再也无法继续下去。那些陪哭的妇女自然也跟着停了下来。她们由于是背对着大门的，都不知道发生了什么事情。

所有人刚才还沉浸在如诉如泣的哀乐和真真假假的悲戚忧伤当中，头脑里思绪纷乱，现在祠堂里突然安静下来，就像在偌大的戏院突然停了电一样，有一种不知身在何处的恍惚感。

这时候，只有那些想哭而又来不及哭起来的小学生，似乎是松了一口气。

"明明，是你爷爷在哭。你爷爷也来挣工钱呢！"小茶壶的儿子高兴地说。

"明明，快去吧，是你爷爷来了。"忘记了伤心的佳男也怂恿他。

明明不说话，他窘得恨不得钻到地底下去。比起别人来，他最早知道闯进阿巴东葬礼的是爷爷。他熟悉爷爷的声音。他没想到爷爷也会来。尽管在这之前，他一直盼着爷爷也能来，这样两个人的工钱合在一块儿就够他去城里看爸爸的路费。可他没想到爷爷……他一哭起来，许多人在笑他，那些妇女也在朝爷爷张望。

"建设儿子！走！带你爷爷回家去，他疯掉了……老东西……"

这时，不知道是谁（好像是猪富）抓住了明明的手，将他推到了老满头的跟前去，明明就像被人推到了舞台上，舞台上的爷爷在说着杂乱无章、含糊不清的话。

"我的儿子总是笑嘻嘻的，可你的整个头上都是黑黑的血，你这是怎么啦？建设……我怎么都没想到，你姐给我打电话，一个雷打在我头上！话筒掉在地上也不知道……得林扶住我，问我怎么啦，我捂住胸口说心脏疼，我不敢说你死了呀……直到看见你躺在殡仪馆，还是不敢相信躺在里面的是你！你姐说你没有犯法，那他们为什么要抓你？！……你为什么就不能听话，为了争几句嘴你值得不值得，你给他们跪下呀！我的儿……"

明明什么都明白了，他幼小的心灵就像掉进了无底的冰窟一样，不，不是冰窟，是一根尖利的刀锋一样的冰，划破了他的心。他扑上去抱住爷爷，哭声中夹带着打嗝儿一样的喘息，他的心抖个不停："爷爷，爷爷，我爸爸怎么啦？告诉我吧，爷爷，爷爷……"

老满头似乎这才看见明明，看见明明，刚刚有所平息的悲伤又像潮水一样涌向了他，他紧紧地抱住明明，就像在苦海之中抓住一根浮木一样，要把压抑在心底的话都说出来：

"建设，建设呀！你睁开眼睛看看你的儿子吧，如果你在天有灵！明明是多么听话、多么懂事的孩子！你却让他受这样的苦……他从小没有娘，跑了就跑了，可他不能没有爸呀！要不是想到明明还小，我真想为你去拼命……可是现在说什么都迟了，你为什么那么傻，你没有偷没有抢……我到现在也想不明白呀！他们为什么要把你抓起来……可是回到村子里，我却心虚了，就像做了贼，我怕别人问起你，问起你时我怕答不圆满……"

老满头说到这儿停了下来，趴在他膝盖上的明明，正哭个不停。

一些人叽叽喳喳议论起来：

"听清楚建设是怎么死的了？我听了半天没听明白。"

"打死的，好像是。你还关心这事啊！我们恐怕要拿不到钱了！"

"不会吧，我还盼着拿它买肥料呢。"

"都怪老满头，他是怎么回事？跟一个疯子似的，那一嗓子就像毛驴叫似的。"

"你听到过毛驴叫？"

"没有。"

"没有你还说。我哭了老半天，我娘死的时候也没有这么哭过。我的喉咙都哑了！幸好先根都给拍下来了。"

"到时候我跟利军说去，奖励是少不了的。"

"奖励个屁！我看是泡汤了，空欢喜一场。"

"那哪行？得林经销店的钱还等着我去还。"

"真倒霉！"

这时，被委以重任的猪富遇到了一个棘手的问题：他该不该把老满头爷孙俩从祠堂里赶出去？赶出去肯定是正确的，也是必需的，因为这里正在举行阿巴东的葬礼。可是，他现在已经知道建设死了，真没想到他的命这么短！建设虽然跟他没有什么交情，小时候还打过他，但是多年以后他们在一起赌博的时候，曾经坐在一条凳子上，就跟战友似的，这就不太好办。

现在能做的，似乎只能装作很凶的样子，朝他们吼上几句。可是，他发现他吼起来已经不显得那么威风了，完全是一种哀求的口气……他也不知道自己到底是怎么了，就像刚刚洗了一个热水澡，莫名其妙地疲劳，脑子蒙蒙的。

他恨自己心肠太软，如果他心肠很硬的话，现在说不定也拥有一家要债公司了。因为打架他并不怕。现在怎么办呢？不论是道士、哭丧婆，还是陪哭的妇女，似乎都没有将葬礼继续下去的意思。他们是不会听他的。这时候，他自然想到了村长。一想到村长，他的心就活起来了。

"我知道，村长和先根拿的钱最多，都捞到油水了，钱我没多拿，可得罪人的事全要我来做！啊呸！真是狡猾……"

在这件事上，猪富决定要学得"聪明一点儿"。他扭头找了找，果真看见先根在偷懒，就跟勒不死的猴子似的，在仰拍祠堂两排柱子上的龙纹图案，他的火气腾地上来了："先根！你他妈的给我过来！在干什么？啊？快去叫村长回来！都造了反了你，还管不管？"

"你说什么？猪富？问我拍什么啊？我在拍祠堂里的雕刻呢！这是明末清初人的手艺，至少有三百多年的历史了。"先根沉浸在他的文化知识中，接着说，"现在我必须抢拍下来，这祠堂年久失修，以后倒了就倒了。"

猪富真想冲上去，冲着他的鼻子揍上一拳，疼得他像条狗嗷嗷叫。他吼道："去你的狗屁玩意儿！利军给你钱是让你管祠堂的是不是？算你狠！随你怎么样，我现在就去找村长……他妈的，一个个都想偷懒！别指望着我……"

说着，猪富习惯性地拍拍屁股，就要走。

可是，事情就在这个时候发生了突变。人们看见老满头颤颤悠悠地站起来了，扶着他的孙子，一老一少，走过来的时候有点哆哆嗦嗦的。一条道路在他们的面前出现了。一直通到阿巴东的灵柩前。

然而，老满头并没有接着往里走的意思，他站住了。他朝四周看了看，呼吸急促起来。他似乎是要找谁说话，又像是在克制着什么，他的嘴完全歪了，嘴角抽个不停，最后，他终于说："对不起，我对不起大家，我昏头了……打搅了你们，也打搅了阿巴东……实在不好意思，你们不要停下……"

他说完以上的话，茫然地站着，单是站着，紧紧攥着孙子的手，手抖得厉害，明明要将它轻轻地拽住才行。他又朝四周看了看，好像他的羞愧在这一瞬间增加了许多，他张开嘴……过了一会儿才哑着嗓子说出来："唉唉，你们还不知道吗？建设死了，他被人打死了。呵呵，他们打他，就像打一条狗一样……建设才三十七岁……像一条狗一样死了……"

"别说了，不看看时候……"祠堂深处不知道是谁喊了一声。

可是，老满头却没有察觉到某些人的不满。他原本是想向在场的人道歉的，这时，他却忘记了自己是在阿巴东的葬礼上，竟然就这样自言自语起来了："女儿女婿陪我去讲理，他们要赶我们出去，我说我儿没有偷没有抢，他单是想多挣几个钱，攒着给明明读书的……可他们有证据，是建设先打的人……不一会儿，他们就开着车追他，十多个人，从车上跳下来，呵呵呵，他们可真不害臊！……"

这时又有人喊了起来："猪富！你害怕他怎么的？叫他离开这儿！别等村长来了他还在啰唆……他儿子死了，可我们呢，还想挣一点钱花！什么东西！"

这是一个不怀好意的、挑衅的声音，就像砸过来的石头一样。

这一回，就连鬼魂附体一般的老满头都听清楚了，这是跟他有过积怨的一歹在叫唤。老满头的脸色全变了，一下子变得恶狠狠的，瞪着红肿的眼睛："你这条毒狼，别高兴得太早！我死了儿子，可我还有孙子，可你呢，一根青冈棍子撑到老死，到头来连个送终的人都没有！……谁也没有权利不准我开口！……"

"呸！滚你的蛋！你这个孤佬！少给我来这一套！我没有儿子？你骄傲啥……我睡过的女人比你穿过的裤衩还要多！"

"可她们为你生儿子了？就算生了也不会跟你的姓！白忙乎一场……"

"我白忙乎一场？你还有脸……坐在门槛上像狗一样呜呜嗥叫的那是谁？生个不肖的儿子，管不住老婆，把祖宗的脸丢尽了！有什么样的爹就有什么样的儿，一样的贱！在三轮卡上我就看出来了，到现在你竟然还在说谎，你是没有白忙乎……你把儿子的骨灰抹上酱吃了吧！"

"你说什么？天诛地灭！……"

"我没说什么！别以为别人不知道，让我来告诉大家——你儿子被打死，那是因为抢了银行了吧？！"

老满头的心就像被刀刺穿了，尽管，他早就料到有些村里人会这么怀疑建设的死！他的眼前一团漆黑，仿佛被一双强有力的手蒙住了，胸口窒闷而恶心，要不是明明一直陪他站在一起，他差一点摔倒在地上。

"我跟你拼了，老流氓！让雷把你劈成两半！……"老满头气疯了，暴跳如雷，要冲过去打一歹，被人拽住了，他们将他往外拉。

这一来，祠堂里乱成一团。人群压缩到了四堵墙上，每一个人都活了。以至于道士和他的徒弟也丢下手中的活儿，赶到门口来帮忙。

这一刻，每个人被迫做出了自己的立场判断：有人因为这样的理由认为老满头可怜，但也有人因为那样的原因认为一歹是对的。所有人中，大概只有吴村小学的学生们，他们还搞不清这是怎么一回事。尽管如此，他们却意见一致地站在了明明和他的爷爷这一边。

"放开明明爷爷！放开明明爷爷！"他们胆怯地喊着，声音很小。

本来，想学"聪明一点儿"的猪富是不想插手这件事的，更不想动手打老满头，村长和先根拿的钱最多，为什么偏要由他来得罪人？在这件事上，猪富以为一切问题应该让村长自己来解决。

可是，当他看见这么多人就跟哄抢扶贫物资似的，简直要把老满头身上的衣服都扯破了，却没有将他制伏，怒气就上来了，他忍不住发起火来："真够丢脸的，饭桶！废物！都给我滚到一边去！你们这是在抓野猪上架哪！"

说着，猪富抓住时机，噌地跳了过去，一把抓住了老满头的衣领，把老满头攥在手心往上提着，拳头已经打了出去："你这条疯狗！滚……滚！你再胡搅蛮缠，小心老子要了你的命！"

老满头一个趔趄，就像一件笨重的家具摔倒在正午的太阳底下。就这样，事情结束了。

猪富对挤出祠堂看热闹的人吼道：

"去你他妈的！都给我滚回去，一个个都想偷懒！反了你们！都给我重新哭起来！告诉你们，钱还在村长手里！"

正午的阳光打在老满头的脸上，火辣辣地疼。老满头从地上站起来，他的脸色很难看，他很清楚刚才发生了什么事，他冷静下来了。意识到刚才发生的一切完全是自己的错，他觉得自己很蠢，羞愧得抬不起头。

好在一通胡闹，只是受了一点轻伤，一点也不妨害他接下来要去做的事。他带着哭泣的明明，走下祠堂门口的台阶，台阶是向下的，他的担子就在台阶的下方。

他对明明说："明明，别哭了，别哭了，我们走吧！"

爷孙俩走下了台阶。老满头蹲下去，又站起来。他发现担子沉了。担子经过这一阵的歇息，反而变得沉了。不过，这个重量他还是能挑起来的。他咬着牙，走过了一段路，听见身后的祠堂里重新响起了哀乐，伴随着哀乐，如歌的哭声也随之飘了过来。哀乐和哭声似乎根本就没有被打断过一样。

没有什么，人都是要死的，人死了就是一块泥巴，可是，一阵酸酸的不知道是嫉妒还是愤慨的痛楚，还是滋生了。老满头的脑子里就像放电影一样，刚才在祠堂里看见的阿巴东葬礼上的热闹场面，突然投影在前面的道路上……那是他从来没有见到过的……到了这时候，他才觉得儿子的葬礼多么不像样儿：没有丧歌、没有颂经、没有哀乐，甚至没有魂幡……他的心如刀绞。

"三千块钱，我省这三千块钱干什么？……我不葬了，我不葬了，我要去把钱取出来，至少要请道士给建设超度亡灵！我不能让建设活着时吃尽人世的苦，死后还要下地狱！不管以后怎么样，我都不能省这三千块钱……我就是去卖血卖肾，也要让儿子在阴间过上好日子！……"

老满头的思绪飘得很远，完全像喝醉了酒一样。有关儿子的一切，鲜活的黯淡的令人心疼的东西，统统涌上了他的心头，老满头感觉自己就要倒下了……两只簸箕晃荡起来。晃荡得厉害的时候，他不得不站住，叫明明扶住簸箕。

"爷爷，爷爷，你怎么啦？你病了吗？要不要我帮你挑？"

"明明，我的好孙子，爷爷只是很伤心，我们回家吧。"

"爷爷，我们……不去茶园了吗？……"

"今天我不想去了，你爸爸……你爸爸不是一条脑浆迸裂的狗！……"

老满头身子一软，坐在了地上，几只苍蝇从干稻草下面的血污里飞了出来，嗡嗡地在老满头的头顶盘旋。他们除了听见隐约传来的哀乐和丧歌，就是听见苍蝇嗡嗡嗡的喧闹……老满头看见明明的眼睛哭红了，泪痕弄脏了他的脸，明明的鼻翼又在轻轻地抽动着。他还是一个九岁的孩子呀！

"明明，不管你以后能不能上得起学，"老满头请求道，"爷爷……爷爷都求你……别怪你爸爸……你爸爸尽力了。你要怪，就怪爷爷……爷爷老了，活不到你上大学就死了，就算没有死，我也供不起你。"老满头感到自己说出来的话是呛人的，就像打开了一瓶氨水，把自己呛着了，他停顿了片刻，才接着说，"爷爷……爷爷要是把所有的钱拿出来，安葬你爸爸，就像安葬阿巴东一样……明明，你愿意吗？"

明明点了点头。

看到明明这样孝顺他爸爸，老满头扭过脸去，他的心里反而更加难受了。因为，他更不愿意看见明明因为缺钱而辍学！

他是没有能力的……他的心里乱极了，他知道，簸箕里的儿子也在等他做出回答……但他相信他的儿子，是不会怪他将他草草掩埋的……

"明明，扶你爷爷一把……"

老满头打定了主意，正准备从地上站起来，这时候，在老满头身后，传来了一阵急促的脚步声……

脚步声就像马蹄一样嘚嘚地响过来，老满头和明明转过身去，看见是小茶壶的儿子铜板正从街角跑出来，后面还跟着石匠的儿子佳男。他们喊道：

"明明，明明，等等我们啊——"

他们跑得飞快，跑到老满头和明明的跟前时，上气不接下气地说：

"等一等，等一等，后面还有晶晶，哎哟哎哟，她跑得可真慢。"

明明等着他们继续往前跑，等了一会儿他们却还站着，神情庄重，才想起来问他们：

"铜板、佳男，你们跑出来干什么？"

"我们来陪你们的。我们不去送阿巴东了！"

"这怎么行？被猪富看见工钱就没了！"

"我们要跟你去送你爸爸。"

"不行！不行！你们的妈妈知道了，要骂你们的。"

"她们才不管呢！是她们同意我们来的……"

蹲在地上的老满头，听清楚了孩子们说的话，他先是一愣，而后，他的胸脯里热了两下，就像拼命克制的眼泪从内脏里溢了出来一样，他终于克制不住，身子哆嗦起来……他紧紧地抿住嘴唇，使出了惊人的努力，才没有像个孩子一般哭起来。

"建设！建设！安息……"

第三者

1

有一个故事，藏在心里很久了，就像一块带棱角的石头，常常刺痛我的心。今天，我试着把它写下来。为了不给这个故事的主人公带来新的不幸，我对故事中涉及的人物作了化名。同时，我要申明：我不是一个作家，这是首次书写"通讯报道"以外的文体，我只保证把它完完整整地写下来，尽可能做到言简意赅、通俗明白。

这个故事的主人公叫马东，是山乡的一个农民，原本有一个幸福美满的家庭，可是天有不测风云，马东在外地做工时，不小心从脚手架上摔了下来，这一摔就再也没有站立起来。从此，马东瘫痪了，整天躺在床上。

马东的妻子名叫铁莲，是一个既不漂亮也不难看的女人。马东瘫痪后，生活的重担就压在了她的肩上。看着妻子为了自己累死累活，自觉拖累了家庭的马东难过极了。好几次，他拉着妻子的手说："我不能耽搁你一辈子，你再找个人家嫁吧。"铁莲坚定地说："只要你还有一口气，我就不离开你半步。"

一晃三年过去了，马东在铁莲的精心照料下，活了下来。然而，家里的田要种，病人要看病买药，儿子要上学，日子依然在贫困、绝望中苦熬着。马东心里明白，一个三十多岁的女人，需要男人的爱，而他带给她的，只是沉甸甸的家庭重担。这时，一个不得已而为之的想法在马东的心中滋生了。

马东说："铁莲，你能照顾我，我已经很知足了，你要想找男人来家里，我没半点意见。"

铁莲说："你说什么呢你，我没那心思！"

马东一脸严肃，说："我不能再拖累你了。我摔瘫后，你已经照顾我三年，已尽到一个做妻子的责任。在我有生之年，一定要看到你快乐地生活。你现在还年轻，样子也不错，找个条件好一点的男人应该没问题。只要人家对你好，只要人家愿意出钱培养儿子读书，总比这样苦一年愁一年好……"

铁莲红着脸，说："马东，你说这种话，真不应该啊……再穷再苦，我都不怕，有你躺在床上，就证明我们这个家还是健全的，我和孩子都有个精神上的依靠。如果我和别的男人有不正当往来，外面人会骂，我自己良心也不安……"铁莲说着说着，哭了起来……

后来，铁莲发现，马东的脾气变得越来越坏，动不动就朝她发火。铁莲心里很难过，暗暗哭过好多次。反复思量，是不是自己只顾忙生活，不能时时照应到他，他一个人在家里心焦、生气了？铁莲就跟他解释，现在是农忙时节，都是整日整夜地忙，如果我只待在家里陪着你，就荒了田里。

没想到马东却不听这一套，照样发脾气，执意要跟她离婚。铁莲忍受不了，抹着泪，跟隔壁的老奶奶说委屈。老奶奶告诉她，马东是不忍看着你和孩子待在这个家苦一辈子，才想出了将你气走的办法。铁莲听后，不觉热泪盈眶。

有一天，她干活回来，突然晕了过去。邻居发现后将她送到医院，纷纷劝她："这样啥时是个头？他的病没治好，你恐怕也爬不起来了。"

铁莲说："谁不知道改嫁好？可人不是猫不是狗，怎么能说扔就扔下？我走了，谁来照顾他？"

乡亲们说："人心都是肉长的，个中的酸甜苦辣我们都知道，马东娶了你，是他的福。如果没有你这么多年的照顾，说不定他活不到今天。可是，你还有未来，不应该这样过下去，你去问问马东，你跟他离婚不离家行不行？旧社会不是有'以夫养夫'的吗，你不如再找个丈夫，好伺候他。"

就这样，铁莲在马东的哀求和乡亲们的相劝下，在繁重的体力活和贫困的双重打压下，坚定的心终于有些松动了……她答应马东："如果有人愿意跟我一起照顾你，一家四口就一块过，要是人家不心甘情愿，我就不跟他结婚。"马东点了头。

那一年冬天，离婚手续是铁莲背着马东去办的。

那时，我还在报社工作。我得到这条由读者提供的新闻线索，去山乡采访这对苦难中的夫妻。我仍记得那一天的情况。我是在山乡政府的办公室里见到他们的。铁莲皮肤黑黑的，身材中等偏上，见到她的时候，她的眼睛红红的，显然刚刚哭过。她的丈夫马东，瘫坐在她的身边，他呼吸着，面容枯黄，表情阴郁、尴尬。

作为一名记者，我想了解以下三个问题：马东是怎么瘫痪的；为何要离婚；公众对这件事的评价。采访很不顺利，这对刚刚离完婚的夫妻，对我的介入充满了敌意。他们要么不回答我的问题，要么默默地流泪。直到我诱导说，我写这篇报道，是想唤起有关部门都来关心残疾人的生存问题，看看能否得到一些捐助。他们这才开始配合我的采访。

"如果你要写我，那就请你多写写铁莲的好吧。自从我瘫痪后，吃喝拉撒洗漱，全靠她。每次大便，简直是一种折磨，那股臭味自己都感觉难闻，而她从来不嫌。对我来说，我是一个废人了，让妻子守活寡，我活着没意义。但是铁莲，她的路还很长，希望她以后能找到一个好丈夫，过上好生活。不用再那么累。我这身体明摆着成了负担，家里靠她一个人，负担太重了啊……"

马东就这样讲了下去，几次流泪，喉咙里仿佛有东西在翻腾……还有什么比马东对前妻的祝福，更悲壮的呢？我除了安慰他，就是希望自己手中的笔，真的能给这个不幸的家庭带来一些实际的帮助。回到报社后，我写了一篇题为《为给年轻妻子一条生路，"背上的丈夫"逼妻离婚改嫁》的报道。内容基本上是采用马东的自叙写成的。

报道登出来后，社会反响强烈，山乡政府看见自己乡里的事登到了报纸上，为了树立一个亲民的形象，主动为其全家解决了低保，更是四处为铁莲物色合适的丈夫，还办了一个公开的集体征婚会。这样大规模的集体征婚会，无疑是很有新闻价值的。

遗憾的是，临到集体征婚的那天，我因其事未能前去采访。只听说，征婚场面很热烈，从附近乡镇赶到现场征婚的单身汉有数十人，他们被铁莲的故事感动，一个个跃跃欲试，场面一度陷入混乱。在这种情况下，乡政府办公人员不得不按照新兵入伍的方式，先对前来应征的男人进行体检，然后是面试。两样都合格的，才有资格和铁莲面对面相亲。

至于，这个集体征婚会效果究竟怎么样？我一直不清楚，直到某一天，我在城里偶遇马东的小姨，她告诉我，马东和铁莲依然过得很苦，我才知道那次征婚并未如愿。

那一天，我陪妻子在一个商场购物，突然，肩膀被人拍了一下。回头一看，是一个二十来岁的乡下姑娘，微笑着，看着我，两眼里闪烁着激动和羞涩。

"嗨！陈记者，没想到在这里遇到你！"

"嗨！真巧。"

我也微笑着，却想不起在哪里见过她，我抓了抓头，听见那个姑娘说："你不记得我了？我是马东的小姨'铁琴'，你采访过我姐夫呢！"

　　"哦，马东，是山乡的吧，我记得。可我好像……"

　　"你当然不记得我啦。你采访我姐夫时，我站在门外。"

　　"哦，难怪！我想起来了，的确有一个小姑娘一直站着。"

　　"知道我为什么记得你吗？因为你的样子很特别。"

　　我知道我的相貌，属于"奇人异相"之类的，在这里就不提了。总之，我在商场遇见了铁莲的妹妹铁琴。她告诉我，她来金华快半年了，在一个电子厂打工。我问：

　　"那你不读书了？"

　　"早就不读了。我就住在这附近。"

　　"我住得也不远。"

　　商场里人很多，说话并不方便。寒暄了几句，我便想与她告别了。可是这时候，我又想到了她的姐夫——那个瘫痪在床的男人。问：

　　"你姐姐、姐夫怎么样？还好吗？"

　　"还是老样子！我姐也想出来打工，可是她走不开……"

　　"不是说乡里为她征过婚吗？"

　　"别提了，他们是在瞎胡闹，拿我姐寻开心。"

　　"怎么回事？"

　　"征婚那天，人是来了不少，什么猫呀、狗呀的全跑来了，就是没有一个诚心实意想娶我姐的。"

"也是，让我和你姐夫同住一屋，也会别扭的。"

"这不是理由吧，如果真爱我姐，怎么会感到别扭呢？就当我姐夫是我姐的哥哥呗。"

我竟被她说得无言以对。心想，在一对新婚夫妇之间夹杂着另外一个男人——也就是新婚妻子的前夫——是什么感觉？一定非常尴尬甚至痛苦的。

这时，我的妻子在商场的另一头叫起来了。她已经等得不耐烦。我给马东的小姨留了一个手机号，就匆匆离开了。

回到家，我的脑海中再次浮现出马东，瘫坐在妻子身边的形象。这个形象是不美好的，每次想起来都有一种说不出的伤感。我想，或许通过熟人介绍，才能为这一对苦命的、相依为命的夫妻，找到一个愿意上门的男人吧。

这么想着，我竟为这事琢磨起来，夜里也没睡踏实。

2

我在报社工作近十年。因为职业的关系，跟社会上不同行业的人都有交往。有一天，我在无意中跟一个叫张武的朋友提到马东一家的不幸，希望他能帮这个家庭物色一个好男人，或者想想别的出路。

朋友说："这太荒唐了！逼自己的妻子招上门女婿，心里就不难过吗？"

我说："怎么会不难过？这是没有办法的办法！不然，一个农村妇女就算有再大的能力，也很难承担起如此沉重的生活负担。"

朋友说："这样不公平，也不和谐的。一个女人与两任丈夫生活在一起，即使不算违法，也与传统道德和正常生活习俗不适应。毕竟，人家前夫是活生生的人，整天盯着你……"

我说："这个你放心。我刚才说的那个人瘫痪了，早已丧失性能力。所以不存在你说的那种情况……"

朋友说："我说的不仅仅是担心他会与前妻发生性关系，而是，我想象不出来，这样的日子怎么过？一个男人需要多么宽广的胸怀，才能容忍自己的妻子跟别的男人生活在自己眼皮底下……或者说，又有哪个男人愿意自己的妻子和她的前夫生活在一起？而且还要侍候、赡养他？"

我没好气地说："一个人，当他无路可退、看不到任何希望的时候，还谈什么伦理不伦理的？假如有一天你被困在黑暗煤窑里，连自己撒的尿也会喝的！"

朋友说："那是两码事儿。"

朋友的话，让我很生气。但是他说的也不是没有道理。再说，连乡政府办的集体征婚会都没有为铁莲物色到一个能够容忍第三者存在的人选，我能做什么呢？此后大约半月，我的心里虽然惦记着马东的遭遇，很想为他做点事情，但是，也就是在心里想想而已。在新闻岗位上久了，看见的不平之事、悲苦人生太多了，我已没有当初刚参加工作时的悲天悯人。

又过了一些天，却有一个脸上长一道疤痕的人来到报社找我。他自我介绍说，他叫老黑，是来征婚的。我问："我这里不是婚介所，你找错人了吗？"那人说："你不是认识一个想再婚的女人吗？我是想让你帮我说媒的。"我吃了一惊："你是听说了马东和铁莲的事了吗？"他点了点头。

"那你是怎么知道我的？"

"张武老师跟我说的。他说你这里有一个离了婚的女人。"

为了确认身份，我给朋友张武打了一个电话。张武说："对，前段日子我这儿不是搞装修吗？我随口跟这个小工说起你亲戚的事，他心动了。他说不在乎跟前夫生活在一起，女人对他好就行。"

我挂了电话，再次打量站在眼前的男人，他长得很壮硕，背有点驼，头发蓬松，大概有一米七五，穿着不是很整洁，一看到他，我就想，他年纪大概有四十多了。不过，身上的力气应该不会少。

他说，他是塔石乡人，一九七一年出生（这么说来他还不到四十岁），高中毕业后就外出打工了。头一次结婚老婆跟人跑了。又找了一个，结果又跟人跑了。他当时就想，再也不结婚了。可是当他听说了马东和铁莲的事，他的心被震动了。以前，这样的故事只有电视剧和书上才有，没想到竟然发生在自己的身边！他被铁莲的善良感动了。他要找的，就是像铁莲这样心地善良的女人……就像《渴望》中的刘慧芳……

我对他说："生活可不是听故事、看电视剧，你可知道，你要去的那户人家，丈夫瘫痪在床，儿子要你供他读书。你去了，就要担负起这个家庭的重担。不诚心就不要去打搅。"

那人说:"我从小也是苦命人,别人帮助过我,我也帮助别人,我觉得那个马东就是我的兄弟。我劳力好,能吃苦,只要有我一口吃的,就有他一口吃的!你放心,把这个家交给我,我会把马东当作亲人。"

我说:"你在这里说再多也没有用,你如果愿意揽这个包袱,明天我愿意带你去。到了那里,你再决定是否愿意加入这个特殊的家庭。再说,人家铁莲是否能看上你,也是一个未知的问题。所以,你明天穿得体面一些,一早来这里等我。"

那人千恩万谢地离开了,走的时候想着心事,甚至在楼梯上摔倒了。第二天,他果真早早地来了,穿着一身干干净净的衣服,头发胡子也打理过了,显得很精神。我就带他去了吴村。

吴村离山乡政府驻地有三十里地。经打听,马东的家在村子上头一片竹林的山脚下,那里住着二三十户人家。马东的家在路口,是土坯屋,门前有几级台阶。马东就倚坐在台阶的最高处,也就是石头做的门槛上晒太阳。他一定看见了我们,但是他悄悄地扭过了头。

"马东!你家来客人啦!"马东的邻居叫他。

马东的面孔转过来,蓬乱着胡子的一张脸。瘦削干枯。他不死不活地答应了一声:"我家哪来的客人?穷都穷死了!"

我想他一定是不认得我了,我微笑着,走到台阶上,跟他打招呼:"马东,还记得我吗?咱几年前在乡政府的办公室见过。"

马东的两只眼睛毫无光泽,整个人委顿、干缩了。他斜了我一眼,冷冷地说:"我不记得了。"

他的漠然让我感到很不舒服。我走了进去，屋里散发着一股淡淡的尿臊味。屋里凌乱不堪。并不宽敞的屋内，一间卧房占去了三分之一，剩余空间的一个角落被厨具、餐桌摆满。另有一张大床又占去了小半空间。大床上方用夹板钉成方形，靠门一边开了一扇小窗，可透光透气，不临墙的一面用蚊帐遮住。剩下的地方摆着一张木沙发和一台黑白电视，发挥着客厅的功能。

我正踌躇时，有一个男孩从外面跑了进来。我立刻认出他是马东和铁莲的爱情结晶。他给我们搬来一张椅子，问我们是不是找他妈妈的？我看见椅柄上有发黑的血迹，心想这一定是马东坐过的椅子。

"你妈妈呢？"我问他。

"她上山挖草药去了。"我看见男孩警惕地看着我，显得乖巧和机灵。

"什么时候回来呢？"

"要到中午饭。"

到中午饭还有一个多小时。我们坐了一会儿，感觉时间黏稠、空气窒闷。我想跟马东聊上几句，又不知如何跟他聊起，就问了男孩一些问题。从男孩口里知道，他今年上小学二年级了，由于交不上学费，已经辍学。妈妈在之前生过一场大病，刚刚好了。

这时，跟我一起来的那个叫老黑的男人，目不转睛地看着马东的儿子，终于，他窸窸窣窣，犹犹豫豫地从包里拿出了一包花花绿绿的糖果，他请男孩吃糖果。男孩说他不吃，吃糖果会蛀牙的。老黑说，这是叔叔专门为你买的，牛奶做的不会蛀牙。以后，叔叔还要挣钱培养你考上大学，做国家的栋梁。男孩说，叔叔你真的能送我去上学吗？

不料，坐在门槛上的马东动了一下，他费力地转过身，喊道："马锐，我们不吃人家的东西，也不要人家的钱！"他好像很生气，身子在微微颤抖。男孩愣在那里，过了一会儿才哭着，跑开了。

我和老黑面面相觑。

我不知道在马东的身上，到底又发生了什么？是谁伤害了他，还是怕我们不怀好意？我如坐针毡。

3

整个中午，都没有看见马东。不知道他是躲在卧房，还是有人背他出去了。不过这样也好，省得他坐在一旁影响老黑和铁莲的相亲。当然，所谓的相亲其实就是坐在一块吃了一顿饭而已。但是，我发现效果比预想的要好。有那么一点感觉儿。当我们走的时候，铁莲出来送我们。我发现铁莲的眼睛湿湿的。

"陈记者，以后有空带着老婆孩子到山里来玩吧，山里空气好，我家脏，但我可以安排你们住在邻居家。"她说着，是真诚的，她还往我手里塞一包东西，那是一包茶叶。我执意不收。她又说："这是清明前摘的茶叶，送了一些给马东治病的医生，只剩这一点儿，你带着喝吧！"

我推辞不下，就收下了。这时，又看见她把一只袋子往老黑的手里塞，原来，那是老黑从金华大老远提到吴村来的东西，里面是滋补品。老黑东躲西躲的，铁莲只好收下了。

在路上，我问老黑，铁莲怎么样？他嘿嘿地笑个不停。他说他很中意，忍不住多看了她两眼，她也一直盯着他看，不知怎么的对她很有好感。说到这，老黑露出了腼腆的笑。我又问，对她前夫怎么看？老黑说，他一定会好好照顾他的，就像亲兄弟一样。我说人与人要讲缘分，和得来就和，和不来就不要凑合。老黑说，他是认真的，今天刚看到瘫在门槛上的马东，心里就一直酸酸的，很想说："老兄，你这个家的负担好重啊，让我来替你挑起这副担子吧！"

我说，既然你对铁莲一见钟情，又愿意赡养她前夫，我觉得你一定能成。我跟铁莲的妹妹也认识，等到了城里，我帮你跟她妹妹说说，让她也帮你使把劲。老黑满脸通红的，说着感谢的话，并提到等婚期定了，他要请我喝喜酒。我心想他真是乐观，面粉还没有发酵，就想着吃热馒头了。

回到城里，他果真来找我。这时我才发现，我并没有铁琴的联系方式。有时到超市购物，倒是希望能与她再一次不期而遇，但是都没有遇到。他就一天三个电话地催我，希望我再陪他去吴村，把我弄得很烦。我说，你已经认路了，不会自己去吗？他说他其实已经自己去过一次了，马东给他吃了闭门羹。又说，他无时无刻不想着铁莲，只要铁莲同意嫁给他，做牛做马不反悔。

我说："那铁莲到底同意嫁给你吗？这是问题的关键。"

他说："铁莲让我自己考虑考虑。"

我说："考虑什么？"

他说："我也不知道。"

我说："既然你自己都不知道，我能帮你什么？"

自那以后，老黑再没有来找我。这时，我自己的工作、生活也是一团糟。工作上，是我的文凭不够高，职称评不上去，在报社低人一等。生活上，是我发现妻子背叛了我……

我是在她的电脑上发现这个情况的。那几天我的电脑坏了，打开她的电脑后发现她有一个前缀是"love"的秘密邮箱，我怀疑这是专门用来写情书的。我花了半天时间破解了该邮箱的密码之后，一个让人瞠目结舌的事实摆在了面前：妻子与人偷情了。

"那一天，当你飞速离开宾馆时，我的心凉了，我清醒了，记忆比什么都长久。"我怎么都不愿相信这是真的，可是当我打开更多的邮件，里面的内容更加肮脏："不要和她做爱，弹药都留着给我，等我们见面，直到筋疲力尽……"

看着这些不堪入目的内容，我好几分钟脑子晕眩。这是为什么？！

我把电脑砸了。砸完之后又想起这不是病毒，这是抹不去的耻辱！我打电话给这个婊子，在她赶回来之前我又砸了电话，她赶回来后，我就揪住她的头发，用拳头揍她的脸。她挣扎着，死不承认跟人睡过觉，直到不再抵抗，从鼻子和嘴角流出了血。

自此一场战争爆发了。我们天天吵架。

有一天，下班后，我不想回到分崩离析的家，就在街上瞎逛起来。路过一个理发店的时候，有人站在门口招揽生意。我就走了进去。不料，我在这里遇到了铁琴。见到她时，我吃了一惊。她在这里当洗头妹。

"你现在没有在电子厂吗？"

"我从那里出来了。"

"为什么？"

"那里的工作太辛苦了。都是夜班。"

"这里没有夜班？"

"这里的工资高，还能学理发。"

我想，我没有权利管别人的私事。于是，又问起马东的情况来。铁琴告诉我，她的姐姐就要和新来的姐夫结婚了。

"什么？"我有点不明白。

"我是指新来的姐夫。"

"那是谁？"

"一个叫老黑的。"

"没有这么快吧！"

"哦，我也没想到他们能走到一起。"

"那家伙是我介绍的，"我随即后悔不该用"那家伙"这个词汇，马上改口说，"那你认为，新姐夫怎么样？"

"我看挺好的，挺勤快的。"

"那你认为，他能跟你以前的姐夫和平共处吗？"

"应该可以吧，"她说，"前几天我回家一趟，看见他帮我姐夫倒屎倒尿、按摩四肢。隔壁老太太竖起大拇指对我说，你这个新姐夫真是没挑的，为人老实，又不抽烟喝酒，每次吃饭前，总是先将好菜选出来，装到碗里端给马东先吃。每天还背着他去晒太阳，陪他聊天、打扑克……"

"那还真不错。我没有看错人。"

"老太太还告诉我，他对我外甥马锐好得没话说，自从马锐上学后，新姐夫每天送他到井下村学校门口再回来忙农活，放学前又匆匆赶去接他回家。现在马锐跟他比跟我姐夫都亲。"

"那你姐夫的态度呢？"

"他还有什么态度？有人愿意照顾他，是一件好事。他以前对自己的病已经不抱幻想，现在每天锻炼身体，用手捏腿上的筋。"

"他上次对老黑可是很凶的。"

"那是在故意考验他吧。因为以前来征婚的，都是想占我姐便宜的，还有动手打过我姐夫的……"

铁琴一边帮我做头部按摩，一边跟我说着话。我感觉铁琴的身上有一些让我喜欢的东西，或者是她的直率，或者是她的年轻，在偶尔想入非非的同时，时间过得很快。回到家，我的脑海中挥不去她的形象，她多么年轻，样子还很清纯，不像我的妻子，已经变老，脾气很坏，还那么不检点。打扮得像一只火斑鸠似的。

不过，我再没有去那个理发店找过马东的小姨。当有一天，我们再次见面时，已经是在她姐姐的婚礼上了。

4

老黑没有食言，在他与铁莲结婚的日子，他第一个要邀请的人就是我。

我看见，马东的房屋焕然一新，老黑西装笔挺。许多村里人来帮忙了，马东的兄弟和老黑的父母也来了，大家为婚礼忙碌着。没见到马东，正疑惑时，上次给我带路的那个邻居指着灶台后面的一扇门说："门背后有一间小屋，是专门砌出来给马东住的。"

我这才发现，原本屋内摆放着一张挂着蚊帐的大床，已经拆掉了。现在屋里显得宽敞了许多。当然，那股尿臊味闻不到了，闻到的是从灶台上溢出来的肉的香味。我走了过去，推开了那扇门，向里一望，马东坐在床上。不是那张大床，但上面同样挂着蚊帐。他一动不动地坐在那里，跟我在乡政府第一次见到他时模样相仿，唯一区别是他穿着崭新的衣裳。

小屋的外面，几个负责做酒席的男女好奇地往里看。锅里响着咚咚的水汽，不断地飘进来。他见来了客人，想把蚊帐放下来。

"你最近怎么样？身体还好吗？"我无话找话。

"还好。比以前有力气了。"我看见他苦笑了一下，说。

"你想不想到外面走走？"

"不了。我想休息。"

我从他的脸上读不到他内心的想法，他并不像铁琴说的那样心满意足，但是也看不出他有多么悲伤难过。他只是活着，作为这个家庭的第三者，如此而已。这不正是我们想要的结果吗？

此时是上午十点三十分，马东家门口的道路上大红爆竹摆成了两个"8"字形，就等接亲的队伍一到，立刻燃起欢庆的喜炮。新娘铁莲，将重复多年以前嫁给马东的同一条道路，来到这个有了新男人的家……

铁莲的娘家在吴村的上游，一个叫东坑村的地方。由于东坑村距离吴村不远，十一时二十八分，村外道路上隐约响起了爆竹声。半个小时后，一支浩浩荡荡的队伍出现在焦急等待的人们的眼前。婚礼在鼓乐齐鸣、爆竹喧天声中举行了。主持这场婚礼的是这里的村长，一个能说会道的人，他一会儿把大伙说得哈哈大笑，一会儿又把人说得泪流满面，尤其说到这个新家庭来之不易时，几个老人哭得更是伤心。

然后，婚礼是在"签字仪式"中结束的。新娘铁莲、新郎老黑、前夫马东在村长和三方家属代表的讨论下，自愿签订了一份协议。协议约定，即日起，老黑到马东家当上门女婿，铁莲和老黑为法定夫妻，他们负责照料前夫马东的日常生活，并有义务将马东与铁莲的儿子马锐抚养到十八岁，等等。

协议签订后，酒席开始了。由于房屋小，酒桌大部分摆在门外，只有三桌摆在屋里，我跟铁莲的父母、老黑的父母、马东的兄弟，还有村长坐在一桌。他们对这桩婚姻都很满意。

酒席上，还有街坊四邻送来一个大匾，上书：

怨天尤人不可取

流言蜚语由它去

忍辱负重好男儿

坚忍自强创奇迹

酒席散后，我被安排在村长家住宿。村长喝得醉醺醺的，在他家跟我聊起了天。村长说："在山里，一个女人和两个男人一起过日子的很多。有的是因为穷，兄弟俩合娶一个媳妇。有的是因为不检点，把男人带回家住，一住下就不走了，两个丈夫一起吃饭，一起干活，生下来的孩子分不清是谁的，既像这个爹又像那个爹的，上户口的时候只好跟他妈的姓。"

村长说完哈哈大笑起来。我说："他们在一起能过一辈子？一个女人，同时伺候两个丈夫？"

村长说："当然是一辈子。这样的家庭一般妻子当家，男人都听她的。在我们这里，有一个寡妇家里住着三个男的，年纪大的五十多岁，小的只有三十几。你信不信？"

我说："我很难相信，在实行一夫一妻制的今天，一个女人怎么能同时和……"

村长说："这你就不懂了……"

我们又聊了一会儿这方面的内容，直到村长老婆叫他去睡，他才走了。我躺在村长家陌生的床上，突然想起了独住在小屋里的马东。我想象不出，这个晚上他如何度过？难道真的不难过吗？想着，想着，我又想到了我自己。

从某种意义上说，马东已经与铁莲离婚，铁莲和别的男人睡在一张床上，那是她自己的事情。而我的妻子，她怎么可以，瞒着我和别的男人去干那苟且之事？我又失眠了。

5

我跟妻子提出了离婚，那是在马东自杀的前夕。

妻子跪下来求我，要我看在孩子的面上，饶了她这一次。"你知道，我最在乎的是你！我恨我自己！"说完，她狠狠地扇自己耳光。她的求饶只会增加我的厌恶。然而我想到女儿，不论是判给我或者判给她，都将对她造成难以弥补的心灵创伤，内心充满了矛盾。那一刻，我甚至有些羡慕马东，因为马东，谁都知道他是一个残疾人，他的宽容忍让在当地传为佳话。而我，就算为了女儿原谅了她，我也无法原谅我自己……

当我回到办公室上班，空荡荡的办公室里坐着我一个人，想想这些年的付出却落得这样的结果，我忍不住流泪。自从这事发生后，我一直想找那个男的将他废了，但我有父母还有孩子，生活的责任让我犹豫不决。我就是从那时候起，对生活失去了乐趣，开始夜不归宿，后来发展到嫖妓。于是，孩子就很悲惨地成了最可怜的角色，全靠她拴系着名存实亡的家庭。

但是必须指出，尽管我堕落了，但是在感情上我从未背叛过这个家庭。记得有一次，我和马东的小姨在路上相遇，她在词不达意中约我出去吃夜宵。看得出来，她对我是有好感的。我甚至想到，像她这样发展下去迟早也会在城市的污染下沦落，从事出卖肉体的营生。我为何不捷足先登呢？我思前想后还是不愿伤害她，更不愿做那种偷偷摸摸的事情。

就是那次见面后不久，马东自杀了。

仍记得那一天，我的手机响了，我听到的是一个感觉陌生又仿佛熟悉的声音。那个声音完全变调了，有些气喘吁吁。我还以为是以前玩过的某个小姐故意逗我玩儿的，用嘴巴发出一个亲吻的声音，问对方是不是想我了？很显然，对方以为打错了电话，挂掉了，过了半分钟，又打了进来。这一回终于弄明白，是马东的小姨打来的。我尴尬极了。

"陈记者，救救我姐夫吧！他就要死了！"

"你有两个姐夫，你说的是哪个呀？"

"是马东。"

"他怎么啦？"

"他吃了老鼠药，在汤溪镇医院耽误了时间，现在已经转到市医院，这里的大夫不给治。"

"什么原因？"

"缺他们钱。"

我打的去了铁琴说的那家医院。我敲开院长办公室，向他说明了来意——为了到达尽快抢救马东的目的，我还向他出示了记者证，并且声称马东是我的亲戚——院长姓柳，长着一个石榴鼻，其实我们以前在什么场合见到过。他马上命令大夫将马东推进了急救室。

这时候，我才有暇面对铁莲、铁琴，还有老黑。我们坐在急救室外面的走廊里。铁莲在轻轻地啜泣。因为这里的环境过于安静，她的啜泣让人听了很不舒服。我说："时间不早了，咱先出去吃饭吧，省得等。"

铁莲说："我不饿，什么都不想吃。要不你们去吃吧。"

我问铁琴，她说她要陪着姐姐。我就把老黑带出来了。

我发现老黑瘦了，背驼得更厉害了。我不知道是他性事过度累的，还是另有原因。酒过三巡。我问他："马东怎么回事？"

老黑抽了抽鼻子，说："都是他自找的。"

我问："你是指什么？"老黑的眼泪就哗哗哗地下来了。

"陈记者，你不知道，这日子……过的……真是受罪啊！"

"噢，那么说你和铁莲结婚并不幸福？"

"我和铁莲还是好的，就是和马东，我都不知道怎么跟你讲……他神经质，脑子有病，大概看见我好欺负，处处与我为难，我还没有见过这样阴险，这样恶毒的人。"

"是吗？"听他这么说，我的心里有些难受，我不知怎样来做判断，毕竟是他"夺"走了马东的女人，我说，"你当初吃了闭门羹就应该意识到今天这一步。以后你打算怎么办？"

老黑喝了一口酒，说道："不是没有想到，是想到了也没有办法。你也知道，我是因为铁莲的善良感动的，我知道现在的人没有良心，像铁莲这样的人举着灯笼都难找。你带我去的那天，我看她长得还可以，当即动了心。从吴村回来后，我隔三岔五地往她家跑，每回带去整袋的水果，成箱的滋补品，为了表示我是真心帮助他们的诚意，我也不在那里住，把东西送到家，就坐中巴车回来……可以说，我和铁莲是像年轻人一样从相识、相知，到相爱的……"

"对，我听铁琴谈起过。"

"可我把问题想得太简单了。我以为，只要我真诚地对待马东，把他当成亲兄弟，他看到我和铁莲为了这个家，为了他的病，幸福地生活在一起，他会为我们至少为铁莲感到高兴。当然，他表面上是高兴的，有村里人来串门，他向村里人夸我好。实际上，他一直在背地里搞我，整我，让我待不下去。"

"他这样做就不对了。你走了，日子可不又难过了？"

"这个我就不懂了。你说他的腿不是不方便吗？可是等你不在，我怀疑他都能站起来跑，他在我的床上撒满铁钉、板栗壳，在我的鞋子里放进了蝎子……还有，"老黑的情绪变得激动起来，"你愿意听我讲，真的，我都愿意讲给你听……也只有我能忍着性子不跟他一般见识！唉！我和铁莲结婚后处处为他着想，我们睡在一起的时间不超过十次。那个货，总是装作一副可怜相，他经常白天睡觉，晚上清醒，深更半夜莫名大哭，一会儿尿床了，一会儿肚子疼，每个晚上都被他搅得心神不宁。忙了一天刚躺下，铁莲又不得不起来，哄完被吓哭的孩子，再给那货喂药、按摩，哄小孩一样哄他。那货呢，趁机死抓住铁莲的手，不松开……"

"他这是干什么，不是下半身没有知觉了吗？"

"他的目的就是不让铁莲和我睡在一起。他当初提出招一个男人到家里，全是假的。是演戏。实际上他只想招一头骡子给家里干活。我和铁莲在外面累死累活，每天回来还要侍候他。他呢，在家里整天看电视，听收音机，时间一久还觉得乏味。为了消除他的寂寞，我到处找旧杂志、报纸回家，供他阅读，还买来口琴，让他学着吹。可他虽然过得比皇帝还要好，却不满足。你一定以为他瘫痪了，那方面已经不行，可是，他经常干下刚才提到的那种丢人的事……铁莲恳求他不要骚扰她，让她安安静静地睡一觉。他竟然气冲冲地说：'怎么，嫌弃我了？这才几个月！哼，只要你一天是我的老婆，我想摸就摸，想捏就捏，这是我做丈夫的权力！''你给我住嘴！'铁莲听了那货的话，哭了好几天……"

老黑的讲述停顿了，沉默起来。我鼓励他接着说。

老黑犹豫良久，说："他真的是一条狗都不如，狗你丢给它一块骨头，它会朝你摇两下尾巴，那货却要扑上来咬你一口。铁莲由于长期劳累过度，患上了腰椎间盘突出、坐骨神经痛。有一个晚上，铁莲干了一天活浑身痛得躺都躺不下去，我坐在床头为她敲背、拿捏经脉。这时，那货大概听见我们的床吱嘎作响，心生嫉妒了，又忽然装起病来，将屎尿全拉在身上，衣服、床单、垫絮都要换了。我终于忍无可忍，将他抱到椅子上时故意将他扔到了地上，他摔得呼天抢地，要把全村人都叫起来。从此，他对我怀恨在心，向村里人败坏我，说我经常打他虐待他。哪有这样的事？还说我磨刀要谋杀他。那一天我磨刀是要上山砍柴的，他吓得趴在地上求我不要杀他……"

老黑说了许多他与马东的矛盾，我在倾听的同时分析了一下：马东大概有些变态了。否则，又该如何解释？时间不早了，我旧话重提："马东自杀呢，是怎么回事？"

老黑深深地叹了一口气："是因为铁莲怀了我的孩子。"

我先是惊讶，继而高兴道："哎呀，那真是恭喜你！我怎么没看见铁莲的肚子大了？"

"还刚三个月呢。这不，铁莲刚怀上那货就寻死觅活的，死了不止一次了。"

"他也的确不像话，既然跟铁莲离婚了，还在乎铁莲生别人的孩子干吗？"

"嗨，以后我们这个家不会再有太平日子了。想到他还要活在我们中间，我的心里就很难受：我担心孩子生下来，迟早会被他活活掐死。如果不是看在铁莲的情分上，我无论如何待不下去了。"

"你可不能这样说，"我也不知说什么好，"你们之间大概还有一个磨合期，过了这个阶段就和睦了。真的，通过这次自杀他一定会意识到，他不应该介入你和铁莲的生活。不过，我倒担心你会做出傻事。"

"你是说我会再次打他吗？这个，你要相信我，不会的，我只是恨他，我不会欺负一个残疾人的。再说，结婚那天你也知道，是当着大家的面签了协议的。"

"这倒是真的，你结婚那天的事，我都记得。"我说着站了起来，我们在小饭店门口分手了。

6

我又去见马东，是在他入院后的第四天。我看到他基本上恢复原样了，脸上出现了一些活过来的表情。因为家里还有小孩上学，老黑早回去了，只有铁莲照顾他。铁莲明显瘦了，见到我，照例是笑一笑。

后来，她什么时候出去了。病房里，只剩下了马东和我。马东低垂着头，似乎有些怕我似的。其实，我对他也没有什么好说的。俗话说，"清官难断家务事"，还是少掺和。我待在病房里没有走，是想见一见马东的小姨铁琴。

铁琴迟迟不来，我坐了几分钟，只好站了起来，走之前我跟马东寒暄道："马东，你有什么需要帮忙的吗？"见他摇了摇头，我又说："哪天出院时跟我打个电话，如果有时间，我找辆车送你回去。"

马东说："陈记者，多谢你了。没有你，我已经死了。"

我说："不用谢的。回去后想开点，你是这个家庭中的客人了，大家相敬如宾的，把剩下来的日子过好。"

这时，我发现马东在流泪。我拿不定主意，是当作没有看见走掉，还是留下来安慰他。不过，当我看见他擦泪的样子，突然有了一种同病相怜的感觉……因为我也是一个遭遇过耻辱的男人……

我问他怎么回事？他泪眼婆娑地看着我，抽抽搭搭地哭了一会儿，才告诉我，他不会再回去了。我吓了一跳，以为是铁莲和老黑要将他抛弃在这里了。"你是说你不回家啦？"他点了点头，又是一声压抑的哭。

我说："马东，这是你自己的意思，还是他们俩的意思？"

马东说："是我自己的意思。"

我真后悔刚才那个寒暄的话，这下好了，我必须想出一堆好话来劝阻他："那你不回去，怎么在城市里待着呢？在一个家庭里摩擦是难免的。你应该想到，铁莲曾经是你的妻子，现在已经不是了。你的任务就是活着，安安心心的，别的什么都不要去管。"

马东被我说得身子发抖，脸也变成青灰色了。看到他这副样子，我感到害怕了，又怕溜走会伤害他。我突然意识到，他和老黑夫妇生活在一起，一定很痛苦，不然不会做出这样的决定。但我不敢再问他，怕他像老黑一样向我倾诉他的苦衷。然而，马东自顾自地说起来了。

"我这辈子，毁就毁在要强上。我瘫痪的日子，一辈子都忘不了——那一天，要是我也学得狡猾一些，偷懒一些，就不会轮到我摔下去。那天早上我起得最早，第一个爬到脚手架上粉刷墙壁，突然'哗啦'一声巨响，脚手架散了，我重重地摔在地上。我在医院里躺了近三个月，医生对铁莲说：'你丈夫的伤情目前还没有根治的办法，再治下去只能是浪费钱，如果两年内下半身还不能恢复知觉，可能要瘫痪……'仿佛天塌下来一样，知道自己今后是一个废人了，活，活不下去；死，死不了。

唉，老天爷？你为什么要这样惩罚我？不论黑夜白天，我都想不明白……

"我瘫痪后，生活不能自理。我躺在床上，没日没夜地睁着眼睛。我天天盼着死，希望患脑溢血、心肌梗死之类的病突然死去。看着铁莲老得像四五十岁的人，那时我就想，离完婚我一定要死。我无论如何要死。我不死，就是害铁莲啊……但是我没想到，离婚后的打击，比身体瘫痪更叫人受不了。有时候我觉得自己就要发疯了。我发现铁莲自从跟我离了婚，就变了。她跟很多男人来往，就像她得到了彻底的解放。连多年以前追求过她的人，也出现在了我家里。你说说看，我还没有死，我的心里有多么难受？我是说过，我和她离婚是希望她找个好人家，但是我这样说，是要她改嫁到外面去，我都想好了，等她带着孩子走了，我就自杀……走得从从容容的……她哪里知道，我这样活着比死还痛苦。她还不如抛下我不管呀，免得我受这样的心灵磨难！

"我恨自己下不了死的决心。我做不到。铁莲太单纯了，那些男人只想玩弄她，孩子还那么小，那些男人会欺负她的！我虽然瘫痪了，可我至少能帮铁莲出出主意，时刻提醒她，什么是好人什么是坏人。直到来了这个姓王的，他懂得伪装，懂得欺骗，让他留下来了。没想到，我为铁莲物色了一个狼心狗肺的混蛋……我后悔呀！他是怎么说的？要送孩子上学，给铁莲干活，要给我治病，都是抹了蜜的谎话！他到了我们家，庄稼活不去干，也不出门打工赚钱，就知道吃喝，跟铁莲睡觉。整天待在家里钱会从天上掉下来吗？到时候，他欠下一屁股债，人跑了，把房子卖了也还不清，受苦的还是铁莲和孩子啊。

"我跟铁莲说了这个事。铁莲说，现在你要我怎么办，我已经结过两次婚，你还要我去离婚吗？铁莲根本不听我的。我从那时起，又想到了死……可是，我偏偏不去死。我要看着你们怎样遭殃。那家伙一晚上干你五六次，你高兴得太早，有一天他会把你干死过去。那家伙是个淫棍，听说他前面两个老婆就是被他干死的。他是猪公投胎，一天不沾女人就活不下去。我天天担心铁莲，为她捏一把汗。每到晚上一听到那边的床不响了，我的汗毛都竖起来。我想，死了，这一回弄死了，这可怎么办？铁莲死了，我聪明、可爱的儿子，失去了妈妈你今后怎样生活啊……

"为了铁莲和儿子，我不能死。只要活着，村里人就会站在我这一边，监督那个家伙，因为他在协议上签了字的。可我的心思被他看穿了……他其实早就盼着我死，就等着我死了好过舒心的日子。他看我不死，就故意折磨我，想把我害死。有一天，他给我送来一碗红烧肉，我心里想他怎么这么好心，不把肉自己吃端给我吃？我虽然这样想，还是忍不住吃了一块，因为我很久没有吃到肉了，我馋得要命。第一块肉没有事，吃到第二块肉时，就觉得肚子不舒服，躺在床上一想，肯定是他要来害我的！幸好我听一个高人说过：你要保平安就每次吃鸡蛋只吃蛋白不吃蛋黄，蛋白代表清清白白，把蛋黄扔掉，代表有人想害我的事黄了。否则我肯定死啦！

"他见我没有死，对我动辄就打……铁莲和儿子不知受了那坏蛋的恐吓，还是教唆，也开始不理我。铁莲说：'马东，苦难把我们三个人连在一起，我和老黑这样照顾你，你还有什么不满意？自从他进门后，家里的经济状况好多了，孩子也上学了。'我当时眼泪止不住地流，我说：'我都是为了你好呀，铁莲！''你为了我好，就不要跟老黑闹矛盾，你这样让我这个第三者多么为难。我已经一碗水端平，你还想怎么样？'我听了铁莲的话，每天都吃不下饭。有时饿了一天，勉强吃上几口，也都一口一口吐了出来。我终于明白，累赘始终是一个累赘，就连铁莲也早就盼着我死了！……

"我这样活着，你说，是不是死了更好……"

7

我为马东的遭遇感到揪心。不仅仅是他讲的那些内容。我相信，这些内容大部分是由于他自身的敏感造成的。我为之揪心的是他回去之后，必将继续去折磨铁莲、老黑夫妇。或者，他自身也必将遭受铁莲、老黑夫妇的折磨。这真是一件不好办的事情。

也许马东的离开，是最佳的选择了吧。可是，马东瘫痪了，不要说离开吴村，就是离开铁莲他都无法活下去。我不忍心看他真的留在金华乞讨，这是我不愿看见的事情……

离开医院之后，我在街上走着，感到街上的风刺骨的冷。假如有一天，我也瘫痪在床，我那不贞的妻子愿意照顾我的日常生活吗？而我，会同意她招一个男人回家吗？我想，我的处境一定比马东更惨。我感到活着真是没有意思。一个表面亲密的家庭，只是表面上亲密罢了。稍一观察，就会发现有人在外面偷情。假如你不幸失业了，或者出了车祸，生了病，就有可能被这个家庭抛弃。那么，我们该去哪里寻找栖息？

　　这么想着，我准备帮马东去问问有没有什么福利企业招工之类的，如果真能帮他找到一个福利工厂，让他在厂里待着，问题不就全解决了？

　　我跑了残联等几个地方，对方的答复均是让我回去等消息。

　　这时马东在医院已经住了一个星期，医院那边给我打电话，通知我马东可以出院了。医药费总计一万三千八。院长考虑到病人的特殊情况，三千八就减免了。最后，那个打电话的人问我："陈记者，你看，你什么时候过来一下？"

　　我想解释，这个病人其实并不是我的亲戚，跟我几乎没有什么关系，但是，想到一万块钱对于马东、铁莲、老黑，都是一个天文数字。我只好跑过去跟铁莲商量。铁莲说，这些天老黑一直在家里借钱，只借到了三四千。这可真是为难我了。我想来想去，倒是愿意拿出一千，就算是捐款。剩余的五千让谁来出呢？

　　情急之中，我再次想到了手中的笔，我想为医院写一篇百字简讯，歌颂一下医院为残疾人免费治疗什么的，以此换取马东欠下的医疗费。没想到那个姓柳的院长同意了。并且说："你既然要写，何必写一豆腐块呢！弄个整版报道一下嘛。"

我感到很为难，因为报纸不是我家开的。

院长又说："那我就好事做到底，我这边，医院再为他治一治瘫痪，看看能不能治好。现在我们这里刚好在搞这方面的临床试验，我看你那亲戚肌肉还没有萎缩。你那边，再为我做个整版的报道。怎么样？"

我点点头，答应了。院长提出的条件并非很难做到。

从院长办公室出来，我立刻把这个消息告诉了马东。他先是不相信，而后就默默无声地流下泪来。他说，他做梦都梦到自己站起来了。为了站起来，他做过各种努力，尝试过各种办法。于他而言，这无疑是一个天大的好消息。这意味着他的生活以后能够自理，不必再看人脸色，不必再和铁莲、老黑生活在一起。可是，事情没有这样简单，新的问题在这个时候产生了。

老黑来了。

老黑一共借到了六千块钱，这几乎是他挨家挨户借遍了吴村和东坑村才借到的。他在这个借钱的过程中，体现了他对这个家庭的重要性，以及澄清了马东自杀的真相：马东不是因为遭到虐待自杀的，而是因为嫉妒铁莲给他怀了孩子。乡亲们听了都很震惊。有了这个基础，老黑暗自得意，等马东出院回到家，他就是对马东凶一点，村里人也都能理解他了。

可是老黑在家左等右等，却不见铁莲通知他去医院接"那个货"回来，他的直觉告诉他，一定发生了什么不好的事情。老黑心里很不踏实，决定回城里看看。

事情果然很不妙，他发现这么多天过去了，马东竟然还舒舒服服地躺在病床上，睡得正香。老黑的第一个反应就是，他在这里多住一天就要多花一天钱，既然吃老鼠药没有死成，为什么还不准备出院？他在走廊上遇到铁莲，铁莲告诉他，医院要为马东免费治疗瘫痪。老黑以为铁莲在骗他，简直有些懵了，直到医生用轮椅将马东推走做全身检查，他才有些信了。

"这是谁出的主意？"老黑问铁莲。

"是院长。"铁莲说。

"他真是活雷锋啊。"

铁莲保持了沉默。老黑突然感到很懊恼，有一种被欺骗的感觉，他对铁莲说："你为什么要瞒着我？"

"因为是免费的，我想反正用不着你送钱来。"

"我才不管他妈的免费不免费！我们把他接回去，不要治了！"

"为什么？"

"这还要问吗？他治好了我怎么办？！"

铁莲半晌说不出话来，眼泪汩汩地往外流："好歹，他是自己家里人，你为什么要这样自私？"

"我还不是为你着想！"

"只有你这样自私的人才会这样想！"

"那你保证那个废物站起来后，你就离开吴村，跟我走！"

"现在结果还不知道，没想到你就……就说这样的话……"

我无以猜测老黑、铁莲当时的心情，他们在医院吵起来了。老黑害怕马东的康复，甚至跑到院长办公室去闹。院方不得不通知我到医院去调解。我没有去。我突然对这个事情感到厌烦了。我说：

"他们不愿治，那就让他们出院吧！"

"那我们的院长说了，得让他们交完医药费再走！"

"那你们向他们要好了，我忙得很。"

结果可想而知，老黑因为拿不出欠医院的医药费，没办法接马东出院。他就找到了我。他几乎是拿着打架的架势闯进我的办公室的。他质问我："陈记者，你我无冤无仇，你为什么要这样做？！"

我看到他一副气势汹汹的样子，很是生气。因为我当时不明白他为什么要这样问我。我耐着性子说："你想干什么？想打架吗？！"

他拿出一副流氓的德行，将一口痰吐到了我的办公桌上："你别装蒜！你知道我和马东一直闹矛盾，你为什么还要这样做？！你为什么要求医院给马东治病？！为什么要在我和他中间插一竿子！"

我几乎忍无可忍，走过去捅了他一下："你们闹矛盾，这跟我有屁关系吗？我真是好心不得好报，烧香惹得鬼叫。你再疯狗似的来找茬，别怪我翻脸不认人！"

老黑被我捅了一下，突然老实了，他那干裂的嘴唇颤动起来，带着哭腔嘶叫道："你这样做，明明是要拆散我和铁莲啊！马东站起来了，我在这个家成什么啦？！你只看见马东装可怜，又有谁体会我的处境？铁莲对我本来就不好，她心里一直装着那混蛋……"

事实上，我到这时才明白，他们在医院为何而争吵，老黑为何跑到报社来撒野——看着他紫红的脸上伤疤突兀，一副要挣脱什么而不能的痛苦——我不知道应该悲哀，还是恼怒。

8

然而，马东的治疗并没有因为老黑的反对而终止。长石榴鼻的院长对我说："你亲戚的手术绝不能放弃，我院采用'嗅鞘细胞移植'治疗脊髓损伤，手术成功例数已达3例，你亲戚将是这一研究成果的又一个受惠者。"

我也知道，由脊髓损伤所导致的瘫痪目前临床上仍无有效方法，马东的角色也就是一个实验品罢了。只是想到马东如果不治疗，这样的机会不会再有第二次，死马当作活马医，姑且相信院长的话吧。况且手术前，马东是要签字的，那么手术一旦失败，就变成他自己的事情了。不过我还是感到隐隐的不安，手术前一天又去了一趟医院，把我的担心跟马东说了。

马东说："反正我这样活着，跟死去没有什么区别。"

刚好那天铁琴也在，我又偷偷地问铁琴。铁琴说："这里能给我姐夫免费治疗，当然要先把病治好。"既然这样，我也不再说什么了。

手术那天，我没有在金华，我出差了。这样也好，省得在手术室外提心吊胆的。等我从外地出差回来，是很多天之后了，我下了车就去了医院。我害怕马上知道结果，没有坐电梯，而是忐忑不安地从楼梯走上去的。我轻轻地推开病房，病房里空空的……

那一刻，我以为马东死了。我马上去见院长。院长说："手术做了9个小时，凌晨2点手术进行到一半时，出了点意外。不过还好，手术最终完成了。如果不出意外，一个月后大概能够拄着双拐回家。"

"那么说他以后还不能像正常人一样走路吗？"

"这个就要靠他自己的锻炼了。现在他的下肢已经有了部分知觉，就这一点我们已经创造了奇迹。"

我跟院长来到特殊病房，是的，我简直不相信自己的眼睛，因为这份惊喜来得太快了。我看见马东现在已经能用手撑着床沿，慢慢地站起来，最终可以站稳。虽然还不能抬起腿来走，但这表明他的脊髓神经功能已经有了改善，这一切都预示着他站起来的希望将不再是一个梦想。

不久，又从医院传来消息，马东可以扶着墙壁，或者在有人搀扶的情况下练习走路了。几个护士轮流搀扶他练习。对于一个瘫痪多年的病人，没有人能说清这是医学的奇迹，还是精神力量产生的奇迹。虽然样子歪歪倒倒的，就跟中风病人那样叫人为之担心，但是，我们都激动不已。仿佛，我们看到了一个新生儿的诞生，它发出的阵阵啼哭声清脆、悦耳、激越、昂扬，充满着新生命的活力。

与此同时，我们必须再一次提到老黑了。因为此时，随着马东的能够站起来，在老黑那边，却面临着一场灾难。他密切关注着马东的变化，感到了马东对他的威胁——他几次干预医生给马东治疗，还趁铁莲不在，试图把马东重新打成残废。幸好马东早有防备，几次化险为夷。老黑成了马东康复之路上最大的障碍。

院方为了保护他们的"医疗成果"，以便在医院及个人的履历上增加浓墨重彩的一笔，加强了对马东的保护，并且在医院传达室内张贴老黑的照片，阻止他再度窜进来。老黑的阴谋没有得逞，恼羞成怒的他几次与保安发生冲突，均被保安揍得鼻青脸肿。这时候他终于明白，凭他个人的力量根本无法与一个医院的保安科抗衡。他妥协了，每天蹲在医院围墙外寻找冲进去的机会，就像一匹在农场外徘徊的孤狼。

有一次，我去医院看望马东，结果被他拦住了。他死乞白赖地求我带他进去。看着他那副可怜相，我的心里很不是滋味。我说："老黑，铁莲是你的，法律上规定她属于你就是你的，你就放心地回家吧，她跑不了。"

老黑说："法律上规定她是我的有什么用？我知道她的心里没有我。她和马东是老夫老妻了，现在马东还没有康复，她就要跟他旧情复发了。他们整天整夜地待在一间屋里了，我，我真傻啊！"

我忍不住想笑："他们现在待在一间屋里应该的，马东还是一个病人。病人需要照顾！"

老黑听我这么一说，突然吼起来："呸，那王八蛋算什么病人？！他一定趁我不在动我的老婆了！那可是我的老婆啊！凭什么跟他待在一起？"

我说："你到底怎么啦？变得疯疯癫癫的？你也不想一想，马东目前只是能下地而已，还没有多余的力气，并且医生治的是他的腿，不是腿根那玩意。而且铁莲还怀着孕，怀着你的孩子……她怎么可能？"

老黑这才想起铁莲的肚子里有他播下的种子，而且种子已经发育成胚胎，他就更为铁莲担忧了。他又要冲到医院里去。我眼睁睁地看着保安拿橡胶警棍揍他。他哇哇大叫着："我有权利见我老婆！我有权利见她！你们不能帮那恶棍占有她，玷污她呀！"

老黑要么疯了，要么是在装疯。我看到他那副为爱赴汤蹈火的样子，吓得要死，赶紧跑掉了，并且再也不想去医院。有时候路过那里也绕道而走。长石榴鼻的院长开始亲自给我打电话："陈记者，告诉你一个好消息，你亲戚差不多能够挂着双拐走路了。你答应我的那个报道动笔了吗？"

"哦，是嘛，我已经在构思了。"我应付着，心情又沉重起来，倒不是这篇报道难倒了我，而是石榴鼻院长亲自给我打电话时，我正被老黑阻截在报社门口。他来找我已经不是第一次了。他一见我从里面走出来，就给我跪下了。

"陈记者，救救我的婚姻吧！我知道你和院长关系好，你给他打个电话，不要再给马东治疗了！如果他真康复了，铁莲一定会跟他复婚的……"看到他满脸的伤痕和无助的表情，我心里很不舒服，不管怎么说，当初是我带他去吴村相亲的，如果不带他去，他就不会有今天的痛苦。

我叫他起来，快起来！他换了一个姿势，坐在了地上，呜呜地哭起来："陈记者，我爱铁莲，我不能没有铁莲啊，没有了她，我还不如死掉……我天天想她，都快想疯了，你就帮帮我吧……"

他的哭声整个新闻大楼都能听见。为了不影响别人的工作，我只好把他往远处带，并且答应和他去医院一趟。并不是害怕老黑再来闹事，而是想当着三个人的面，坐在一起开诚布公地谈一谈：

一、当初要招一个男人上门，马东是同意的；

二、目前铁莲和老黑是合法夫妻，马东是单身汉；

三、如果日后马东不再瘫痪，铁莲和老黑依然是合法夫妻，马东还是单身汉。法律规定铁莲不能再跟马东同房，如果同房，老黑可以告她偷情；

四、马东的生活能够自理之后，老黑有理由撤销当初签下的赡养马东的协议。协议撤销后，由马锐自己决定跟马东生活，还是跟老黑、铁莲生活；

五、我是一个局外人，这个家庭内部的事情以后不要再来找我。

这是我所能想到的最佳方案了，只要在上面若干问题上求同存异，达成共识，事情就不会继续往坏的方向发展。可是到了医院，由于门卫坚决不让老黑进去，我只好先把铁莲叫到外面来谈判。

所谓谈判，是在医院的围墙下进行的。谈判的结果出乎意料，铁莲始终不说她将来要和老黑生活在一起。当然，她也没有说要和马东生活在一起。她只是一味地重复着："我是多余的，我才是多余的，你们把我逼疯了，逼死了，你们就不会有矛盾了！日子就太平了！"

没想到事情会是这样。铁莲难道是想离家出走？还是继续和两个男人生活在一个家庭之中？她的模棱两可的态度，让老黑的情绪一直处于激愤之中。

"我杀了那个废物！让他永不复生！我说到做到！"老黑疯狗一般叫着，"背叛我的人绝不会有好下场的！我告诉你们，我是蹲过监狱的，什么坏事都干过！从里面出来原以为只要我真诚待人，别人也会同样待我，没想到我有心从善你们却把我往绝路上逼！联合起来欺骗我、耍我，我他妈的饶不了你们！……"

他在围墙下暴跳如雷，进而在光天化日之下抱住了铁莲，亲她，啃她，死死地将她压在墙上，不允许她再回到医院去。铁莲拼命挣脱，几乎使劲了最后的力气。我实在看不下去，我冲上去，给了老黑一个巴掌："你想干什么？放开！"

"她是我的女人！我要把她带走！"老黑死死箍住铁莲，我又举起手，想打他，老黑用手挡了一下，"怎么，我连自己的老婆都不能碰啦？我告诉你，我想干就干！……"

我觉得他的举止实在有些可笑，我说："没有人跟你抢老婆，你何必自作自受，折磨自己和别人？你这样抱住她成何体统，快放开铁莲！"

老黑放开了铁莲，神情突然变得悲苦起来。"我，我，怎么这么倒霉啊！"老黑的声音哽咽起来，"自从知道他要站起来，我是急了点，是我不好，可是，铁莲——你应该知道我把一颗心整个人都给了你！虽然我说话很难听，那是因为怕你看不起我，所以我才嘴硬。其实是用刀在扎自己的心啊！一想到从此以后，你再不能属于我一个人，我的心就止不住的疼啊，铁莲！……"

老黑说着，泪如泉涌，把额头撞在医院的围墙上，一只拳头打着墙壁。此时的铁莲，站在一棵树下，哭得更是伤心。面对这样的情况，我算是遭罪了，一会儿要劝老黑，一会儿要劝铁莲，头昏脑涨中，几次想说：女人只有一个，实在不行，抽签得了。之所以没有说出来，是怕伤了铁莲的自尊心。

最后，我也不知道是怎么说服老黑的，他走掉了。精疲力竭的铁莲瘫坐在围墙下的一块石头上，嘴唇不住地颤抖。她问我："陈记者，我该怎么办？你说我该怎么办啊？"

我说："将来，你真的不愿和老黑一起生活吗？我看他很爱你！"

"不是我不愿意，而是我害怕他呀！"铁莲忧心忡忡地望着对面的马路，"也许你不知道，我早听谁说他坐过牢，当过流氓，今天他自己也承认了。而且这些天，他对马东的态度让我很失望，没想到他是这样的人！"

"其实坐过牢没有关系的，只要改邪归正就好。不过，我是第一次听说他坐过牢。"

"这个，你叫我怎么说呀？如果他只是坐过牢，我也无所谓的。我讨厌他，是因为他不尊重我，他每天晚上都要折磨我，我每天都很累，他还要折磨我，我不同意他就强迫我……"

我有些不明白她说的"折磨"到底是指什么，也不便细问。我听见她继续讲了下去："我只是希望他能理解……马东瘫痪在床的日子，招一个男人回家，不是我耐不住寂寞，而是一个人独撑一个家过得很艰难，家里需要干活的人啊！有时候我拒绝他，也不是我偏袒马东……而是实在太累太困了……

"我每天早上五点钟就要起床，先给马东清理排泄物，然后给马锐炒饭，叫他吃了上学去。家里给马东治病的债还没有还清，马东的债我不想让老黑背负太多，我除了做农活，还出去忙杂工挣钱。回到家，我既要照顾马东的吃喝拉撒，还要维持全家的生活。由于马东长期大小便失禁，将屎尿拉在身上是常有的事。我要收拾弄脏的床铺，还要给马东换衣服、擦身体。

"也不知从什么时候起，老黑不但不帮我照顾马东，还常常责备我，不让我照顾他。一次，刚擦完香皂，坐在澡盆里的马东又一次大便失禁，一大盆水全被污染了，我想抱起他再换水，但皂沫使身子变得很滑，怎么也使不上劲，我想去叫老黑来帮忙，马东死活不让叫。没办法，我只好先用毛巾浸水将皂沫擦净，然后将他抱出来，换上水，重洗一遍。等忙完时，已是下半夜……老黑很生气，说我宁愿跟没有用的马东在一起'鸳鸯戏水'，也不想和他做那种事，我不知道还嘴，眼泪直往肚里流。又有谁体会我的处境？

"以前老黑刚来，他是会照顾马东吃饭吃药的，还陪他摆龙门阵，那时候我的心里比喝了蜜还甜。如果他们之间没有怨恨，我就是累死心也甘。没想到事情弄成了现在的模样。他们成了仇人，我夹在中间有多尴尬。有时候，我半夜醒来，不明白我为什么要活在两个男人中间？！连我自己也不知道……我真的想过一走了之……可是我走了，马东还有日子活吗？我把他扔了他就完了，他爹妈早没有了，就算我把他送到敬老院，不超过三四天，他自个儿就得死，他寻思寻思就得死，他不能活了，他怎么活啊，没有寄托啊，没有什么可留恋的。

　　"如今，他终于能站起来了。对我、对他，都是一种解脱……"

　　我看见铁莲的脸上，大颗眼泪掉了下来。此刻她的心里一定非常痛苦，而我什么忙都帮不上，因为我的心距离她很远。"那你，将来，有什么打算？"我想了半天才想到这一句话，就算是安慰吧。

　　我看见她抬起头，看了我一眼，然后叹了一口气说："我能怎么办？日子总要过下去……我不能去死啊，我已经怀了老黑的孩子，总要生下来……"

9

　　事情变得复杂了，我不免要怀疑自己说服院长给马东治病，是一件好事还是坏事？不免要怀疑自己才是这个家庭的第三者？但是我已骑虎难下，仍然决定采用原来的构思，完成我承诺出去的那篇报道。主要分四部分：

一、打工者摔成高位瘫痪，让幸福家庭"拐弯"；

二、妻子不离不弃照顾瘫痪前夫，现任丈夫"上门"接过重担；

三、爱心医院为瘫痪前夫免费治疗，顶尖手术创造人间奇迹；

四、瘫痪前夫重新站起来，新的生活更加美好。

几天后，我的报道基本成稿。报社领导看后非常重视，并未察觉我有替医院做广告的嫌疑。我松了一口气。接下来的任务就剩下拍照和院长的认可了。为了表达我和马东一家对医院慷慨救助的敬意，我以马东、铁莲、老黑的名誉做了一面锦旗，就等着马东出院时赠送给医院。我想，这是一个礼节问题。

马东终于要出院了。

那是一个晴朗的天气。正如我们小时候爱在作文里形容的那样：这是一个万里无云的好天气。我一早就穿戴整齐，去打字店取回锦旗，然后步行去医院接马东出院。我看着太阳升起在嘈杂的城市上空，然后看见医院的空地上站满了排好队的护士，她们的手中拿着鲜花，就等着马东从住院部里出来。终于，掌声响起，马东被两个崭新的拐杖架起，这是我第一次看见他的个子其实很高，完全变成了另一个人似的，此刻他正由铁莲和铁琴搀扶着走了出来。他的前前后后还走着主治大夫、护士长，还有长石榴鼻的院长。

"茄子，茄子，耶！"这是免不了俗的老一套，我抓住时机，为他们拍了第一张合影。而后，我将那面写着赞誉之词的锦旗交给了院长。我跟院长说，如果不出意外，稿子在这个星期就能出来。院长很高兴，说等报道出来，再重谢我。

这时，铁莲和铁琴已经搀扶着马东走到了医院门口。他们站在那里，在护士的目送下等着与院长告别。我看见马东的眼睛红红的，一副要哭起来的样子，等院长走到他的跟前，他"扑通"一声跪了下去，他哭了。他像以前那样瘫在地上给大家磕了三个响头。几乎所有人流下泪来。我不停地拍下这感人的场面，完全没有顾及老黑的到来。

老黑的到来，让唏嘘的场面顷刻间变得鸦雀无声了。没想到他还带着那个叫马锐的孩子。两个保安紧张地盯着他，不知道要不要将他赶走。我当时也非常紧张，以为他会闹事。好在，他很克制，他也是来接马东出院的。他推了推那个孩子，孩子很懂事地跑了过来。看着这个场景，仿佛有什么东西在我的心里烫了一下。唉，如果这一家人还能和谐相处，那该有多好啊！

一刻钟后，他们坐上了出租车，在祝福和微笑中，离开了。我这时才想起，我以前好像答应过马东，等他出院要帮他找辆车直接送回家去的。但我想，打出租车到车站再坐汽车，花不了很多钱，心里也就释然了。

几天后，我的那篇报道登出来了，马东一家的故事经过我的粉饰之后，再次感动了很多人，引起了很多人的关心，赚得了许多感动的泪水，并且被一些全国性的大报纸转载。源于此，医院给了我一个五千元的红包，报社也给了我一个奖，奖金不菲。这么算来，这是我的职业生涯中稿酬最高的报道了。但是，我心里清楚，马东、老黑、铁莲回到吴村之后，是很难做到"新的生活更加美好"的。

我因为担心他们，曾有意去街边发廊寻找铁琴，想从她那里探听一些情况，却被告之铁琴已经走人。然后，与我有关的接踵而至的日子，在忙忙碌碌、碌碌无为中过去了，我又回到了与妻子的争吵和难以描述的杂乱生活中，一晃眼，一年过去了。

一天，我奉命去汤溪镇采访一位退休老人。他为了给日军细菌战的受害者向日本讨还公道，不辞艰辛，一个村一个村去调查取证。他已走过 50 多个村庄，写了几百份调查材料。巧合的是，当我采访完那位可敬的老人，准备坐车回城的时候，在车站遇到了马东他们村的村长，即那个给老黑、铁莲主持婚礼的人。他是来镇上卖猪仔的。他告诉我，自从马东在城里治病回去后，马东一家的生活每况愈下，更加糟糕了。

"我们这里有两个丈夫的女人很多，还从没有出现过这种情况的。"村长说，"老黑什么正经事不干，吃喝嫖赌全来，要是村里这样的人再多几个，就没法待人了。这家伙前阵子还跑到镇上来赌博呢。赌赢了在外面花天酒地不回去，赌输了就回家向铁莲要钱花。铁莲跟他闹离婚，他拿棍子揍她。我看他们长不了。"

"对付这种人，你们应该鼓励铁莲到法院去告！"我气愤道。

"是啊，我跟她说过多次，铁莲不敢去。"

"为什么？"

"大概是怕老黑报复她，或者，生了老黑的孩子了，她想问题，思路就跟我们不一样了……不管怎么说，孩子不能没有自己的爹啊！"村长忧心忡忡地说。

想到铁莲已生下老黑的孩子，而她又不能摆脱他，我的心里难过极了。我叹了一口气："唉，我真后悔介绍这个人跟铁莲相对象。现在说什么都迟了！"然后，又想起了马东，忍不住问村长："马东怎么样？"

村长说："他还是老样子。"

"他没有站起来吗？！"

"怎么站呀？马东刚回去时还能拄着拐杖走的，后来被老黑打了几次，受过几次伤。马东的兄弟看不下去，来找我评理。我专门召集村委开了会，去找老黑。老黑辩解说，他打马东是因为马东对他老婆进行性骚扰。我不信，去问马东。马东承认，自从他得到了救治，偷看过铁莲洗澡，并且伸手摸过铁莲的奶子，要求她和他干那种事。铁莲义正词严地拒绝了他，他却身不由己，一有机会就对她毛手毛脚的，摸捏她的敏感处，因为现在，他的那个方面已经有了能力。好多次，马东趁老黑不在家，非要逼她上床不可。铁莲被他纠缠得苦不堪言，提出要跟他分开另过。马东自觉理亏，当天就瘫在了地上，哭得死去活来。从那以后，他好像病了一场，再没有站起来了。"

"真是要命，医院在他身上，可是花了血本的！"

"要我说，也要怪医院！你给他治病，得先让他有正常人的生活能力，不能那方面的功能恢复了，整天蠢蠢欲动的，另外一方面的功能还不行。你说，这种情况不闹矛盾才怪！所以，每次老黑打他、虐待他，我们不知道怎么处理，主要是说不准到底谁是谁非……在我们看来，马东和铁莲在一起十几年了，十几年的情义不是一个老黑就能代替得了的。这么说来，马东和铁莲还是夫妻，马东和铁莲发生关系，没有什么不对的地方。可是，铁莲毕竟跟老黑结婚了，结婚证上写得明白，铁莲属于老黑的。这样的话，马东应该离铁莲远一点！"

"这种事情，铁莲为什么不做一个决定呢？"

"我想她有她的苦衷吧。听说有一次，她下了决心，把孩子寄养在亲戚家后一大早摸黑起来，坐上了火车去了一个什么地方，她发誓永世再不回这个家了。可到了外地没几天，她做梦都梦到她的家，梦到马东和两个孩子一声声呼唤她，梦到老黑也改好了。醒来后她给亲戚打电话，亲戚告诉她小的孩子见不到她，哭得喉咙哑了，马东寻死觅活的，被村里人救下了。老黑更是痛苦自责，当着众人的面哭哭啼啼的：铁莲，你为什么这么狠心？你走了，剩下我们两个男人怎么办？！他背着马东，向村里人借钱，说以后不论铁莲跟他过，还是跟马东过，他都不会有意见。他和马东商量好了，他要背着马东满世界去找她，不找到她，他和马东死也要死在外面。铁莲听了，不禁悲从中来，她失魂落魄地搭车往家赶。赶回家，一家人的确和和睦睦了一段时间，可是过了没多久，又有了矛盾，又经常吵架。村里人都说她傻，既然出去了，就不该回来的。"

我无语。我想，我应该抽一个时间去吴村一趟，应该去看看这几个人。他们虽然不是我的亲戚，我却始终忘不了他们，总是为他们的处境感到揪心。我知道帮不了他们，他们也不欢迎外人去打搅，我还是愿意为他们分担忧愁。如此而已。然而，我的计划还没有成行，就传来了老黑死亡的消息。

马东将老黑杀死了。我完全傻了，马东怎么可能把老黑杀死？马东是一个拄着拐杖也未必能走路的人，他怎么可能杀死一个比他强壮百倍的人？

我决定立刻赶往吴村。

<h2 style="text-align:center">10</h2>

前面已经提到，我的婚姻自从发现妻子有外遇后，就一直处于紧张的状态。刚开始，作为报复，我天天在外面游荡，还把工资全部拿去找女人，后来对这样的生活我也厌倦了，因为女人的身体总的来说是由肉做的，天天吃肉的感觉让我感到很腻味。以后我基本不回家，在办公室里睡。

听说老黑被杀的那天，我的心里很不是滋味，仿佛是我把他引向了一条不归路似的。我对老黑说不上有好感，但是他死了，他的音容笑貌在我的眼前浮现出来。他如果不去做上门女婿，至少还活着。现在说什么都晚了，他赔上了一条命，什么都没有得到。

晚上，我就这样躺在由几张凳子拼凑的床上，失眠了。我一会儿想想老黑，一会儿想想马东，最后想到了铁莲。我为铁莲感到难过。如果她当初狠心一点，丢下瘫痪在床的马东远走他乡，或许已经找到幸福。现在，家里出了这样的事，她带着两个前夫的孩子，以后怎么活？

我越想心里越乱，决定回家去把女儿幼年时穿的衣服和玩具全找出来，明天一早就去吴村，带给老黑的孩子。我于是回家去取东西。路上，甚至想：如果可能，我想帮铁莲找个愿意领养这个孩子的城里人家。这样，既有利于孩子的成长，也可减轻铁莲的负担。我知道某些城里人喜欢养小狗，还喜欢养孩子，我的朋友圈里就有这样的人。这么想着，我已经走过了半条街道。

我的家离报社不远，我却很久没有回家了。我走上楼梯，悄悄地捅钥匙进去，发现门是反锁着的。我刚想喊女儿给我开门，却听见里面传来哼哼唧唧的声音，我立刻就知道是怎么回事了。女儿肯定到外婆家过周末了。那压抑的声音，肯定是那对禽兽又在苟合了。

我悄悄下楼，赶紧喊来了一个住在附近的、在影楼拍录像的哥儿们，让他带着摄像机赶过来……事情就是这样，那个哥儿们到后，我们迅速闯了进去，当场抓住了妻子偷情的证据……这件事让我彻底清醒，也彻底绝望了，偷过情的女人永远是下贱的。

我本想把这段证据刻录出来，让它在社会上传播，让这对狗男女遗臭万年，可是，我最终没有这样做。我觉得这毫无意义。我与妻子离婚了。此后，很长时间，我不想工作，不想见人（当然也没有去吴村），我掉到了人生的最低谷。我几乎无法走出那个亲眼目击妻子与别的男人赤裸躺在床上的场面。那种强烈受刺激的感受是很糟糕的。

一年后，我才缓过劲来。我换了一个单位。这个单位并不适合我。不过，我也不再有什么雄心壮志了，所以我待了下来。至少在这里，没有人知道我曾经有过的耻辱。

这个单位是一个国营单位，它有一个老传统，就是每到逢年过节，领导都要去贫困地区走访慰问。那一年春节前夕，我跟随单位领导来到了贫困的山乡。这时候，我心里就想，如果我们沿途一路慰问下去，到吴村时或许会见到铁莲和她的两个孩子吧。

果不其然，当我们驱车到达吴村，新来的乡长带我们去见的第一个特困户，就是马东家。马东家经过粉刷的墙壁，在风雨侵袭后掉了石灰，露出了泥土的墙坯，显得衰败、斑驳。屋里的摆设倒是跟我前一次来时差不多。

"喂，屋里有人吗？！"新来的乡长喊。

突然，有喑哑的声音从什么地方传来，就好像从踩在我们脚下的地底传出来的。我马上反应过来，这个声音是从小屋里传来的。我走到灶台后面打开了墙上的门，只见床上的蚊帐一阵蠕动，从里面缓缓地探出一个头来，白得吓人的面容一抽一抽的。我不禁打了一个哆嗦，马东？！

看着我疑惑的眼神，乡长向我及我的领导介绍，他就是吴村最有名的特困户、因为瘫痪而无法收监的犯人马东。

　　乡长介绍完，还走上前拉开床上的蚊帐，揭下盖在马东身上的被单，马东的躯体骇然入目。我简直不敢相信自己的眼睛：马东腰以下的肌肉全部萎缩，已见不到臀部丰满的形状，腹部插着一根粗长的导尿管。也就是说，马东的两条腿已经没有了，只有残缺的上半身活在床上。

　　一股恶臭扑鼻而来。我的领导皱了皱眉，显然，他也被这个四肢不全的慰问对象吓着了。他在小屋里捏着鼻子待了半分钟就退出来了，连包着五百块钱的红包都忘了交给他，只好交给乡长。乡长又让他的下属进去交给慰问对象。

　　趁这工夫，我问新来的乡长："马东的腿……怎么没啦？"

　　乡长不知道我曾经采访过马东，说："是这样的：三年前，这个家里还有另外一个男人，也就是这家女主人铁莲的第二任丈夫，他和马东争风吃醋，结果酿成了悲剧……"

　　"啊？你是说老黑？"

　　"是的，就是他。这个丧心病狂的家伙趁铁莲不在家，用锯子锯掉了马东的腿。真是令人发指的行为啊！"

　　"后来怎样？"

　　"他很后怕，收拾行李准备逃跑。不料，在逃跑前，他吃了家里的一碗米饭，肚子疼起来，不久就中毒死了。"

　　"那么说，他的死，和锯掉马东的腿，发生在同一天？！"

　　"是同一天。根据我掌握的情况，是马东先在饭里下了毒，准备毒死老黑的。虽说马东曾以死相逼铁莲改嫁，但当真有男人入赘时，他的心里还是不好受。所以他俩积怨很深。不料，在吃饭前，他们因为什么事情吵了架，老黑突然起了歹念，抓住马东大骂'你这个废物，我非杀了你不可！'老黑借着酒劲，竟然真的锯下了马东的腿！之后，老黑酒醒，又饿又怕，在心慌意乱中没有吃出米饭里的毒药，死了。"

"真没想到，我所担心的事情，还是发生了！"

"谁说不是呢！当初我听说这个事，第一时间赶来了。我那时刚调到山乡。赶到吴村一看，情况非常糟糕，立刻组织抢救……老黑口吐白沫死在了路上，马东流血过多人事不省，不过最终活了下来……就是现在这个模样……"

乡长还要说什么，我的领导呢，显然无心知道这个被慰问的对象是怎么一步一步演变成今天这副模样的，他已别着双手走到了门前的台阶上。这时，有一个中年妇女带着一个两三岁的小女孩走了过来。我立刻认出她是铁莲，她见到我们站住了。我的领导在乡长的介绍下，与铁莲握手寒暄，然后又马不停蹄地去慰问下一家特困户。最后只剩下了我。

我听见铁莲叫了我一声："陈记者，你也来了啊！刚才那么多人，没认出你来！"

铁莲还是那么热情，这让我很感动。我说："从医院回来后，你一定受了不少苦吗？"

铁莲说："唉，我习惯了。我现在基本住在我妈妈家，到吃饭的时候来喂他。"

我寻找着合适的词汇，说："没想到事情会这样，我要是早来劝导你们，或许矛盾就不会恶化了……可是我抽不开身，总是被许多事情缠住，后来就听说老黑，死了……"

铁莲将目光扫向别处，看得出来，她在回避这件事。她喃喃地说："陈记者，这大概就是命吧！"

"不，换了别人，总会苦到头，不会苦一辈子！可是你，没有尽头！"

"正因为这样，我倒不觉得苦了。反正就这样了。该死的死了，不该死的还要活着。好歹他是个人，我不能丢下他不管，我不管他，就没人管了。"

"唉，要是当初我不带老黑来这个家，就好了。"我的眼眶突然酸酸的，很想流泪，我犹犹豫豫地说，"通过这件事，我终于意识到，我不该介入你们一家的生活。特别是在医院，我不去说服院长治疗马东的腿，就不会产生这样的后果……"

"哎呀，你想到哪里去啦？这跟你有什么关系？！"我看见铁莲的眼睛里噙着泪水，她的双唇抖动着，"这都是我，是我克夫的命啊！"我看见大颗的泪珠滚过她暗黄的脸。这是一张忧愁、憔悴而又绝望的脸。

我很想说，不，这不是命，一切的根源是因为你的心、太柔软了！可是，我不知道该不该这样说，这样说是否正确？！正琢磨时，突然听见小屋里的马东在叫唤："铁莲，铁莲！你在干什么？你想饿死我啊——"

马东的叫唤，就跟狼嚎似的。铁莲看了看灶台后面的门，轻声说："陈记者，对不起，你赶快追队伍去吧！马东饿了。"

说着，她吩咐小女孩坐在凳子上，自己则到灶台上去给马东热吃的。

小女孩长得白白净净的，很文静，也很乖，她的五官长得很像死去的老黑。让人心颤！我踌躇着，从口袋里掏出了两百块钱，想给孩子买套衣服什么的。我发现她的衣服很旧了。这时，我又听见马东在叫唤："铁莲，铁莲！你又跟哪个野男人说话了？嗯？骚货！害人精！……"

我听到马东这样叫，赶紧把钱压在八仙桌上的一只碗下面，悄悄地离开了。离开之后，我才想起来，其实我还想问一问铁琴的情况的。印象中那是一个清纯可爱的姑娘，但愿她过得比她姐姐幸福、美满。我这么想着，加快步伐去追赶那支慰问特困户的队伍。

他们已经走得很远，看都看不见了。

野猪场

1

关于养野猪，我并没有经验。可是汤溪镇的祝小乌同学找到我，跟我大谈特谈养野猪的设想时，我心动了。我想象不出，养上上百头野猪，存上数万块钱，那是一个什么滋味。当时我在县城的一个货场工作，每天有数千斤的货物碾过我的肩背。当我累了一天，回到宿舍，像一张冷却的面饼躺在床上，浑身酸痛，脑子就会生发出一种向往：我要去和祝小乌养野猪，我要发一笔财。

于是逢到一个休息天，我坐上了从县城开往汤溪的中巴车。一路上，我看见灰色的工厂，冒烟的烟囱，和被分割成块状的田野，想象着在我的眼前，奔跑着成群的野猪，它们像非洲草原上的角马，穿梭在围墙、烟囱与树木之间。我压抑着我的欢喜：因为每头猪身上长的，都是白花花的钱啊……

那一年，我二十岁，祝小乌二十一岁。

我们没有费很多唇舌，就达成了基本的协议——

"你拿出六千，我拿出六千，这样，办野猪场的第一笔资金就有了。"

"六千块钱够了吗？"

"够了！"

"以后还要拿钱出来吗？"

"以后就等着分红吧！"

"那真是太好了。"

"是很好。如果不出意外，嘿嘿，三年后我们就可以在城里买房了。"

我听了祝小乌的话，心怦怦地跳个不停。

于是第二天，祝小乌，我，还有祝小乌的女友阿芳，从汤溪动身，搭乘一辆拖拉机到山乡去。因为在山乡，祝小乌同学有个亲戚，该亲戚在山乡政府门口开过饭店，饭店倒闭后，欠钱给他的山乡政府抵了一座荒山给他，祝小乌认为他可以用很少的钱把荒山租过来养野猪。

那时正值五月，站在突突叫的拖拉机上，可以望见山乡的山头一座挨着一座，生机勃勃。三十里路，刮着风就到了。戴鸭舌帽的拖拉机手指着一排高大建筑物，对我们说：

"看到了吗？那座三层楼房就是山乡政府。"

"能再帮个忙，拉我们过去吗？"

"我得运砖头去了。这里有规定，拖拉机、大卡车什么的不准开进去。"

"为什么？"

"你们没有看见这块牌子吗？上面写得清清楚楚。"

"看来，还真是这样。"

我们只好跟拖拉机手告别了。我们沿林荫道走到尽头，才得知祝小乌的那个亲戚早已被人从山乡驻地赶走，而属于他的那座荒山，坐落在离山乡驻地还有三十里地的吴村。

吴村，是一个普普通通的小山村。关于它，没有什么好说的。它依傍在一座矮山下边，有一条小溪从村前流过，小溪两边是高高低低的梯田。祝小乌问一个端着碗、蹲在门槛上吃晚饭的村民，有没有一个叫"牛化生"的人来这里开垦一座叫"洪坛冈"的山？

他看了看我们，扒了一口饭，等两腮瘪下去，懒洋洋地说："你们问的是那个'一根筋'吗？他又告状去了。"

我和祝小乌吃了一惊："他什么时候回来？"

那个人已经把第二口饭含在嘴里了，他说："不知道。"

我和祝小乌对望了一眼，感觉连站的力气都没有了。我们又走进一家小卖店去问店老板："那个叫什么来着的'一根筋'在不在洪坛冈上？"

他告诉我们："'一根筋'已经有半年没来过吴村了。"

我们再也不想问什么了，我们又累又饿，买了饼干、罐头、啤酒、花生米充饥。小店店主因为我们照顾了他的生意，明显热情了。他问这问那，不到五分钟，就知道了我们大老远跑到吴村来的目的。他转动着一双灰白的小眼睛，问我们：

"你们养野猪，怎么养？"

"放养呗……"

"野猪从哪里来？"

"从山上来。"

"山上？"

"没错，"祝小乌洋洋得意道，"我们只要在山上养上小母猪就可以了。母猪成熟后，山上的野公猪自然会跑来跟它们交配。"

"你们的意思是不是让家猪与野猪杂交？"

"是这样。家猪与野猪杂交出来的猪，叫杂种猪。肉质鲜嫩香醇、脂肪低，是稀少的健康肉类。"

"现在，莫不是连请人上山抓种猪的钱都省下了？"

"那是当然。"

就这样，谈着谈着，不知怎么的，这一桩发财的"秘密"让小店店主很感兴趣，当他于当天下午带我们去洪坛冈上看看时，"洪坛冈野猪场"成立了。

我和祝小乌出钱最多，每人六千块；其次是祝小乌女友阿芳，拿出两千；这些钱按股份制合在一起，构成股权。其余的股份，留给了"一根筋"和小店店主陈德方。原因很简单：牛化生是洪坛冈的主人，他不在山上也要给他股份；而陈德方呢，将为我们背粮食上山，还要干最重的活；再说，我们待在吴村也需要他的"势力"。

于是几天之后，我和祝小乌，还有阿芳，义无反顾地辞掉了工作，来到洪坛冈，开始了养野猪的生涯。

2

巍巍洪坛冈，绵延起伏，丰厚博大，系仙霞岭山脉、括苍山脉的余支。它像一头巨兽盘踞在吴村的西北方，尽管上山的路陡峭如巨兽的咽喉，山顶开阔处却像平底锅一样平坦。难怪上世纪六十年代，公社曾组织人力来这里开荒、造田。

野猪场的前期工作进行得非常顺利。首先是我们住的地方，由陈德方出面，找来几个工匠，在公社农场的废墟上夯了三间泥房。再砍来一些树，做了桌、椅、床、柜之类的粗糙家具。我们还一起动手，在三间房的旁边砌了一个足以跟小型食堂媲美的柴火灶，开火的第一顿就煮了一只野鸡吃。

然后我们从汤溪镇拉回一汽车仔猪，当然都是母的，一共二十头。数量虽然少了一些，但是很可观了，特别是它们哼哼唧唧到处乱跑的时候，感觉满山都是我们的小母猪。

白天，我们就伺候这些小母猪：割猪草，煮饲料，看护，放养，满山找它们。到了晚上，我们就把小母猪关进木栅栏围成的猪圈。然后，星星就出来了。星星离我们很近，仿佛伸手就可以摘到。我们点起很大的篝火，一边喝酒、吃零食（刚开始陈德方很乐意给我们捎来小店里的东西），一边畅谈野猪场的发展和未来。

这当中，我们总会跑过去看看小母猪们睡着了没有。如果还有醒着的，就把它们抱到篝火边，叫阿芳给它们唱歌。阿芳平时唱歌并不好，可是在夜晚，在海拔两千米以上的洪坛冈，她的歌声听起来异常动听。小母猪们听着听着，果真就睡着了。小母猪睡着后的样子，多么甜美，多么恬静，在银色的月光下，如同躺着几个会打呼噜的矮胖的仙女……

可是，随着日子一天天过去，在山上养猪的日子变得漫长而乏味。因为我们需要的是钱，而不是洪坛冈上的秀丽风景。我们再也不愿把这群小母猪当成什么仙女，我们都盼着它们快快长大，然后发情。

可是，我们养的这群小母猪很矜持，一点也不像正常发育的小姑娘，把我和祝小乌急得够呛。有一天，祝小乌实在忍不住了，问阿芳什么时候来的月经，阿芳听了很奇怪，问他什么意思，祝小乌只好如实相告："现在的女孩子上小学就来月经了，可这群猪怎么搞的，还不发情？"

阿芳说："你急啥？再等等呗。"

"还等？再等下去我们就弹尽粮绝了！"

"那你说怎么办？"

"怎么办怎么办，我怎么知道怎么办？我又没做过女人！"

"可我们女人也帮不上忙啊！"

这时候，恰好背大米上山的陈德方来了。陈德方走过去看了看猪，然后对我们说："养猪还得多喂饲料，光吃青草、野菜不行，你们看看，这些猪比人还苗条，看是好看，可有什么用啊。"

陈德方所言极是，作为身负下崽任务的母猪，要苗条干什么用？喂！把它们喂得跟嫁不出去的胖大妞似的，这样，反倒会把山林里的野公猪吸引来。

于是，祝小乌带阿芳回了一趟汤溪，一是找朋友借钱，二是买生活用品，三是雇拖拉机运猪饲料。可是他们在三天后回到山上，却没有运回猪饲料，我以为他把钱乱花掉了，冲他吼了几句，他却一点不恼。他从塑料袋里掏出一药盒，他说，他去问过兽医了，母猪不发情，注射一点性激素就行了。

性激素，不就是性药吗？

第二天，当我们把两大盒"性药"——注射进母猪身体之后，突然感到惶惶不安。因为我和祝小乌读书时看过一部香港拍的三级片，一女人服下性药后，那急性发作的样子太恐怖了，简直是见谁灭谁。假设这二十头小母猪注射"性药"后也这样发作起来，那将是性命攸关的事情。

可是一连数天过去了，在故意留了一道缝的猪圈里，什么不寻常的动静都没有发生。我和祝小乌气得吐血。看来，只能另想办法了。

上山来的陈德方这一回又说话了："我说有财，小乌，你们年轻，听我的没错。这样下去肯定不行。我问你们，你们在学会拿筷子以前，是怎么吃饭的？"

"这个，得问我妈。"我说。

"不用问了，是手抓着吃的。然后呢？"

"然后……吃下去的饭变成了屎，是不是这样？"

"嗨！我还是直说了吧！"

陈德方庄重地告诉我们，猪其实跟人一样，做什么事都是先从模仿开始的，好比你们小时候不会用筷子……同样道理，母猪在发情和交配方面，也离不开父母的言传身教，至少是耳濡目染。再聪明的小猪，如果从来没有看到过大猪干那种事，它长大后肯定像个白痴……它们不能生活在真空当中……

综合陈德方的观点，其实就是：猪，也需要性教育。可是怎么教育呢？陈德方却不说了。好在我和祝小鸟不是笨人。第二天，我们就倾其所有，到山下一农户家买来了一头老母猪，放养在小母猪中间。我们心想，还是让这位富有经验的老妇人来教你们吧！却没想到，在当晚，久经沙场的老母猪因性事过度，一命呜呼。

事情的确来得很突然。

当时，我们都在睡梦之中，可是山上的野公猪却闻到了奇异的气味。这气味让它们着迷。于是它们从各自的领地出发，迎着夹带特殊气味的夜风奔跑，它们心中激动，想必血液已经沸腾，它们到达洪坛冈时已经失去理智。

我们是被野公猪打架的声音吵醒的。起来一看，黑暗中，

四、五头野公猪围着老母猪相互撕咬，眼里喷出幽红的凶光。我们吓得不轻，躲在屋里不敢出去。好在陈德方赶老母猪上山后住在隔壁，我们盼着他能想出办法。可是，他也吓坏了。

他对我们吼道："千万不要照手电！僧多粥少，野公猪欲火中烧，不要火上浇油！"

"老母猪会被他们干死的！"我喊出了我的担心。

陈德方却不这么想，因为他知道在自然界，只有在战斗中最后取胜的雄性才有交配权。可是，不知道为什么，我和祝小乌对那几头油头肥脑、浑身滚圆的动物非常反感。这是我们没有想到的：我们花钱，"猪头男"作乐，破坏了我们睡觉不说，妈妈的，还把我们辛苦围成的木栅栏摧毁了一半。

祝小乌终于忍无可忍，冲陈德方大叫："陈哥！这样下去整个猪圈都要被它们破坏了！你说一句，要不要赶走它们啊！"

"再等几分钟，让小猪多学上一点儿……"

"这种事用得着学这么久吗？你不去赶，我和有财去赶了！"

陈德方只好听了我们的，吩咐我们在门外用呐喊为他助威，他自己则一手拿一个火把，一手拿一根削尖的竹子，冒死向木栅栏里的野猪跑去。他大概也害怕，跑的时候像杀人一样跳跃着，号叫着，手舞足蹈……野猪怕火，看见陈德方手中舞动的火把，都没命地从猪圈往外跑，结果整个猪群受到了惊吓，它们在混乱之中突奔着，尖叫着，慌了手脚的陈德方被冲出来的猪群踩在了脚下……

要不是担心我们养的猪会跑离野猪场，我们还真想再看一会儿陈德方躺在稀巴烂的猪屎里打滚的样子。好在这些猪都没有跑远，我们很快就把它们归拢回来了。这时，陈德方已经站起来，他手中拿着熄灭的火把，就像做了一个噩梦似的哼哼着："我扁了，我站不起来了，这辈子完了……"

"陈哥，你不是好好的吗？"

"我倒了霉，躺在地上被这么多母猪从头顶跨过，我跳到河里去都洗不掉身上的晦气！"

没想到陈德方这么迷信，祝小乌哈哈大笑："陈哥，要不这样吧！让我和有财从你头顶跨过二十一回，不就抵消了？"

祝小乌做出一个马步，逗得我们又笑了。

好在经过检查，陈德方没有受什么伤。我们让他到竹管子底下冲澡，自己则走到猪圈去看猪。猪们经过这一通乱跑，仍很兴奋，我们数了很久才数清头目，小母猪一头没少，唯独那头刚来的老母猪不见了。

我们在野猪场附近找了很久，也没有找到老母猪。我们这才担心起来：虽然山上绝无猛虎之类的野兽，但是像豺狗之类的动物说不定还是有的。天这么黑，老母猪又是长期圈养、没有野外生存能力，真是凶多吉少。

它是不是私奔了呢？如果真是私奔，那帮子身强力壮、牛气哄哄的野公猪或许会保护它的吧！这么一想，我们才重新回到被窝，睡了。

然而，第二天，我们找遍了洪坛冈，最后在一座与洪坛冈相邻的高山上找到叮满绿蝇的老母猪时，非常不幸，它已经发臭。它好像是被那帮子"猪头男"活活干死的。因为在老母猪的身上，我们没有发现其他野兽置它于死地的证据。

老母猪之死，似乎验证了陈德方所说的"倒霉"与"晦气"，从此，陈德方开始喋喋不休："你们哪，不是做事情的料……赶走野公猪触犯了山神，你们看这些天乌云笼罩……凡高山，山门紧，用石头摆一个祭台吧，每天起来烧一炷香……"

陈德方的牢骚多了，上山的次数却是越来越少。即使来了，也不给我们背米带菜，而是一副等着灾难降临的样子。我们感到很烦。当陈德方又一次满嘴丧气话时，我和祝小乌终于叫他滚！没想到陈德方嘿嘿笑了两声，说让他下山正合他意，只要我们把工钱清算给他。我们说，你哪来的工钱，你只有股份，提前退股，一分钱没有。他瞪起了两只黄鼠狼似的眼珠子，要跟我们拼命。我们只好答应他，等到野猪出栏的那一天，自然会算钱给他。他收了我们的字据，说我们还嫩，野猪场要倒霉了，我们还会有求他的时候。说完了这一通，他才咂咂嘴，心满意足地走了。

陈德方下山后，果真，他的诅咒应验了：受台风影响，一场数十年未遇的冷雨天气，使野猪场转眼死了四头母猪，剩下十六头也染上了气喘病。为了尽快扭转不利态势，我和祝小乌不得不连夜赶往汤溪镇，一是向镇上的兽医站求助，二是继续向朋友们筹钱。可是，等我们带着兽医和钱粮回到风雨飘摇的洪坛岗，野猪场的母猪只剩下了十头，阿芳也走了。

阿芳只留下一张字条。告诉我们：当我们不在，她哭过，绝非脆弱，实在是感到山穷水尽了。她太清楚这半年有多艰辛：多少回，盐水拌饭便是一顿；风吹雨淋中，连人带猪摔倒，一身屎尿一身泥；多少回，黑灯瞎火中睡得迷迷糊糊伸手一抓，脸上爬满蜘蛛！她曾经幼稚过，有过荒唐的渴望，可是成熟的今天何必嘲笑昨日的梦太多……

　　事情在几天之内就变成了这样，除了沉默和难过，还能做什么？事实上，我和祝小乌只有一条路可走了：那就是收拾东西，然后，乖乖地从山上下来，走上几里路，坐三轮运输车或者拖拉机回家，接受父母的责备，还有世人的挖苦和嘲笑……

　　可就在这个时候，阴雨连绵的天气突然放晴了，一颗露珠一样的太阳沿着我们走过的山路，悄悄地爬上了冒着蒸汽的洪坛冈："洪坛冈野猪场"仅剩下的十头母猪，自得到兽医的急救与治疗后，不但康复而且发情了。

　　我和祝小乌没有经验，当这批幸存的"姑娘"在猪圈里闹闹哄哄，不吃饭不睡觉，一到晚上就两眼发呆、浑身发烫，我们还以为它们又病了。我们很着急，又想连夜去汤溪请兽医。这时，已经上路的祝小乌在野猪场附近的草丛里发现了新情况。他发现上次来过的那几头干死了老母猪的"猪头男"，正在夜色里窥觑我们的猪圈，大概是因为我们老在猪圈里守着，并且点着火把，不敢近前。

　　"难道它们发情了？"祝小乌重新回到猪圈，叫我走开。

　　果然，那几头野公猪开始一点一点地向我们的猪圈靠近。

猪圈里的母猪呢？我们发现它们的眼神好像突然变亮了，它们哼哼着，头向前倾，耳朵竖起，颈伸得笔直，连身后的尾巴都激动得颤抖了……我和祝小乌这才明白这些瘦瘦小小的"老姑娘"这几天到底是怎么了。

我们担心野公猪会像上次一样捣毁我们的木栅栏，心里骂着这些不义的家伙，但还是将猪圈打开了一条缝儿。然后，我们就看见数头野公猪就跟出入妓院的大老爷似的，进了猪圈。只听一阵稀里哗啦的哼哼声，里面好像沸腾了。我和祝小乌吓了一跳，以为这些野公猪又打起来了，可是等到我们看清真相之后，妈妈的，简直被它们活活气死了：万万没有想到我们从小看着长大的、辛辛苦苦拉扯大的这一群小母猪，它们先前那窈窕淑女般的矜持荡然无存，连最起码的廉耻心都没了，它们竟然当着野公猪的面，争风吃醋起来……

"婊子！贱货！简直丢尽了'洪坛冈野猪场'的尊严……"

我和祝小乌破口大骂，真想冲进去把所有这些猪统统用乱棒打死，但是想想我们的未来（妻子、房子、跑车、存款）统统跟这一场高山荒野处的淫乱有关，我和祝小乌不得不睁一只眼闭一只眼，悲哀地离开了骚气氤氲的现场。

3

我的家在白水桥，离县城很近，也就是一个不算农村但也算不上城市的地方。在我的下巴颏上长出浓密的胡子之前，父母靠种菜为业。可是后来，城市跟我一样，"青春期"来了，变得又野又疯。我们家的菜地被强行碾平，连房子也拆掉了。从那以后，周围到处都是烟囱，一根根，像坚挺的阳具插进污垢的天空。

我从洪坛冈上下来，在一间临时住房里见到母亲及弟弟的时候，他们正在吃午饭。母亲见我一副黑瘦憔悴的样子，非要跑出去给我买猪头肉。我坐在桌子前，看到辍学的弟弟也在看我。他是违反计划生育的产儿，因为没有户口没地方上学。

"哥，养野猪是不是很好玩？你养的那些野猪长大了吗？"我们相互看了一会儿，弟弟才问我。

"那当然，"我装作成功人士的样子，"野猪在山上，都长大了，跑来跑去的。等春天来的时候，我带你去玩玩。"

"我很想吃野猪肉，"弟弟放下了手中已经夹起的青菜梗，又说，"我还从来没有吃过野猪肉呢。"

"等你来，我一定杀一头野猪给你吃！"

这时，母亲回来了，手里并没有提着猪头肉，她很难堪，不停地诉说卤味铺的猪头肉卖完了。看着做错了事似的母亲，我的心里一阵酸楚：我已经知道，父亲一定瞒着母亲欠了卤味铺老板一些钱，也就是说，卤味铺的老板非但不卖给母亲猪头肉，还把母亲捡破烂得来的零花钱扣下了。

我就劝母亲："妈，我在山上养野猪，天天有野猪肉吃。你就不要忙活了。"

母亲看了看我，仿佛是用眼睛称了我的重量："有财，你不要瞒着妈，你在山上过得很苦吗？你看看，瘦得跟田鸡一样。"

"妈，一点也不苦，你放心，我们会发财的……"

我本想乘机再说点儿什么，可是在母亲面前，我不习惯这样做。尽管我在社会上一天可以撒一千次谎，在回家的路上，还想着怎样把妹妹存在母亲那里的钱再"骗"一些出来。可是，我张不了这个口。因为在这之前的六千块钱，就是从母亲这里"骗"来的。于是，我又坐了一刻钟，走了。

这是我走的时候，母亲跟我说的："三个孩子，只有你离家最远，我放心不下啊，有时候想起你待在一座没有人居住的高山上，过着野人的生活，和野兽做伴……我醒着，也会哭起来……"

我看见母亲的眼睛湿润了，可是我已经不能回头。洪坛冈是一个无底洞，我这次下山，就是为那批即将诞生的杂种猪筹钱来的。这个世界上又要多出上百张嗷嗷待哺的嘴，我不能两手空空地回到那些大腹便便的母猪们身边。

最后，还是祝小鸟神通广大，不知他从哪里弄到了一笔很大的资金：一共两千块。我们用这笔钱从镇上请来了接生的兽医，买来了啤酒和大米，还为即将哺乳的母猪和小猪拉回来一车足够它们吃上两个月的麦麸、玉米、豆粕、鱼粉等饲料。我们请人将它们背到了山上。

我们已经准备好了，我们将背水一战。我们就等着母猪一只接一只地产崽了，如同屋檐下的雨滴"滴答滴答"地往下掉，它们将分别是"野猪一号""野猪二号""野猪三号""野猪四号"……这样排下去，一直排到最后一头仔猪呱呱坠地……

没有想到的是，母猪们真的开始一只接一只地产崽了，这十头幸存下来的小母猪，每一头都要比我们想象得还要争气——尽管它们也曾不争气过——它们在兽医的引导下，在我和祝小鸟同学的鼓励下，个个憋足了一股劲，它们在用力，用力，忍着痛，受着苦，无怨无悔，在三天时间里，为"洪坛冈野猪场"产下了九十八头"野猪"，即杂种猪。

甚至，有一头光荣的小母猪因为用力过度，死于顺产。因为它在前后产下十头仔猪之后，意犹未尽，把它的胃也产下来了。而当时又是在混混沌沌的夜里，喝得醉醺醺的兽医在迷迷糊糊之中，把小母猪连着胃的肠子误当成了脐带，"咔嚓"一声剪断了。之后，他才发现事情有些不对劲，因为手上有猪屎……兽医就甩甩手，骂起来了："他妈的，该死！还好，它把十头仔猪全部产下来了。"

我们心里心疼猪，惋惜它的生命，可嘴上却说："是啊，它真是昏了头，如果它先把胃产出来，十头仔猪就要胎死腹中了。"

"嗯啊，嗯啊。"兽医不耐烦地点点头，在眼皮打架之前，已经把戴橡胶手套的手伸向了另一只母猪。他就像在岩石缝里摸鱼似的，一会儿把嘴角歪到这边，一会儿把嘴角歪到那边，可是鱼儿好像从他五指之间溜了。他就随手从地上捡起一只刚刚喝空的啤酒瓶，狠狠地砸在筋疲力尽的小母猪身上。

"再用力点，没有吃饭吗？！"

可怜小母猪没有生产经验，力气已经用光，趴在了地上。

兽医就呸的一声，一下子，从母猪的身体里拽出来一只瑟瑟发抖的小东西。就这样，实在对不起，又一只还未睁眼的杂种猪被迫离开了母亲温暖的子宫，诞生在了我们的眼皮底下。我们及时地按住了它，并且用烙铁在它的耳朵上打上了野猪"××"号。

必须承认，我们曾经想过，但是想象不出这些猪的样子。它们是多么特别！小猪崽的蹄是黑的，毛是花色的，布满黄色条纹，有的黄白相间，有的黄黑相间，既不同于纯种的野猪崽，又与家养猪有所区别。它们一个个生龙活虎、意气风发的，简直看不到一丁点刚出生时的窘态。它们集家猪、野猪之长，显示出很好的杂交优势，是一种适应性很强的猪。

看着它们，你不觉得这是一项很有希望、大有前途的事业吗？反正我和祝小乌同学知道接下来要做什么，感到很有奔头。

现在，我都不敢去想，当年我们是怎样通宵达旦地为这些杂种猪忙碌的：为了哺育这些猪，保证它们睡得香吃得饱长得快，最终让我们自己也过上猪一样的好日子，我和祝小乌好比上紧了发条的钟，一会儿把吃不到奶的仔猪固定在母猪的乳头上，一会儿又跑去阻止非孤儿仔猪与孤儿仔猪抢食，一会儿又要拿起棍棒，调教已断奶的仔猪如何养成在固定位置排便、睡觉与进食的习惯……

我们虽然很累，蓬头垢面，浑身酸臭，但我们的心却是快乐的。因为我们一直在琢磨着：现在我们只要能弄到什么吃的，都要扔到猪槽里去，一心想让你们多吃点；等到将来我们卖掉你们的时候呢，我们现在的辛苦就会变成一沓儿一沓儿的钱。我们这么一想，身上的力气就像碳酸饮料里冒出的气泡，使也使不完。

"仔猪生后五日龄训练饮水，七日龄训练开食，至二十日龄应全部开食。开食后，补喂全价配合料，日喂五至六次。仔猪生后二十五日龄去势，三十五日龄断奶。每天要清扫圈舍两次，每周用消毒剂消毒一次。仔猪断奶后要及时进行调教，至五十五日龄时要接种猪瘟、猪丹毒、猪肺疫及仔猪副伤寒疫苗……"

所有这些兽医下山时交代的，只要我们有能力做到的，我们基本上做到了。可是，也有一些事项是我们没有能力或者不想照办的，比如说给猪"去势"。"去势"，即阉割，我们就下不了手。首先，我们不需要给杂交出来的新母猪"去势"，因为我们想让它们长大后继续与山上的野公猪杂交。其次，对于杂交出来的小公猪，我们不明白，如果将它们"去势"了，那么等到它们出栏的时候，还能充当"野猪肉"卖吗？野猪肉之所以售价贵，难道不是因为它们的肉既结实又粗糙，还带着一股子膻味吗？

我们不敢去想，当我们远离城市，在孤独荒阔的高山上，咬紧牙关，含辛茹苦，到头来却养出一群细皮嫩肉、油头粉面的猪来时，那将是对我们的理想和以野猪命名的养殖场莫大的嘲讽。也就是说，我们希望杂种猪们更多地保留它们父亲的野性。于是，我们在杂种猪断奶不久，挥动鞭子，将它们赶到了野花开放的荒野。

"去吧！都自己找吃的去吧！懒得喂你们了！"

4

听说野猪场多了近百头杂种猪，这时候，发誓不跟我们来往的陈德方又上山了。他上山的时候，刚好看到精力过剩的杂种猪满山乱跑，他激动得如同多年未归的父亲看见自己长大的孩子，对我们说："发了，这次，这次我们要发了！"

我和祝小乌知道他上山的目的，就对他说："你上次说的工钱，等到野猪出栏后清算给你。"

"什么？"陈德方立刻把脸拉下来了，"你们不是说给我股份吗？"

"你想得美！"祝小乌脸涨得通红，"你知道这几个月，我们是怎么过的吗？"见陈德方不吭声，祝小乌狠狠地推了陈德方一把。

陈德方站直后竟然笑嘻嘻的："有话好好说嘛。"

愤怒，让祝小乌脸部的肌肉一阵痉挛，使得鼻梁上的宽边眼镜也一跳一跳的："滚！给我滚下山去，别让我看到你！"

我怕出事，在祝小乌再次举起拳头的时候，赶忙把他拉开了。可祝小乌非要揍陈德方一顿。陈德方大概也看出来了，他今天不挨上那么几拳头，他就不能从我们身上捞到什么好处，所以他一直没有走开，可怜巴巴的，像个被儿孙夺下碗筷的老人。这个顺从的样子，让谁看了都不忍心揍他。

"你这叛徒，小人！"祝小乌指着他，咆哮道，"你知不知道？为了这些猪……我们每天在猪圈里过夜，你呢？你跑到哪里去了？搂着老婆操不够是不是？"

陈德方低着头，眼珠子一翻一翻的，"那，那，如果你们不嫌弃，"他嗫嚅着，终于说，"那，那，让你们也搂一搂我的老婆好了。"

"呸，你这个二流子！你禽兽不如！"

这一拳，终于把所有的愤怒发泄了。

第二天，我是说陈德方被祝小乌揍扁鼻子的第二天，陈德方的老婆还真上山来了。我们还是第一次遭遇女人之中的二百五，她几乎是兴高采烈地跑到我们身边来的。我们叫她回家去，这里不需要她，她竟然盯着我们的眼睛说："我知道你们不需要我，我老了，可是我会养猪，猪需要我。"

她这不是比谁都聪明吗？

"猪也不需要你！你又不是母猪。就算你是母猪，我们这里也没有成年的公猪。"

她扭了扭身子，眉毛一挑一挑的，说："我可以等呀，我又不是从城里赶来的，我可以等到公猪们成年，还可以等到第二批公猪成年，只有这些猪不停地大起来，卖出去，我们就可以挣到很多很多的钱。有了钱，我们就可以把日子过得更好一些。我和德方都商量好了，等有了钱，我们要在村口盖栋小洋楼……到那时候，你们分一些野猪给我们吧，我们要在小洋楼里养野猪，我都跟德方商量好了，我们将来要自己做野猪场场主……"

我和祝小乌听得毛骨悚然，因为弄不明白她这股子傻劲是装出来的，还是自然生发的。我就对她说："你别在这里胡扯八道！臭三八！快回家做你的白日梦吧！等天一黑就下不了山了！"

"哼，回不去才好哩，我又会洗衣又会做饭，你们呀，嫩仔仔，不知道老娘炒的菜能把神仙馋得流口水。你们挖笋了吗？我最会腊肉炒笋片，腊肉我都带来了……"

"不可理喻！"

就这样，陈德方女人上山后，我们胖了，懒散了，感觉自己已经过上了猪一样的好日子。这事情的确有点奇妙：我们是如此讨厌这个脑子不灵光的女人，却发现自己开始离不开她。我终于领悟人为什么能把野猪驯化成家猪的，可意识到这一点，为时已晚。

陈德方女人既会做饭，又会洗衣，还会养猪，除了嘴巴不停，干活倒是利索。等带上山的腊肉吃完，她差一点把小店搬到山上来了。我和祝小乌在山上养成了恶习，就是离不开烟和酒。在没有烟酒的日子里，我们抽晒干的猪粪，喝劣质白酒。这一回，我们终于抽上了带过滤嘴的烟，七八毛一包的；酒呢，是黄酒，喝了身上温乎乎的，就像泡了澡。

我们就这样懒洋洋地躺在树荫下，看着头顶飘过白云，白云的样子变化多端，我们躺着，胡思乱想，心满意得连话都懒得说。可是好景不长，这样惬意的日子很快就被一个人的到来破坏了。

我和祝小乌认识多年，他没什么毛病，就是爱逞能。我们在山上养猪差不多一年，他一直没有跟我说，我们是在洪坛冈法定承包人不知情的情况下拉猪上来养的。他总是说："我那个亲戚没问题，他好说话，他不会回来的，他恨死了，二十多万欠款只抵了一座荒山三十年经营权，他能不恨吗？"

可事实呢，他回来了，背着一麻袋上访材料和破衣烂衫。他不但想通了，死了心，还要在洪坛冈上种桃树，做"陶渊明"。

我忍不住跟祝小乌抱怨："你这亲戚真怪，他做什么不行，非要做陶渊明？也不知道他读了几年书，竟然知道陶渊明。这是他做得了的吗？他要做陶渊明早点做也行，那样子我们会到别地去养猪，偏偏这个时候……"

祝小乌决定跟他的亲戚好好谈谈。告诉他：我们考虑到他的困难，老早就给他留了股份；如果他觉得不满足，我们可以给他宰一头猪吃，让他吃到拉肚子为止。可是他的这个亲戚还是要种桃树，要把洪坛冈都种上。仿佛一旦种上桃树，他就成仙了，他就可以摆脱红尘俗世了。难怪吴村人说他是一根煮不熟、嚼不烂的"筋"。

这根"筋"让我们的头马上疼起来了。

为了说服他把洪坛冈转包给我们养猪，我们什么办法都想了，什么好话都说了，可他毫不理会。山下的陈德方听说野猪快养不成了，连夜跑到山上来，要跟他"白刀子进红刀子出"，可是"一根筋"不怕狐假虎威的陈德方，他说："他们为了把我截回来，拿枪顶住我脑袋我都不怕，还怕你吗？"

好在"一根筋"归来时已经错过种树季节，他要种桃树也得等到明年春天再种。所以，我们的猪还可以继续放养在山上。只不过我们都知道，在"洪坛冈野猪场"搬离洪坛冈之前，我们不会有好日子过了。因为这个"一根筋"已经开始在山上挖洞了，他要为明年种桃树做准备。

他真是疯了，抢起铁镐，不问青红皂白，这里挖一个洞，那里挖一个坑，挖得汗流浃背，咬牙切齿。我和祝小鸟眼看着他要把洪坛冈挖得千疮百孔，心里又可怜又可恨：他这副"与天斗与地斗"的架势，哪里像个宁静淡泊的隐士？简直是在发泄他的仇恨。但是，也没有办法。我们对陈德方女人凶道：

"陈嫂，赶快叫陈哥找一座跟洪坛冈相仿的山，听到了吗？"

"听到了。"

我们能做的只能是提前把"洪坛冈野猪场"搬走。可是几天时间过去了，在吴村，竟然找不出第二座像洪坛冈这样适合养野猪的山来。因为我们的猪主要以放养为主，就像科技类报纸上登的那样："放养在大山中吃百草充饥、喝山泉止渴、挖蚯蚓解馋。"这就需要很大的场地让猪自己找吃的，并且不会跑到附近的庄稼地里去。而陈德方自己家的山又都不适合养野猪，于是我们不得不"禁止"牛化生继续挖洞。

这"禁止"的话是让陈德方女人去说的。

陈德方女人说："'一根筋'，求求你，不要挖洞了！"

牛化生说："我挖洞你管得着吗？"

陈德方女人说："你挖了这么多洞有什么用？下几场雨就全填平了。"

牛化生说："我要在山上种桃树，你懂不懂？山这么大，等到明年我来不及挖。"

陈德方女人说："桃子又不值钱，养猪挣的钱要比你种桃多得多。"

牛化生说："我种桃一个不卖。"

陈德方女人说："那你不卖桃你挖什么洞？"

牛化生说："我跟你说不清！"

陈德方女人说："我又不是傻子，怎么会说不清？"

牛化生说："哼，我本想上山隐居的，与世隔绝，可你们……竟然在山上养起了猪……"

陈德方女人说："哈哈哈哈，你这人真逗，你没有老婆孩子吗？"

牛化生说："讨债讨了六年，早跟人跑了。"

陈德方女人说："那你为什么不接着在别的地方开饭店呢？"

牛化生说："我没有钱！钱都让那些狗官吃到肚子里去了！我的心很苦，我很冤啊！"

陈德方女人说："谁叫你当初就那么放心？"

牛化生说："欠债还钱，天经地义！"

陈德方女人说："你自不量力，你斗得过他们？你都是自找的……"

　　牛化生终于愤怒了："你有完没完，你给我闭嘴！"

　　陈德方女人说："我没说什么，就是不允许你在山上继续挖洞！你挖了洞，影响我们养猪！"

　　牛化生就举起了拳头，从这时起，他变得又激动又蛮横，他警告陈德方女人："你走开！"

　　陈德方女人说："我偏不走开。"

　　只听"咚"的一声，牛化生突然给了陈德方女人重重的一拳，把陈德方女人打倒了："滚、滚，你们都是一帮的！可你们拦不住我！你们等着……"

　　陈德方女人躺在地上，像疯狗一样打滚。

　　从此，洪坛冈上鸡犬不宁。陈德方女人开始是骂，后来是不给牛化生开饭。这样过了几天，她就想把他赶到猪圈过夜。我和祝小乌看不过去，警告陈德方女人多次，她才没有当着我们的面辱骂牛化生。但她是不会善罢甘休的。

5

　　那时候，我们的杂种猪已经长到四个月。它们与家猪相比，嘴长、头短、耳小，身上的黄色条纹已经褪去，猪毛呈黄棕或灰棕色，粗而稀。在我和祝小乌越来越没脾气的时候，相反，这些杂种猪倒是越来越野了。它们自幼奔跑于高山草甸，练就了一身好体力。它们撒欢，抢食，相互撕咬，其食量之大，简直到了让人瞠目结舌的地步。

它们什么都吃，总是吃不饱，想必这些畜生上辈子是饿死的，所以死后要发奋投胎为一头猪。可是很不幸，它们投胎在了野猪场，我们可没有成吨的猪饲料喂它们，什么吃的都要自己上山找去。于是它们吃山上的杂草，啃树上的树皮，吃山上的动物和地下的植物块茎，没完没了地在山石间拱来拱去，有什么吃什么。

好在这些猪的鼻子十分坚韧有力，可以推开数十斤的石头，挖掘出深埋于地下的一颗坚果或土壤中的一条虫子，它们甚至还能捕食石缝里的蝎子和地洞里的蛇。它们似乎一点都不畏惧这些毒物，一旦有蛇被它们发现，野猪们就会追来跑去，谁都想尝上一口。它们用嘴撕扯一条活蛇的场面，触目惊心，让看的人都捏一把冷汗。

可是，自从"一根筋"在山上挖洞的那一天起，杂种猪们逍遥自在的生活同样结束了。

也不知哪儿出了问题，"一根筋"从一开始就痛恨这些猪。他从不看猪吃东西，面对猪的时候，一副凶相。可是人、猪同住在山上，猪又这么野，他简直无法逃脱猪的困扰。特别是当某些猪跳进他挖的树洞里拱来拱去的时候，那简直是要了他的命。

他警告我们："如果你们的猪再破坏我挖的洞，别怪我不客气……我砍断它们的腿，我挖出它们的心，我砸碎你们的猪头……"

他这样挑衅我们，挑衅我们的猪，我们却没有给他一拳，仅仅因为他的样子很可笑，就像是说着玩的。可是，牛化生却是认真的。

他留着神，一边挖洞一边赶走我们的猪。然而随着他挖的洞越来越多，他开始分身乏术，他就手拿一根棍子，守着他挖的那些洞。可是，我们的猪对他挖的洞太好奇了。在它们看来，这些洞一定是这个奇怪的人特意为它们挖的，因为洞里面有虫子，还有新鲜的草根。于是它们蠢蠢欲动，连到别处去觅食的兴趣都减弱了。

有一天，我和祝小乌像往常一样坐在大树下面抽烟。太阳毒辣，炙烤大地，但山顶的树荫下凉风习习。我们谈起了将来卖掉第一批杂种猪后的打算，谈得唾沫横飞。因为根据保守估计，我们每人至少可以分到十万块钱，这还仅仅是卖掉小公猪的钱。关于这笔钱，我们有许多打算。其一，就是将野猪场搬到一座名叫"碗高坪"的山上去，那些户主已经给了一个承包价。想到以后我们的猪在"碗高坪"上没命地繁殖，我们攒的钱也越来越多，心里美滋滋的。

坐在洪坛冈上，向北眺望，刚好可以看到"碗高坪"上的梯田和油茶林。距离与幻想，让我产生了做梦一样的恍惚感。

我问祝小乌："我们是不是把未来想得过于美好了？你说。"

祝小乌笑了："事在人为，勤劳致富，只要努力就会成功。我们不是已经养出这么多野猪来了吗？"

听那口气，他好像比我大了十岁。

这时候，突然，陈德方女人急急慌慌地跑过来，喊着："不好了，不好了！你们坐在这里干吗呢？快去救救我们的猪吧，那恶棍把我们的猪打残了！这个千刀杀万刀剐的无赖，他跟猪有仇啊！……"

我们跟着陈德方女人向牛化生那边跑去，果真看见牛化生在追赶一群沾满红泥的猪。那些猪已经被他追得口吐白沫，连哼都不会哼，在牛化生挖的树洞间滚来跳去。

我们用喊声制止牛化生，可牛化生并未罢手。他用棍子抽打猪的脊背，骂猪的内容斑驳、芜杂，让人感觉骂的不是猪，而是人。其中有一句是这样的："看看你们的吃相，就知道你们的德行！看你们还敢不敢过来！他妈的……"

猪会有什么德行？我和祝小乌冲上去拽住了他，好言相劝，他却一直在挣扎，嘴里喋喋不休着："你们这群猪！你们这群混蛋！我这里没有吃的！呸，还想让我来侍候你们吗？……"

我们费了九牛二虎之力，将他拖到一棵树干上，将他绑了起来。当然，我和祝小乌并不想绑他，只是想让他冷静一下，绑的活是陈德方夫妇主动要求这么干的。那一天，陈德方刚好也在山上。他手持鞭子，摆出一副真理在握的姿态，问牛花生："你这混蛋！在山上白吃白喝的废物！我们天天供你吃喝，你他妈的，你为什么要虐待我们的猪？啊？"

牛化生就跟没有听见似的，沉浸在不可理解的悲愤里："我不想看到你们！滚远一点！你们当初是怎么说的？你们这群无赖！你们连猪都不如！猪身上的肉是为人长的，而你们呢？你们喝的是我们的血……"

很显然，牛化生喝醉了，因为他好像不是在骂我们哪，可陈德方和他的女人却以为牛化生是在骂我们。陈德方女人在骂人方面一向是不肯吃亏的，她见牛化生气势汹汹得占了上风，气得胸前那两嘟噜耷拉着的肉都胀大了，她气得全身都在抖动，她叉着腰，跺着脚，跟牛化生对骂起来："你这混蛋，你这疯子，你这恶棍，你这人渣，你这变态，你这千刀杀万刀剐的……"

两个人嗓门之大，吓得山上的老鹰离巢时撞在了山岩上，可他们还嫌自己骂得不够响，不够粗野。他们你骂一句，我骂一句，越骂越有感觉，而骂的内容风马牛不相及，让人听了又想笑，又想发火。虽然过瘾，却不是滋味。

我就跟祝小乌商量："等猪出栏还有好几个月，这几个月……你说怎么办？"

祝小乌很郁闷，看了看正在接受挨打的牛化生，轻声说："到时候，把所有猪都卖了算，我烦透了。"

"你不想再养了？你看，多好的出路……母猪又要发情了……"

"那我就听你的吧，我已经没办法。"祝小乌说完，低头走了。

我有点儿生气，但是眼看着我们蒸蒸日上的养猪事业，跟这几个烂人莫名其妙地搅和在一起，真够沮丧的。我就走过去夺下了陈德方手中的鞭子，对他说："够了你！在亲戚面前不打亲戚，亏你这么大岁数！"

陈德方一副不服气的样子："哼，你们这么袒护一个疯子，有你们后悔的时候！"

陈德方女人也在一边帮腔："该死的白吃饭的，能打我，为什么就不能打他？我还要让他赔我们的猪！"

在远离喧嚣的洪坛冈，我还是第一次感到窒息一般的孤独，我抿着嘴，拿眼睛去看正被陈德方打得嗷嗷直叫的牛化生，没想到他也在拿眼睛看我。难道他也感到孤独吗？我不禁被他充血的眼睛吓了一跳：他的眼神里除了仇恨，还隐藏着偏执与迷乱，完全不像一个正常的人。

"你怎么搞的，啊？你是不是偷喝了我们的酒？"

没想到牛化生吼了起来："放、放了我！放了我！我认了输，我逃到了山上，为什么你们还不放过我？你们这些强盗！你们连猪都不如啊……"

我还能说什么？就像逃一般离开了。

6

事后，牛化生好像什么事都不曾发生过一样，重新挖起了洞。只是他对满山乱跑的猪的成见，有增无减。他是如此不愿见到我们的猪，一旦有猪出现在他跟前，他就拿屁股对着猪，面色很毒。

"呸！呸、呸呸……"

猪，让牛化生的唾液腺变得发达，挖洞的力气也像抽风一样爆发。

可是，一件让人头疼的事马上发生了——

我们从汤溪镇拉到山上来养的那批小母猪在做了妈妈之后，它们胖了，体态臃肿，每头至少有两百斤。它们很脏，终日在泥坑里打滚，肚子拖在地上，两排乳头沾泥，就像一群妖怪。如果我把它们赶到一个没有思想准备的人跟前，对他说，这些猪曾经是多么多么漂亮，多么多么干净，我们曾经抱着它们在篝火边唱歌，并且比喻它们是高山流水处的仙女，他一定会晕倒的。倒不是这个听的人为猪的青春逝去感到痛惜，而是在我们对话之间，母猪身上的臭气足以将他熏倒。

而我们知道，在自然界，动物间的爱情或者说相互吸引全靠一种气味传达。而我们的老母猪，在它们又一次发情时，大概是它们身上的臭气掩盖了它们散播的性信息，或者是牛化生挖的那些洞让生性谨慎的野公猪误以为是陷阱，总之，我们养的母猪发情了，而野公猪却迟迟没有到来。这种难以用语言形容的等待、煎熬，和对昔日恋人的渴望，让我们的母猪们感到悲伤又愤怒。它们以为它们被寻花问柳的野公猪抛弃了。于是，它们在洪坛冈上发了疯一样地奔跑、咬斗，两眼冒出火来，见谁都烦，但是有时候它们也会发出音调特别柔和的、富有节律的哼哼声，就像它们的哭泣。

白天黑夜，它们无时无刻不在打着逃离野猪场的主意，但是我们出于保护它们的目的，多次拿棍子把它们赶了回来。我们也知道这样做很残冷，如果被上天知道，死后也会得到惩罚。

好在陈德方女人终于从什么地方打听到吸引野公猪来的办法，并且真这么去做了。她和陈德方费了许多周折，用塑料桶接了发情母猪的热尿，然后兵分两路，将它们淋在通往洪坛冈的条条山路上。这一招比电视广告灵多了，野公猪们还是那么野，还是那么不顾死活，当夜就有几头跑来交配了。

起初，野公猪的到来没有引起牛化生的注意。可是等到第二天早晨，事情终究大白于天下：牛化生挖的那些树洞全被野公猪拱过了，一个个就像溃烂的伤口塌在那里……我们猜测，那些野公猪在尽兴之后肯定又累又饿，于是决定就近找点吃的，它们就向母猪打听那些"不知道怎么回事的洞"是不是有危险？母猪想了想，告诉它们至少晚上是没有危险的。于是，野公猪们冲过去，在洪坛冈上拱了一夜，拱得又放肆，又彻底。离开的时候，它们吃得饱饱的，心满意足。

牛化生上次因为虐待猪而遭到陈德方毒打，这口气还没有出，这一次，他当然更要拿猪出气。好在这一次的罪魁祸首是野猪，他要怎么处置我们管不着。所以，我们像往常一样做着该做的事。

可奶奶的，牛化生发现野猪已经一去不返（至少在天黑之前不见野猪的身影），他又要把气撒在我们养的猪身上，我们就不是很高兴。我们听见他站在高处破口大骂：

"你们这些混账，你们怎么养的猪……你们看见我好欺负是不是？你们在山上寻欢作乐，吃吃喝喝，你们可想过别人怎么活……你们为什么要这样逼我……"

我们仔细一听，牛化生好像不是在骂猪，而是在骂我们哪。

那一天早上，碰巧，陈德方夫妇因为头一天淋母猪尿下山，还没有回来。我和祝小乌心里明白，但是都没有吱声：这个牛化生真是太过分了，不知好歹；我们在洪坛冈上养猪，其实没有任何让他吃亏的地方：一是股份，二是食宿，三是这几间泥坯房，我们搬走后无疑都是他的。

可他还在骂，并且越骂越刺耳，连"你们有什么权利、你们这群社会的蛀虫"这样的昏话也出来了。

祝小乌走到牛化生跟前，咬着牙齿说："表哥，你黑白不分……"

"我、我？"牛化生看了看祝小乌，好像要哭起来了，"我、我……冤啊！"

祝小乌咬着嘴唇，却有话要说："表哥，今天，我不管你骂的是谁，都要跟你说一句实话，你是一个好人。"祝小乌顿一顿，终于又说，"但你固执，性情偏执，不能实事求是地对待生活中的各种遭遇。你舍得花五年十年时间告状、申冤，凭你的厨艺，多少万都挣回来了！"

牛化生盯住了祝小乌，然后，头歪了起来，青筋暴露的额头底下，闪烁着想要杀人的凶光："你、你、你难、难难道？……你竟然……"

祝小乌吓得连连后退："我是说这样的纠纷，不值得……"

牛化生瞪着祝小乌，神经质般地扭着头，吼了起来："你、你……竟、竟然帮、帮帮他们说话！你这畜生！……"

牛化生说着，冷不丁推了祝小乌一把，祝小乌呢，一拳打在牛化生的胸脯上，但牛化生的手出奇的长，他把祝小乌的脖子掐住了。祝小乌的嘴巴被他掐得张了开来，很快就发出呕吐一样的声音。我看情况不妙，将他俩拉开了。

可牛化生照样骂骂咧咧的：你们这群猪，你们这群畜生！……反正是这样一些疯话，骂得我脑袋疼。我跳上去，用我在货场里提起一袋水泥的力气抓住了他："你奶奶的！在山顶上骂来骂去算什么本事？你有本事当面骂去！怎么？你不敢吗？！"

可他非但不住口，还要歇斯底里地吼，我就狠狠地，用膝盖顶了一下他的小腹，这根让我们头疼的"筋"，这个到处上访上诉的偏执狂，这才弯到地上，老实了。

"可怜你也没有用，你有毛病……"

就这样，我和祝小乌总算松了一口气，因为人跟人之间最怕第一次拉下脸皮。既然关系已经闹僵，以后就没必要跟他讲客气了。事情该怎样就怎样。

野公猪们却没有走远，天一黑下来，它们又在洪坛冈上出现了。它们似乎有意与牛化生为敌。牛化生恨它们，彻夜不眠，想尽一切办法报复野猪。有时候，我们一觉睡醒，仍能听到他在野外奔跑，掷石头，吼叫。

后来我们叫陈德方背来一纸箱爆竹，才把乐不思蜀的野公猪赶跑了。可是牛化生骂猪已经骂上了瘾，我们发现，他把我们的猪完全当成了他所痛恨的那些人。他甚至能根据不同的猪，叫出不同的名字。那些名字当中，有几个我们好像见到过，他们那副撑腰挺肚、山吃海喝的样子，跟我们养的几头猪真是像极了，这也难怪牛化生会把他们混淆在一起。

而我们，听着牛化生骂这些猪的时候，自然也会产生各自的联想，我们终于笑了，因为我们也想到了许多跟这些猪神似的人。于是在一段时间内，牛化生的谩骂让我们感到很解气。我们心想，只要他不接着挖洞，光这样骂骂倒不是坏事，久住高山闷得慌啊。

事情却在这个时候发生了变化。

这个变化是陈德方发现的。他已经有好几天没上山，所以上山之后他发现情况不对，但是又说不出个所以然。最后听到牛化生用人名骂猪，他先是惊呆了，以为这些人上山考察来了，他甚至把笑堆到了脸上，可是山上只有猪，他这才恍然大悟，连叫大事不好，怨自己这几天不该待在山下偷懒。

我们问他哪儿出了问题，他痛心疾首地说："你们难道没有发现这些猪，我是说，这些猪越长越丑，越长越怪了吗？"

我们仔细打量我们的猪，是有一点儿，好像中了毒一样，头显得大了，嘴显得长了，体躯健壮，四肢粗短，有的猪嘴里长出了獠牙，虽然很小，但是闪闪发亮。它们看见我们围着端详，有一头猪甚至霍地蹿起来，血红色的眼睛左右环顾，针一般的鬃毛倒竖，湍急的呼吸一涨一落。另一头则躲在它后面，眼里射出暴戾与贪婪交织的凶光。

"这是怎么搞的？"

"你们还说，就这样骂下去，不要说猪，就是一块石头也会成精的！"

"照你这么说，猪也会受心理暗示影响吗？"

"我不懂什么暗示不暗示，我只知道在我们村上，有一个人因为从小被人骂作'穿山甲'，长大后身上长出了鳞片，现在还打着光棍。"

"那怎么办？"

"不允许他这样骂猪！"

前面已经提到，人跟人之间最怕第一次拉下脸，既然我们跟牛化生已经拉过脸，这一次想要揍他，就显得顺理成章、无须啰唆了。

我们——即陈德方，我，祝小鸟，还有后来赶到的陈德方女人——手持棍棒、绳子，三下五除二，直接把牛化生抓了来，拖到了那群半驯化的动物跟前，尽管他是那么怒不可遏，但我们照样将他制服了。我们命令他跟着我们念：

"这是一群猪，它们是猪，我们的希望，它们会让我们过上好日子，我们要善待它们，记住了吗？"

牛化生在尝了重重的几拳头之后，只好老老实实地跟着我们念。这样念了七八遍，我们叫他背，他背下来了，一字不差。于是，我们对他的态度才缓和了，向他解释为什么要把他绑起来，因为这些猪自从被冠以人名，就变得刁钻、凶恶，很难养了。猪虽然是畜生，却很聪明的，你投之以李它报之以桃，你恶语相向百般侮辱，它们终会怀恨在心，说不定哪一天它们把你咬死！

我们的一番话，让跪在地上的牛化生陷入了沉思，他看着眼前哼哼唧唧、四处乱窜的这群怪物，看了很久，直到，他那破裂的嘴唇牵了一牵，泪水簌簌而下。我们问他是不是想明白了？他不语。我们再问他，他只说了一句："其实……我没什么要求，我只要、只要，还我钱……"

我们当中年纪最大的那个蹲下去，警告牛化生："这么说来，你还要骂这些猪喽？看我怎么割掉你的舌头！"

牛化生直着脖子，直了好一会儿，似乎是要发疯，可是，脸上突然露出一排坚固的黑牙齿，似乎是笑了："嘿嘿，嘿嘿，他们也是这么教训我的，把我当疯子抓起来……"

"闭嘴！你他妈的！"陈德芳站起来，踢了牛化生一脚，"你别给我装疯卖傻！我揍死你！"

牛化生滚到一边，头重重地磕在地上，但他仍是笑着的："嘿嘿，嘿嘿，在外面打，来山上还打……嘿嘿，嘿嘿，让不让人活哩……"

牛化生说着说着，泣不成声。

7

牛化生可怜，牛化生再也不挖洞了，也不再骂猪。许多时候，如果不是听见陈德方女人的谩骂，我们会以为牛化生已经从洪坛冈上蒸发。

于是，日子又过得心安理得了。

这时候，陈德方女人为了省钱，帮我们在山上自酿了一缸米酒，我们嫌酒不地道，不怎么喝。这样，倒是便宜了开始像蟑螂一样缄口的牛化生。他常常趁我们不在偷喝我们的酒，喝醉之后就更安静，连个招呼都不打，直接倒在猪粪里人事不省。牛化生的表现让我们满意。然而，洪坛冈上并不平静。

我们养的那些猪，此时成了让人头疼的问题。它们变得越来越野，脾气也越来越大，让我们感到力不从心。特别是那些雄性杂种猪，也不知道是不是有点早熟，嘴里长出獠牙不说，屁股底下先是出现一个胀鼓鼓的气囊，后来就发现这气囊垂了下来，里面的两颗蛋足有拳头那么大。它们走路的时候，屁股上的气囊随着一收一缩，就像有人往里吹气一样，真想拿根针把它捅捅破。

当然，那些雌性杂种猪也好不到哪里去，它们仅仅样子稍微好看一点、圆润一点而已。它们也不听话，常常夜不归宿，害得我们整夜寻找。

猪长到这个份上，当然，食量就更大了。它们的胃成了一个深渊，一架机器，什么东西都盛得下，消化得了。而洪坛冈上又偏偏不长粮食，草根和树皮几乎被它们吃光了，部分杂木被连根拱起后死亡，山上只剩下了破碎的岩石和酱色的泥浆。洪坛冈散发出腐臭的气味。天气变化、大雨滂沱时，山上到处是让人防不胜防的泥潭，跌进去淹不死人，但是会让你浑身奇痒。虽然我们也尽量弄一点吃的，比如向山下的农民收购一些番薯藤、米糠之类的东西喂它们，可是这样也难以慰藉它们的胃。它们反而会为了抢一口吃的，咬得鲜血淋淋，有一头刚怀孕的母猪就是这样被活活咬死的。

至于这些猪惹出来的祸事，更是让人难以忍受。连真正的野猪撒起野来也不会像它们这么得寸进尺，肆无忌惮。至少山上的野猪多少还是怕人的，而我们养的这群猪因为从小跟人在一起，对人毫不畏惧。它们在洪坛冈上填不饱肚皮，就跑到山下的庄稼地里去，山下的村民以为能用锄头和扁担轻易把它们赶走，就拿出打死一条狗的勇气冲上前去。结果，杂种猪们哼了几声，身体一阵抖动，雪白的獠牙在前腿上磨了几下，接着两条后腿在泥地上一蹲，向拿着武器的村民扑了过去。吓得他们号叫着四处逃命。

而杂种猪们显然是暴怒了，兽性大发，它们追赶那些村民，上蹿下跳，不管这些人的脚后跟是否干净，张嘴就咬。有一个老汉在慌乱之中跌了一跤，马上就有杂种猪扑上去咬他的臀部，大概连它也知道这个地方的肉最肥厚，幸好这个人在该部位别有一个刀鞘，刀鞘里还有砍刀，杂种猪一口咬下去，獠牙"咯嘣"一声，吓了它一跳。与此同时，感到一阵钻心疼痛的老汉乘机跳起，像球一样滚下山去。杂种猪们只好继续追赶。直到把这些人逼到了一户居住在矮山上的村民家中，他们把门闩死了。

杂种猪们见那些人迟迟不肯出来，又没有捞到任何吃的，就在屋外闹闹哄哄的，想把一面土墙拱翻。屋里的人非常气愤，但又没有办法，只好从楼窗里往下扔番薯，扔土豆，扔南瓜，扔玉米棒子，直至把一篮刚刚采摘的蔬菜也倒了下来。可是他们很快发现这些东西根本填不满杂种猪洪水一样的欲望，有人就要打开谷仓往下面倾倒粮食，那户人家的主人终于舍不得，张牙舞爪着，简直要哭了：

　　"使不得，万万使不得啊……家里本来就穷，粮食要留着过冬，求你们了……"

　　但是，那些受到惊吓的村里人想怎么做就怎么做了。他们把那户人家储存的粮食几乎全部倒下来给猪吃了。可是这些猪却没有吃饱，或者说吃饱了但没有吃得发撑，之后，它们又跑到附近一户人家的院子里，把那户人家晒在门口的数百斤腌萝卜吃了个精光（本来是要拿去卖的）。最后，这些猪口渴了，闯进一片甘蔗林嚼甘蔗汁吃，这时它们才在半个村子人的驱赶下，飞一样地回到了洪坛冈。

　　直到现在，有村民说起我们养的那群猪，还是一脸惊恐。对于这个相对封闭的小山村来说，"洪坛冈上的杂种猪"在以后的许多年中，还会被他们当作一个特有名词反复提起。

　　怎么可能忘记呢？这些猪因为没有在适龄时进行阉割，后来已经无法管理，它们成了吴村一害。当时正是晚稻成熟、硕果累累的季节，杂种猪频频下山糟蹋庄稼和粮食，让村民们感到十分痛心和愤慨，他们成群结队地上山找我们赔偿。必须承认，杂种猪犯了错，我和祝小乌、陈德方负有责任。可是说到赔偿，我们赔不起啊。

待陈德方笑脸赔尽，跟那些义愤填膺的庄稼汉一同下山后，我和祝小乌坐在月光下商量对策。我们商量了很久，最后发现我们骑着杂种猪通往银行取款台的路，差不多被堵死（没想到事情来得这么快）：一是将"洪坛冈野猪场"搬到"碗高坪"的计划泡汤了，因为杂种猪的危害让那些户主感到为难；二是不卖掉这批猪，这些畜生日后还会惹出更大的祸事来，到时候落得个连饭钱都没着落也说不定。

综合以上两点，我和祝小乌决定卖掉这批猪，尽管这些猪每天都在长肉，带一股膻味的肉又这样值钱。

可是，我们又是多么的不甘心！

"如果养到年底，快春节的时候，我们把猪拉到镇上，喊上几个屠夫，两天时间保证把肉卖完。"祝小乌的眼镜后面出现了一片新的夜空，那里的星星就像铁匠抢锤下的火花一样，撞击着祝小乌啤酒瓶底似的镜片，"到那时候，肉卖得贵不说，大家还抢着买，镇上的人没有吃过野猪肉啊！我只要在肉案上挂上一块牌：野猪肉……那买年货的人挤上来，手里举着钱，我要我要，给我割上五斤……"

"可是，我们现在就要把猪卖掉了。"

"现在？"祝小乌瞪大两只眼睛望着我，张大的嘴巴好像吞了一口猪粪，他说，"我们应该再想想办法。"

于是，我们坐在黑暗当中商量到了天亮。

等到翌日清晨陈德方来到洪坛冈，我和祝小乌的衣服被露水打湿，自己却一无所知。好在我们已经想出了一个不得已而为之的办法：阉掉这些杂种猪，虽然迟了一点。

我们对陈德方说："咱先阉掉那些公的。"

陈德方说："那母的呢？"

我们说："暂时阉不了。"

陈德方说："母的照样跑下去偷吃。"

我们说："母的只有兽医知道怎么阉，你读书时没学过生理课吗？"

陈德方只好拿起我们丢给他的一把镰刀，向一头正在撒尿的小公猪悄悄靠过去，那尿在地上冲出一个小坑，从坑里溢出的气泡噼噼啪啪直响。他打算在小公猪撒完尿之前，"寒光一闪"，把小公猪屁股上的俩鸟蛋劈下来。他已经想好了：小公猪的睾丸是有名的滋补品，他要每天阉上几头，这样，就天天有猪睾丸吃。

说时迟，那时快。陈德方走到那头小公猪身边时，小公猪已经撒完了尿。只听"唉——"的一声尖叫，那猪突然一跃而起，它的尾巴被陈德方砍下来了，掉在地上直跳。陈德方手慌脚乱的，跳上去踩住了它：

"怎么？刚才没有劈到睾丸吗？"

就在这时，就看见那头受伤的小公猪已经掉头向他跑来，在它的后面，跟着更多怒气冲冲的猪，还没等他回过神，这些猪已经朝他的肚子拱了过去，陈德方啊呀一声，人就像溅起的水花溅得老远，又落了下去。他的一条腿立刻被断了尾的小公猪咬在了嘴里。

"救命啊，救命啊！"

我看见那头小公猪的鼻孔里吹出气泡，从陈德方小腿上撕下的一大块肉已经被它吃下去了，其他猪则把附着在陈德方小腿骨骼上的血管和筋脉扯了出来，暗红色的血，正从破裂的血管里往外冒……杂种猪们的脸部洒满陈德方的血，样子很是恐怖。

我和祝小乌吓得两腿发软，但是，都拿起棍子赶了过去……

就这样，被激怒的杂种猪不仅撞伤了陈德方的睾丸，还撞伤了他的肋骨折断了他的腰，把陈德方咬得鲜血淋漓。

我们有苦难言。在陈德方生死不明的日子里，山下的村民还不停地上山来控告我们的猪，要求赔偿。我们跟这些人不熟，也没心思跟他们啰唆，已经打了好几次白条。最后，他们终于拒收白条，要现金。

我们告诉他们，山上又没有银行，怎么会有现金呢？

他们就把一捆麻绳扔在地上，问我们："你们说吧！是要捆走人，还是捆走猪？"

我和祝小乌尽管有得是力气，皮也厚，不怕挨打，但还是妥协了。因为这些人比汤溪镇上的小流氓野蛮多了，他们横着脸叫嚣:"这几头母猪尽管又怀了一肚子坏种,但是我们认了!如果再有野猪出来捣乱,一手指头捏死你俩!"

他们用绳套套住了两头老母猪的头,连拽带踢,牵下山去了。

那一天,我和祝小鸟欲哭而无泪。我们已经无法将这些畜生驯服,并且,也想过各种办法。其中最有效的是把它们重新圈养起来,或者在每头猪的前腿上戴上脚链。可是猪能把铁链咬断,这是无疑的,因为它们就是把木栅栏上的钢筋咬断,然后逃到山下去偷吃的。

时势已经逼得我们不得不立刻卖掉这些猪。可是,我们不知道怎样把它们拉下山然后弄到车上去。它们不是普通的猪,它们会把拉它们下山的人咬死的。我们因此感到很头疼,开始像牛化生那样打猪,骂猪,恨不得剥了它们的皮!可是在找到买主之前,我们还得伺候它们,看护它们,为它们背负责任。

一天,终于等到了一个上山来收购野猪的朱老板。此人矮胖,腋窝下裹着一只小皮包,是听说陈德方被"野猪"咬伤事件后,主动找到洪坛冈来的。他看了我们的猪后,说:"我来之前,就猜出你们的野猪是杂交出来的。不过,很好!很好!你们杂交的这些猪是具有远大前景的生态农业项目。"

我和祝小鸟吓了一跳,这个猪贩子说话怎么像个干部?果真,这个人自称是什么烹饪协会的副会长。他告诉我们,他是帮省城数家宾馆到山区来收购野味的,他这几年收购的野味数以千吨计,不论山上跑的,天上飞的,囊括"海陆空"所有飞禽走兽，统吃统收。他的到来让我们受宠若惊。可是，就在我们准备草签一份买卖合同的时候，陈德方夫妇的出现给这宗买卖泼了一桶冷水。

陈德方叫嚣着："不许你们卖掉这些王八蛋！"

伤愈后的陈德方走起路来一高一低的，就像故意模仿瘸子走路一样，生硬，但很好看。他是他的女人把他背下山，然后又背上来的。他叫嚣着："不许你们卖掉这些王八蛋！"

我和祝小鸟很尴尬，向朱老板做了解释后，转身对陈德方说道："猪把你的脑袋咬掉了一块是不是？你别在这里叽叽歪歪的，等签完合同，你的股份少不了！"

"我没有什么股份！我是给你们打工的，我要你们养我一辈子！"

"你、你这说的是人话吗？！"

陈德方看看我，看看祝小鸟，一脸仇恨，他说："妈妈的，我就差死在这里！现在我只剩下一条腿，叫我以后怎么活？你们告诉我！告诉我！"

"拜托，你别这样嚷嚷好不好？"

陈德方却嚷得更响了："我今年才四十五啊！腿瘸了，叫我以后怎么活？怎么活呀！"

陈德方这样叫着，吼着，突然，他就像疯狗一样滚了过来："要不是你们让我去阄猪，我现在还好好儿的，是你们丢给我一把镰刀！我要到法院去告你们！是你们害了我！你们别想跑，你们赔我……"

听了陈德方这些哭天喊地的话，我和祝小乌既心酸又恼怒，不过都没有当真。可是几天之后，我和祝小乌分别接到了法院的传票：陈德方当真把我们推到了被告席上。

8

我们很后悔当初纵容了这些猪，在该"去势"的时候没有给它们"去势"，在牛化生拿棍子教训它们的时候，我们还在替这些猪说话。我和祝小乌都没有想到我们的事业竟然栽在这些猪的野性上，而当初，我们恰恰以为这是让我们的事业蓬勃发展的基石。现在，我们终于自食其果。

陈德方跟我们打起了官司。陈德方一审败诉。陈德方不服，告到了市一级的法院，这一回陈德方赢了我们，因为他死不承认他是我们的合伙人。我们想向更高一级法院提起申诉，这时想到洪坛冈上无人照看的猪，只好认了输。

这时候，洪坛冈上的那些杂种猪，这些万恶不赦的罪人，终于等到了它们的末日。

现在，它们已经快要性成熟。在我和祝小乌回到洪坛冈的时候，这些猪正在吴村的漫山遍野逍遥。牛化生也不知死到哪里去了，屋中无人。昔日生机勃勃的洪坛冈，冷清而萧条，山上只剩下大腹便便的老母猪，坑坑洼洼间的枯枝败叶，枯枝败叶间的猪粪，还有带猪粪臭的风，还在呜呜地吹着。

我和祝小乌想起当初我们借钱购买小母猪上山时的雄心壮志，以及后来所受的苦，不禁清然泪下。

我们下了山，去找吴村的人。

吴村的人对我、祝小乌及我们的猪恨得咬牙切齿，还没等我们开口，就叽叽喳喳起来，有的还拿出了我们写的白条，因为陈德方的胜利让他们感到嫉妒。我和祝小乌原本是想请他们帮我们上山捉猪下来卖的，这时候就变得难以启口。

最后我们豁出去了，在村口贴了"捉猪告示"，内容主要是我们已经无力养这些猪，恳请村民帮忙，活捉杂种猪一头，得两百元报酬；如果有猪被他们打死，罚二百元一头；如果有人不慎被猪咬伤、咬死，概不负责。

吴村人被我们的告示所诱惑，却不敢轻易出手。二百元对他们而言，是四百斤稻谷的价钱。一家人齐心协力活捉十头杂种猪下山，那么他们将得到一台彩电。但是一条人命的价格也是很昂贵的，他们把自己的命跟我们的猪放在天平上称来称去，一些人放弃了，另一些人却找上山来。

"你们的猪呢？"第一个上山的人是一个气喘吁吁、面色浮肿的中年人，一看便知病入膏肓，我们告诫他捉猪的危险，劝他赶快回去，他说，"我无儿无女，得了绝症，求你们让我挣一口棺材钱。"

我们吃过陈德方的亏，所以要他立下字据。立好字据后，他这才向我们讨了一口水喝，向附近的山上走去了。我们的猪，此时就在这些山头的茂密树林处。

整整一天，我们都在等待，生怕我们的猪闹出人命来。好在次日清晨，我看见昨日上山的那个人还活着，并且捉到了一头猪。也不知道他是怎么一个人把猪捆绑起来，然后弄到山下的公路上来的。村里人都围着我们的猪看热闹。我走过去，那个人犹如乞丐看见施主，伸出了一双血迹斑斑的手。

我吓了一跳，赶紧从口袋里掏出两张一百元的钞票放在了他的手心。血粘住了钞票，没有掉下来。然后，我就看见他抖动着嘴唇，就跟捧着一条活鱼似的跑开了。

"谢谢，谢谢……"这是他跟我说的话。

当又一天过去，我听说这个人已经死在一口刚刚买回的棺材里，是他自己爬进去死的。我很想去停放棺材的祠堂看看他，一同下山的祝小乌拉住了我，说："有财，人一死就升天了，可我们还在地狱里苦熬！"我想想也对，我们的猪只要还在山上，它们就等于是一群野猪，而我们已身无分文——昨天的两百块钱，原本是准备用来雇车运猪的，没想到被我给了这个等着棺材寻死的人。

三天里，一共只捉下来五头猪，它们被五花大绑着，放置在公路边的凉亭里。

我们当然希望在更短的时间内，把所有猪捉下来。可那几个"亡命"的村民见我们迟迟不兑现报酬，已很愤怒。有一个甚至要宰了我们的猪："你们就这样拿别人的命当儿戏的吗？！"我和祝小乌不得不答应他们，卖了猪就给钱，可我们心里清楚，我们是不可能为这五头猪雇车去城里销售的。

实在没有办法，我们请村里的屠夫宰了这几头猪，猪肉也由他卖，买完拿提成。他听了当然高兴，只用了一个上午就送它们上了西天。就这样，我们捉几头猪下山，宰几头猪做成本，把山上那几头快要生产的老母猪也卖了。几下子折腾下来，钱挣不到不说，山上那些在逃的杂种猪倒是越捉越精，一听人声就跑。没过几天，村里人上山就再也不见猪的踪影。

我和祝小乌只好亲自深入大山的腹地。

吴村地处两县三乡之交界，除溪水的流向是奔向平原的，其余指向均是绵延不绝的群山。好在秋后天气凉爽、风轻云淡，放眼眺望，群山上落叶树点缀墨蓝的灌木林，景色凄迷而壮丽。可惜我们无心欣赏风景。我们跟随雇请的山民，足迹遍布与洪坛冈相邻的高布山、碗高坪、老鹰尖、劳动坞等等高山峡谷，可是都没有见到猪的蛛丝马迹。

我们既疲劳又焦虑，辗转一圈重回洪坛冈的时候，却在半路上听到了一阵沙沙沙的声音，我的心中一阵窃喜，难道杂种猪就在附近？我们在灌木丛中奔跑，追至一座坟冢遍布的小山上，才发现我们追的不是猪，而是一个人。

"是谁？滚出来！"

那人不答，在坟冢之间继续奔跑。我和祝小乌猜测这个人一定与失踪的猪有关，于是我们分头追赶，终于把那个人逼到了一棵大树上。我们走近一看，愣住了：此人衣衫褴褛，几乎赤裸。他是牛化生。

此时的牛化生与其说是一个人，不如说是一头猪，一只野兽。很显然，他因饥饿难当离开洪坛冈后，并没有回到人间。

他在这许多天，一直过着野兽一样的生活。我想他一定跟杂种猪一起偷吃过村里人的庄稼，所以，他应该知道猪的去向。可是我们抓住他以后，发现他的神智已经完全失常。

"我不是刁民，我不是，不要抓我，不要……"他因为害怕，睁大着双眼，一直在战栗，"不要送我回去！他们恨不得整死我啊！"

大概是这几天不怕死的村民在山上追捕杂种猪的场面，使他害上了迫害狂一样的毛病。我和祝小乌看到他这副样子，知道他是没治了，就用一根准备捆猪的绳子将他牵下了山。在山下，我们没有落脚的地方，就把牛化生暂时关在了那间破落的凉亭里。在那里，还有两头没有来得及杀掉卖的猪。牛化生就暂时跟这两头五花大绑的猪待在了一起。

于是，牛化生又像在洪坛冈上似的彻夜叫喊了，直到把嗓门喊哑。

好在这时候，终于从一个砍柴人的嘴里得到了消息。我们的猪并没有跑远，而是待在一座"岭坳里"的山上。我和祝小乌立刻叫上人去了岭坳里。

那是一座与邻县交界的山，山上有一岩洞，一头通吴村一头通邻县，吴村人叫它"碗窑洞"。我们的猪白天为了躲避人类的袭击躲在洞里，只有到了晚上才在山洞附近活动。我们一干人藏在树丛里等待天黑，只听呼啦啦一阵声响，从洞里刮出一团迅速升腾的黑旋风，那是成千上万只蝙蝠飞出了洞。

紧接着，我们就看见有一群猪跑到了外面，东张西望。

没想到猪的变化这么快，它们已经跟真正的野猪无异：猪嘴修长，獠牙尖锐，好比两把弯刀翘在嘴角，粗硬的鬃毛几乎从颈部直至臀部，皮上涂有凝固的松脂，大概连枪弹也不易射入。它们在山洞口踯躅，样子机灵而凶猛。当我们压低嗓门商量对策，立刻有猪抬起头，发出刺耳的哼哼，猪群如同撞在岩壁上的波涛消失在了山洞里。过了很久，还可以听到回荡在山洞口的轰鸣。

下山时，我们没有了力气，坐在山石上站不起来。这一回，连那几个帮我们捉猪的光棍汉都同情起了我们，他们说："这些猪就凭我们几个，那是做梦！你们不如趁早到井下村去找猎人帮忙，你们的猪已经变成了野猪，大概只有猎枪可以对付。"

我们听了那几个人的，下山之后连夜跑去井下村。非常遗憾，井下村的几个猎人都说，猎枪早在几年前就被派出所没收，他们已经很久没有打猎了。不过他们听了我俩的境遇后，答应给我们想想别的办法。

第二天，猎人们没有食言，带了一箩筐"土炸弹"（民间用炸药自制的表面涂上香油之类的圆丸子）来凉亭找我们。他们看见地上那两头五花大绑、瞠眼龇牙的动物，浑身骨头痒了起来，他们太想念早些年扛着"火铳"打野猪的日子了，只要求到时候分一些"野猪肉"解解馋，就跟我和祝小乌上了山。

杂种猪们在山洞里咆哮，我们守在山洞的两个出口，这样对峙了数天，我们才在附近的腐殖土里埋上"土炸弹"，爬到树上。

杂种猪们饿得就要发疯，见我们撤离，纷纷跑出来觅食，它们闻到涂抹在"土炸弹"上的香油，鼻子往泥土里拱去，只听一阵阵爆炸的巨响，如同战争，在几分钟内我们这一边已经炸死了好几头。我们立刻下山请人把这些猪抬下山，然后雇三轮运输车运到了镇上。

祝小乌发动了他的亲朋好友，提着竹篮，挎着柳筐，走街串巷帮我们卖掉了这批肉。虽然价格不是很理想，但是我们回到吴村的时候，已经雇得起解放牌的大卡车了。我们准备把剩余的五十来头猪炸死后，火速运到城里去卖。因为我们认为城里的价格肯定比镇上贵。

然而，我们再次把问题想得过于美好了。现实的残酷性不光教育了我们，同时也教育着我们的猪，它们在目睹同伴的惨死之后，早已秘密地撤离了"碗窑洞"。井下村的猎人们也不愿再帮我们了。

事情发展到这儿，当然是越来越难以收场。但是考虑到篇幅的问题，我只好放弃一些捉猪下山的情节。因为这些情节固然精彩，却不是最重要的。它们跟后来我们运猪去省城遇到的挫折，以及跟牛化生的死比起来，并不显得惨烈。

正如刚才提到的，猪还剩下五十来头，又都逃到了更加偏远的高山上。我们绝望了。最后是在一个挖草药的外乡人的帮助下，才联系到了一支专业的狩猎队，这些让我们吃尽苦头的杂种猪才有了一个说得过去的下场：它们被狩猎队的猎狗咬死三头，击毙五头，其余大部分被活捉，只有两头孽障大概是永远逃走了。

值得补充的是，这支狩猎队训练的十一头猎狗是世界一流的，它们为这次捉猪立下了汗马功劳。时间过去多年，我竟然还记得它们在山上确定猎物的位置，围追堵截猎物，最后将猎物赶进陷阱的情形。那陷阱是我们用坑洞加钢丝网提前布置的。

现在想想，当我们把几乎全部杂种猪都捉拿下山以后，那是多么凯旋的喜悦啊！我和祝小乌是含着眼泪下山的。我们看见我们的猪，不论活的还是死的，都被绳索捆绑着，拴在公路两边的木桩上：多么壮观！多么不容易！差不多有几十米远！

吴村人都被惊动了，他们早在狩猎队进山的那一刻起，就抱着"有好戏看"的念头等待着。现在，他们的脸上没有了幸灾乐祸，只有心服口服，他们在猪的呻吟和人的赞叹里走来走去，大声地喧哗着，"这头猪怎样怎样，那头猪怎样怎样"，有几个老太婆甚至拿起石头想敲断杂种公猪的獠牙，把獠牙挂在孙子的脖子上辟邪。

而我和祝小乌，回想起在洪坛冈上虚度的时光，赔进去的本钱，猪的嬗变，和被陈德方告上法庭的屈辱，心生怆然……好在一场持久战终于结束了。我们决定在当夜煮一头猪来庆祝。猪是现成的，屠夫又懂得烹饪，我们的盛情感染了众人，他们在一块闲置的稻田里架起三口铁锅，夜色渐浓时，铁锅里冒出油泡，"野猪肉"的香味飘了起来，连月亮都馋得滴下口水。

我仍记得大家开吃之前，祝小乌还致了几句"辞"，内容大致是感谢吴村人这一年半来对我们的帮助，感谢狩猎队和他们的猎狗帮我们捉住了猪；还有，就是替我们的猪向村里人道歉，因为猪糟蹋了村里人的庄稼，还咬伤了人。说到动情处，祝小乌哽咽不能成声，把一些心肠软的妇女弄得涕泪纵横。

这时，野耗子一样的陈德方带着烂番薯一样的女人，原本是挤过来催赔款的，看到祝小乌那一副壮志未酬身先死的样子，一声不吭地回去了。过了一会儿，还叫人抬了两箱"九峰牌"啤酒来。

那一夜，很多人喝醉了，也有很多人肚子胀得难受，打饱嗝的声音就像蛙鸣此起彼伏。村里人都夸赞说，在吴村，自分田单干后再也没有吃过这样的"伙饭"了。他们点起了篝火，唱起了山歌，就这样，许多人在篝火边待到了天亮。

9

只是，我们的故事远未结束。当我们将几头死猪运到县城顺利脱手之后，自然就产生了运活猪到省城去卖的念头。谁不想着多挣一点呢？于是，我们的解放牌汽车拉着我们和我们的猪，从县城出发，在铺满金钱与诱惑的危险之路上，风驰电掣。

我们简直不像在车上，而是端坐在云端，四个小时的路程，说到就到了，好像只用了四分钟一样。

雇来的司机对我们说：

"现在天还早，我们先找旅馆吧。"

"这里真是省城吗？怎么又脏又乱？"

"当然不是，我们还在城外，卡车白天进不了城，只有深夜才允许开进去。"

"那我们就等开进去之后再找旅馆吧。"

"我听你们的。"

当华灯初上，夜的帷幕徐徐拉开，我们的解放牌汽车拉着我们和我们的猪，迫不及待地进城了。我和祝小乌在山上待得久，看见五光十色的街道，影影绰绰的行人，心中说不出的紧张和兴奋。

陌生的省城，就像在霓虹灯下敞着胸脯的女人，丰满，花哨，淫荡的眼神勾引每一个人。我们在她的裙摆底下有欲望却没有勇气，就像一个误入皇室的小偷在错综复杂的机关暗道里迷失了方向。再说，我们似乎也没有什么明确的去向，我们进城的目的仅仅是想找一家旅馆住下，方便明天一早去推销"野猪肉"而已。可是在省城，我们发现没有便宜的旅馆，甚至连寒酸一点的招待所都难得一见。

这样转了一圈，发现已是凌晨一点。我们在一个正在拆迁的建筑工地上停了下来，终于决定，司机睡驾驶室，我和祝小乌呢，在卡车旁边铺上帆布，躺在上面。

我们并不是吝啬，仅仅是从来没有住过那么贵的旅店。在县城，住一夜宾馆也没有那么贵的。可是我们躺在帆布上，看着城市上空淡黄色的夜，突然想起了洪坛冈，洪坛冈就像梦一样遥远！这样一来，发现一点困意都没有了。

我们谈论起卖猪的事情，谈了很久。

这时，或许是猪的一声叫唤惊扰了我们，或许是与猪朝夕相处这么久，心中还是有感情的，祝小乌叫我爬上去看看。

我奉命爬到了卡车的护栏上，看见昔日生龙活虎的这群猪，如今在逼仄困窘的车斗里挤成一堆，看不到凶残，听不到蛮横，这些被突然带到了城市的猪，在经历了一路的上吐下泻之后，已经东倒西歪、趴在车板上，苟延残喘。

"有财，怎么样？还都活着吗？"

"活倒是活着。"

"活着就好。"

"大概活不长了。"

"猪反正是要死的，只要熬过这一两天。"

可是，在远离洪坛冈之后，在这特定一刻，我看见这些猪，想到它们即将被宰杀的命运，想到它们挨刀子时绝望的尖叫，简直要流出泪来。我不信这些猪猜不出自己即将到来的下场，否则，它们不会连噩梦中的哼哼都显得如此悲伤。

"小乌，我们，把猪赶到工地上喘一口气吧。"我终于说。

第二天，天蒙蒙亮，我和祝小乌准备把猪赶回车上去，猪赖在地上不肯走。这时候，祝小乌发现在一堆残砖破瓦的后面，有一栋拆得只剩四堵墙的空房，就好比一个猪圈。他走过来跟我商量是不是可以让猪在里面待上一天。

我担心这事会有人来管，祝小乌说："我都看了，这些空房子没人管，你看那边住着大批流浪汉呢！有人管的话他们也不敢住在里面。"

我当然同意。这样一来，只要叫司机待在这里看护就行了。

我们没有费很多力气，就把猪赶到了那栋空房子里。我们用一些旧木料挡在门洞上，又抱来一些砖头护着木料。

"你无论如何要看好这扇门。"我们说。

"放心吧，我看它们连站的力气都没有，拱不开的，这样一弄很结实。"司机说。

我们这才放心地走了。

我们先是来到了一个菜市场。我们向那里的肉贩子推销"野猪肉"。原以为他们听说"野猪肉"会像看见女人的大腿一样兴致勃勃，不料，他们不是摇头就是闭耳不听。难道大城市的人不喜欢吃野猪肉？我们壮起胆问一个拿斧头劈排骨的人，他问我们是不是没有卖过肉？我们说是的。他这才说道："你们以为这里是乡下的早市吗？这里每天都要查的，不要说野猪肉，就是普通的猪肉没有经过检疫，都要罚款、没收！"

我们的心凉到了底。走出菜市场的时候，两人都说不出话来。这样默默地走了一段路，在一个电话亭的旁边，祝小乌停住了，跟我说：

"看来，我们只有去找朱老板。"

"可是，朱老板的名片，不是丢了吗？"

"不碍事，我还记得他说的那个协会，我们只要找到那个协会就可以找到朱老板。"

"那个协会好像叫烹饪协会。"

"对，打114就可以查到。"

可是，祝小乌待在电话亭里咕噜了半天也没有出来，我只好小心翼翼地敲敲玻璃，他出来的时候，脸红了到耳根，他说：

"事情有点麻烦。"

"怎么啦？"

"那个朱什么，死了。"

"死了？"

"跑到什么地方去收购什么娃娃鱼，被蛇咬死的。"

"他也真会跑，死的不是时候。"

"那个接电话的人告诉我，他们再也不帮饭店联系什么野味了。"

"那，我们的猪怎么办？"

"只好运回去卖了。"

不过，我们没有死心。在回拆迁工地的路上，我们进了街边的几家酒店询问"野猪肉"的事情。有一个厨师长对"野猪肉"很感兴趣，问我们"野猪肉"在哪里？我们告诉他在工地的空房子里。他问我们是不是把活生生的野猪运到城里来了。我们告诉他是的，他就一拍大腿，哎呀了一声，说："你们赶快运回去吧！就算我买你们的肉，也不敢整只买。肢解，懂吗？就像卖鸡胸、鸡翅、鸡爪那样卖！"

我们真后悔没有带吴村的那个屠夫一起来，可是厨师长的话让我们看到了一线希望：只要我们联系好酒店，然后把猪运到什么地方宰掉，肢解成块，然后在深夜再送回来就行。至于这宗买卖为什么如此神秘，我们倒不清楚。

"大概野猪是受保护的动物吧。"我突然想到了这一点。

"如果是这样，咱不怕。"祝小乌舒了一口气。

我问他为什么？

他说："你糊涂了？咱的猪是人工繁殖的。"

"可它们的样子跟野猪没有什么区别。"

"咱在猪的耳朵上，烙有记号呢！"

经祝小乌这么一提醒，我才恍过神来，发现我们已经回到了那个拆得如同战争废墟的地方。这地方跟几个小时前比起来，变得嘈杂，混乱，有许许多多人围在我们昨晚睡觉的空地上，就像有人在那里耍猴戏。

可千万别出什么乱子啊！我和祝小乌凑过去一看，果然！我们的猪被许许多多人包围了！挤得水泄不通！我们费了九牛二虎之力才挤了进去，然后大吃了一惊：我们的猪已经恢复体力，三五成群，就像在洪坛冈上一样放肆地拱来拱去，而我们的司机，却被两个民警严严实实地摁在地上。

"猪不是我的！猪不是我的！放开我！"可怜司机嘴啃着泥，吼着，"我只是他们的司机……求你们了……"

民警照旧担心他逃跑，将他的双手铐起来了。他们说："你先给我蹲着！"

这时，我看到那两个民警猫头鹰一样的目光，还有别在他们腰间的枪，我的腿一阵阵发软，我对祝小乌说："小乌，咱、咱先避一避吧。"

祝小乌脸色铁青，他说："不用怕，让我去跟他们评理。"

我说："就怕猪会惹出大祸！"

祝小乌说："不会的！它们已经几天没有吃东西……没有力气……"

正说着，一辆"乌拉乌拉"的警车划开人群，差一点把我俩撞倒在地。我看见车门打开，从车上跳下来十多个荷枪实弹的武警。人就像遭到驱赶的苍蝇一样"哄"的一声飞了开去。接着，一个桶状的喇叭里立刻响起了这样的声音：

"野猪危险，请围观者迅速撤离，迅速撤离！"

"野猪危险，请围观者迅速撤离，迅速撤离！！"

这时候，那些武警就跟新兵训练那样，列队，报数，持枪，跑步，卧倒……然后，他们把枪口对准了我们的猪。

至少在那个时候，我们以为他们马上就要把我们的猪毙掉了。所以，一心想卖猪还债的祝小乌疯了一样冲了过去，拉也拉不住，声嘶力竭着："猪是我的！猪是我的！千万别开枪，千万别开枪啊！"

"走开！野猪危险！不要过来！"

那些武警见祝小乌已经冲过了警戒线，枪立刻掉转了方向，对准了情绪失控的祝小乌。我仿佛看到了一个被拉到刑场枪毙的祝小乌，吓得魂飞魄散，脑子里只有一个念头：我要去救祝小乌，无论如何要去救祝小乌。可是我发现我瘫在了地上。

我号啕了起来："不要开枪，不要开枪啊！猪不是野猪，小鸟也不是坏人！你们要抓就抓我吧……"

警察的喇叭不但没有驱散瞧热闹的人群，人反而越来越多，一个个目不转睛地看着我，有人小声地对我说："傻瓜，快跑呀！傻瓜！他们真要过来抓你了，你哭什么呀？"

可是，仿佛有一种奇怪的东西在我的胸脯里滚来滚去，我情难自禁，必须把它释放出来。当我被警察拽到与挨了揍的祝小鸟和司机蹲成一排的时候，我的喉咙里还在发出声音："它们不是野猪，它们真的不是野猪！你们不准我们卖，我们就把它们拉回去，我们没有想到这里的猪必须检疫……猪拉在地上的屎，我会捡起来的……"

结果，我还没有说完，突然有一根沉甸甸的棍子打在了我的头上，这一棍打得我眼冒金星，耳朵里嗡嗡作响："你—给—我—闭—嘴—老—老—实—实—蹲—着—"

不过，等头上的疼痛一消失，我听清了警察盘问祝小鸟的那些话：

"问你呢！野猪从哪儿捉来的？"

"我说过它们不是野猪。"

"你还嘴硬！是不是也想挨上一棍子？"

"我不想。"

"那你知不知道野猪是二级保护动物，猎捕野猪是违法行为？"

"我知道。"

"你这是知法犯法！"

"可它们不是野猪，是杂种猪！"

"你说什么？骂我杂种？"

只听砰的一声，刚才打我的那根棍子打在了祝小乌的头上，祝小乌啊了一声，声音明显小下去了："这些猪是家猪跟野猪杂交的，不信你们可以看这些猪的耳背，那是它们刚出生时烙的，我没有撒谎。"

这样，场面就出现了片刻冷场，等那人回来的时候，没想到这么快就轮到盘问我了："那你说说这是怎么回事？"

"我？"我好像突然哑掉了，"我我、不知道……"因为我不知道说什么好。

"你不知道？你们把这么多野猪运到省城来，你不知道？难道它们是从天上掉下来的吗？"

我的心咚咚咚地跳起来，更不知道说什么好了，我只好重复刚才祝小乌说过的话，死死咬住这是一群杂交出来的猪。因为我心里清楚，只要这群猪不是国家保护动物，他们就拿我们没办法。可即便这样，我们和我们的猪仍逃脱不了要押往派出所等候处理的命运：因为根据警方解释，养野猪必须到林业部门办理《野生动物驯养繁殖许可证》；出售野猪及其产品，必须办理《野生动物经营许可证》。更何况，我们还违反了城市市容和卫生管理等规定。

看来，我们在劫难逃。我们被押到了车上。可问题是猪，猪还在工地上，对付猪比对付人难多了。

应该说，我们的厄运就是从众人抓猪的那一刻开始的。怎么说呢，他们还不如直接将这群猪毙掉得了。他们不该听我和祝小鸟一把鼻涕一把泪的诉求，不该因为这是一群人工繁殖的猪就放松警惕。不过，现在说这些已经没有用了。

我们的猪看到那么多枪对准了它们，本来就受到了惊吓，后来又有那么多人一步一步紧逼，想把它们重新赶到车上去，就更加重了它们的紧张心理。它们开始是逃，从这头逃到那头，哼哼唧唧，后来就凶相毕露不管不顾了，它们就像在吴村的高山密林中那样乱窜乱跳咬起人来！等武警手中的枪"砰""砰"响起的时候，它们早已疯了一般冲进了逃命的人群当中。

接下来发生的事，就如同一场噩梦：猪在大街上追赶人群，或者说人群在大街上追赶猪，或者野性大发的猪逃进民宅咬伤了人，或者随即赶到的警察打死了猪……总之，这场人猪大战叫整个城市陷入瘫痪。其中大部分报道是这样写的：

××日报讯：昨天中午，数十头野猪突然入侵省城居民区，这绝不是耸人听闻的传言。记者亲眼看见，这批野猪进入闹市区后，见人就撞。为避免野猪再伤人，防暴警察在市区主要街道警车开路，狙击手则手持冲锋枪坐在警车内，跟在野猪后面寻机开枪。由于逢下班高峰期，狙击手始终找不到机会下手……

本报记者××报道：×月×日凌晨，本市又先后有 40 名市民遭遇野猪袭击。在市红旗医院，记者见到了遭遇野猪袭击的市民刘景兰。据她讲，她像往常一样去公园锻炼身体，突然有一头黑色的野猪从她身边蹿出，嘴里露出两颗长长的獠牙，一口咬在她的左大腿上……截至记者发稿时，野猪已经致使××人受伤，×人死亡……

××晚报×月×日讯：今天对于本城的居民来说，是一个惊险又兴奋的日子。上午 9 时许，流窜到城郊某旧厂房的最后一头野猪被民警围堵 3 小时后，终将击毙。此时，从野猪进城骚扰市民正常生活已整整 3 天。据警方透露，此次猪祸是由两位外地青年非法养殖、贩卖野猪造成的，他们已被刑事拘捕。目前案件在进一步审理当中……

从以上报道可以看出，杂种猪进城，着实让沉闷无聊的省城热闹了一阵子。一时间，这件事越传越玄，轰动了全国，我和祝小乌的名字也跟着四处传播，甚至有谣言说这次"野猪行动"是国际恐怖组织秘密指使，到中国来搞破坏的。

但必须指出来的是，当省城因野猪横冲直撞、世人惊慌失措的时候，作为罪魁祸首的我和祝小乌，却因为已经被派出所关押，一点也不知道外面发生的事情。就是后来大难告终，我们接受法律的制裁时，也仅仅知道有多少人因为野猪受伤了，死了，有多少财产因为野猪毁坏了，流失了……所以对于这件悲惨而辛酸的往事，我们并没有比报纸了解得更多。

但可以告慰大家的是，法律对我们的判决是从轻的、宽容的，大概是考虑到我俩的认错态度良好，对非法养猪行为供认不讳，野猪猖狂之际我们已经被抓，还有家境贫寒、文化程度不高等等因素，只判了我们有期徒刑六年。并且连我自己都没有想到的是，事实上，我只被改造了四年。

我仍记得出狱的那一天，监狱长语重心长地对我说："孩子，鉴于这四年来你表现良好，你可以提前回归社会，以后你要好好做人，做对社会有用的人，可记住？"

我点点头，告诉他，我记住了。然后，我挥了挥手，迈上了回家的旅程。

10

多年以后，我是说我和祝小乌养野猪闯祸的多年以后，我坐在县城的一条巷子口，正埋头修理自行车。这时，一个熟悉的声音在我的头顶响了起来："有财，是你吗？这些天我到处找你呢。"

我抬头一看，是祝小乌，没想到他也提前释放了。

我们在巷子里的小酒店坐下来喝酒，诉说着各自的情况，连连叹气。

祝小乌告诉我，他刚从狱中出来就回洪坛冈去过一次，我们盖的那三间房早塌了，洪坛冈上灌木丛生，杂草与藤蔓长得很繁茂，大概是猪粪的原因，如果不是在山上待过，保证要迷路。

比起那座被人遗忘的山头，我似乎更惦记曾经和我们一起养猪的人。我问他可曾见到瘸了腿的陈德方？祝小乌说，见过了，陈德方还开着小店，只是他的女人跟人跑了。祝小乌刚开始不敢去见他，因为我们还欠他赔款，可是当他下山的时候，陈德方站在门口等着了，一定要留他住宿、吃晚饭，没想到陈德方只字未提赔偿的事。

走的时候，祝小乌许下诺言："等我发财以后一定要补偿你。"陈德方苦笑（大概是怀疑祝小乌不会发财吧），说："小乌，过去的事就让它过去吧！谋事在人，成事在天，我的这条腿又不是你们用刀砍断的。"

说着，祝小乌喝了好几口闷酒，然后，他突然问我：

"有财，你还记得我那个亲戚吗？"

"我当然记得。"

"他死了。"

"死了？"

其实，我对牛化生的死一点都不感到吃惊，一个精神崩溃者是不可能长寿的。可是祝小乌告诉我牛化生的死因时，我还是吃了一惊：

"怎么？他怎么死的？"

"他被我们的猪咬死的。"

"怎么可能呢？我们的猪全部被击毙了。"

祝小乌抿了一口酒，抽动着嘴唇说：

"你知道吗？自我们走后，他疯得更厉害了，村里人说他好像鬼魂附体一般，见到谁家的猪都两眼泪汪汪，跟猪说一些'猪也一条命，人也一条命，大家都是一条命'，'从虎口里逃出来你们要小心，拉回去变成神经病'……"

"他这是什么意思呢？是同情猪吗？"

"谁知道！反正整天说这样的话。"

"大概是忏悔吧！"

"有可能。"

"怎么就死了？"

"后来，你应该知道，我们遗留在吴村的那些杂种猪长大了，他跟那些猪去说这些话，咦！你想想……"

"你是说留在母猪肚子里的那些杂种吗？"

"对，就是这些猪出生后咬死了他。我去的时候，村里还有许多人家养着这样的猪呢。不过，经过几代的圈养驯化，它们的野性大大减弱了。现在，喂养这样的猪已经成了吴村乃至山乡的主要副收入，它们的名气比做火腿的'两头乌'还大。"

"这可真没想到。"

这时，有人大呼小叫着来找我修三轮车，我和祝小乌只好分手了。

走之前，祝小乌好像突然想起了什么，问我在这里修车一天能挣多少钱，我告诉他二三十块，他就从裤袋里掏出一叠报纸来，对我说："有财，你知道现在养鳄鱼很挣钱吗？"

我说我不知道。祝小乌就像当年掏出报纸劝我养野猪那样唾沫横飞起来："现在有人养鳄鱼养发了！你看报纸上都登了。在扬子鳄繁殖研究中心，扬子鳄数量严重饱和，咱到那里购回种鳄，再到乡下包个鱼塘就能养起来。"

我扫了一眼报纸，看见一口墨色的池塘里，一些血盆大嘴的条状物像蝎子纠缠在一起。我心想，你算了吧！跟你养野猪我倒了霉，你就是打死我，我也不会跟你去养什么鳄鱼！傻瓜都知道这玩意是国家一级保护动物，养这玩意说白了就是送命。

可是，祝小乌还滔滔不绝着："你不用担心，国家鼓励人工饲养扬子鳄，因为鳄鱼浑身都是宝，皮可以加工成皮革，肉可以吃，油可以防冻疮，报纸上写得明白：鳄肉将成为餐饮业的新宠……致富要勤劳，还要靠头脑！有财，咱再搏一次吧！"

我简直忍无可忍，我吼起来了："呸！什么勤劳什么致富？从来都是骗人的鬼话！我算是看透了，就今天像我们这样的小赤佬要想靠自己的双手过上富翁的日子，简直就是痴人做梦！"

我的同学祝小乌看我不再信任他，可怜巴巴地嘟囔了一句："有财，你变了啊！"

然后，他扶了扶宽边眼镜，走了，再也没有来找我。

离开牛栏的日子

1

故事或许要从我家的搬迁说起。

在我十二岁那年，父亲突然决定买下生产队的房子，搬出老屋。没有任何征兆，似乎也没有什么理由。当父亲向家里人宣布这一决定时，我们都以为他在说一句属于别人的话。

父亲不得不重述一遍："我跟二队的人说好了，本来一千二的房子，卖给咱一千，那房子不用看你们也知道，又大又敞亮，门口还有晒谷场……"

爷爷用"简直是放屁"将父亲的话顶了回去。爷爷还说："你给我闭嘴！你说什么？买那排牛栏住人？这房子住不下你啦？嗯？！"

听爷爷这么说，父亲底气有些不足了："不要说得那么难听，牛栏刷上白灰，不比老屋漂亮？老屋闹鬼，多次了……"

父亲的话将爷爷激怒了，他放下碗筷，灰白的胡子抖个不停："呸！你个败家子！我看是你在闹鬼！你的心在闹鬼！竟然要去买牛栏住！休想！"

看着爷爷气急败坏的样子，我和弟弟感到害怕，又不敢离开。这时妈妈说话了："还有你这样愚蠢的人？也不看看二队的队屋被谁买走了！别人躲都躲不及！"

父亲阴沉着脸，一副沮丧的样子。很明显，家里人都在反对他。最后他"哼"了一声，兀自走了，像个被驱逐的幽灵消失在黑暗的街上。

偏执，怯懦，敏感，父亲就是这样的人。当他遇到什么困难或者不满时，就会显得很古怪。好像不是一个正常的人。为了买下紧靠在第二生产队队屋旁边的那排牛栏，父亲天天变着法儿跟家里人吵闹。那样子就好像他有一套完整的计划，一直逼到你们没有退路，直到悬崖。有一次他把家里的碗全砸了，吃饭的时候爷爷只好把一根毛竹锯了，用竹筒盛饭吃。

又一次，他竟然拿出了刀，站在天井里挡住了母亲的去路，说："你们到底买还是不买？！买还是不买？！"那样子就像一个小孩端平了假枪，逼迫同伴从口袋里掏出糖果。

母亲虽不怕他，但被他纠缠得很无奈。再说，我们居住的老屋确实是可怕的。阁楼上黑乎乎的，就是在白天我也不敢一个人上楼。据说那口棺材自爷爷六十岁那年就造好了，它被家里人放在阁楼靠墙的地方，等着爷爷死。每次经过爷爷的棺材，我的心就会怦怦地跳起来，总害怕会从里面爬出一个青面獠牙的鬼来。而父母总有那么多事情让我去做，一会儿让我上楼去取米（楼下潮湿，米缸放在楼上），一会儿又让我上楼去抱柴火……我只好喊上年幼的弟弟，让他跟我一块去，可是每当经过爷爷的棺材，弟弟就会怪叫一声，跑了，吓得我比一个人上楼还要怕。

事实上，到了最后，家里只剩下爷爷一个人在顽固地反对父亲买牛栏了。母亲虽然没有说过她支持父亲买牛栏，但默默地妥协了。

钱，当然是向亲戚们借的。只要能想到的，能张口的，都去借了。最后还差二百来块的样子，无论如何凑不全了。如果凑不全这最后的二百块钱，房屋买卖契约是写不成的。但是第二生产队的人一想到卖了牛栏，每户人家都能分到一小笔钱，多数同意我家把房契先签下，剩下的钱来年补上。这就加速了我们一家搬到牛栏里去住的进程。

我仍记得父亲带着我去第二生产队的人家摁"指头印"的情形。按照我们这里的规矩，父亲必须让第二生产队的所有户主在一张白纸上摁下"指头印"。摁了，就表示他们同意我家欠钱，也表示同意将他们的"集体财产"——牛栏——永久性地卖给我们家了。为了使事情进展得顺利，父亲特意到代销店赊了几包"金丝猴"牌的烟，让我用书包装上。父亲说："每到一户人家，你都得在门口站着。如果我不咳嗽，你就不要进来。"我知道父亲是想省下几包烟，因为不是每户人家都要用"糖衣炮弹"才能攻克的，有些人家说不定很好讲话呢。

数天之后，经过父亲的不懈努力，房屋买卖契约的附页上终于摁满了第二生产队二十四户户主鲜红的"指头印"。有竖着摁的，有斜着摁的，有带指甲的，有圆滚滚的……密密麻麻，就像父亲头上的瘌痢斑，不忍心多看。任务刚刚完成，父亲就嘀咕着"搬家了，要搬家了"回到家。他把那些横七竖八的"指头印"往母亲怀里一搁，就拉起我和弟弟跑到村下头去看我们的"新家"——那排沾满牛屎、坑坑洼洼的牛栏。

父亲就像一个小孩似的，已经提早沉浸在要搬"新家"的喜悦之中了。他用手这里摸摸，用脚那里量量，说："多好的房子呀，只要把里面的栅栏拆了，稍微平整平整，然后把墙上的那些洞眼用泥巴堵上……我们就可以搬到这儿来住了。"

于是从第二天起，我们全家真的忙起来了。虽然在这之前，家里人曾极力反对父亲买牛栏住人，但现在大家都有点盼着搬家似的。特别是父亲，浑身有使不完的劲。他带领我们拆栅栏，挑牛粪，打扫卫生，平整泥地，扩建窗户，粉刷墙壁，添置新瓦……真不敢相信这样一个原本破破烂烂的牛栏，经过我们一家人夜以继日的忙碌，越来越像一个"家"的模样了。

但，牛栏毕竟是牛栏，再怎么整，还是牛栏。比如，牛栏里的那股牛粪味就是一个让人头疼的问题。完全可以想象，曾经被关在牛栏里的许多牛，它们除了日复一日地用犄角去戳墙壁，一边戳一边哞哞乱叫，还把它们的尿和屎，永久地渗进了它们脚下的土地。父亲埋头苦干，掘地三尺，那挖上来的泥还是臭的。父亲试了不少除臭的办法，它始终在。最后，他只好对母亲说："看来我们只能闻上一段时间了，等人气旺了后，这股子牲畜味自然就下去了。"

沉默了一些时候，一脸愁苦的母亲终于开了口："哼，我一闻牛粪味就想吐！要住你一个人住！债也你一个人还去！现在，家里可是把所有的钱都砸进去了，我想想都后怕……我现在一点力气也没有，好像看见一家人跳进了深渊。"

听母亲这么说，父亲把头扭到了一边，我看见他同样心绪不宁。这时，坐在一旁的爷爷干脆发起火来，气咻咻的，好像今天我们还在商量该不该买牛栏似的，他真是老糊涂了，他说："牛栏，牛栏，牛栏是人住的吗？除非你愿意去做畜生！"说完，爷爷气呼呼地上楼睡觉去了。

父亲很尴尬，脸唰地红了，我甚至都能听到父亲脸色嬗变的声音。他又与母亲吵起了架。于是吵着吵着，搬家的日子到了……

我仍记得这个日子——农历四月初十六，天未亮，我和弟弟就被母亲从睡梦中叫醒了。"阿逮，阿龙，起床了，今天搬新家！"母亲不由分说地把我俩拉了起来，"时辰快到了，快起床，不要躺下去了！"

我迷迷糊糊地来到了堂屋。发现堂屋里一片通红，原来是两边的柱子上各插着一个火把。就在这时，我似乎看见了什么，心跳到了嗓子眼！只见八仙桌上坐着一个红脸大汉！眼睛瞪得像铜铃！紫红脸庞大如锅盖！……还好，母亲很快从里屋出来了，她说："别怕，阿逮，阿龙，这是关公爷爷显圣，大吉大利，大吉大利！"

那个怪物也说："大吉大利，大吉大利！"

原来，他是一个人，一个戴关公面具的人，是父亲从井下村请来的"阴阳道士"。搬家的日期及时辰，也是他老人家根据我们一家人的生辰八字，及房屋的朝向测定出来的。

匆匆忙忙，一家人洗漱完毕，并且换上了过年过节时才穿的衣服。父亲点了一炷香，给八仙桌上的"关老爷"鞠了躬，然后，在老屋门口燃放了爆竹——再然后，我们一家人依次跟在那个"关老爷"后面，"斩五将，过六关"，浩浩荡荡地向我们的新家走去了。

街上静得出奇，能听见火把燃烧的声音。到了新家，我们又燃放了鞭炮和爆竹。这一回可是真正地燃放鞭炮和爆竹，足足一箩筐呢！鞭炮是挂在竹竿上放的，噼噼啪啪，震耳欲聋，爆竹则从父亲手中"嘭"的一声飞上了天，然后"啪"的一声炸开，火星四射……我和弟弟在新家的晒谷场上奔跑，追着一个接一个的高空爆炸，然后等着爆竹的残骸掉落在我们跟前。以前，我们可从来没有拣到过这么多鞭炮和爆竹！我们的衣兜里、口袋里、裤腰里……塞得满满的！

接着，就有许多本家人来到我们的新家，说他们是听到第一次爆竹响就起床了的。许多人喊我爷爷叫"三叔"，并且带来了家族祭祀时才拿出来用的祭祀器皿。一阵寒暄之后，有人问"磨刀六"起来了吗？有人说他起床了，有人说他还没有起床，于是就派了一个人去喊——"磨刀六"是村里的屠夫。

此刻，那个道士已经摘下了关公的面具，穿上了戏袍似的道士服，在新屋的地上燃起了一堆堆冥火，柱子上也插满了香。他先是摇了一阵铃铛，而后从身后抽出了一把剑，开始念念有词，所有来我家帮忙的人都被道士的"表演"吸引了。据说，他这是在"驱魔除鬼"，目的是要让新屋变得"干净"。大家虽然觉得好看，心里也挺害怕的，特别是道士先生一阵猛追直赶之后，双手往额头上一点，一束大火突然从手指尖直冲向屋顶瓦片（牛栏没有阁楼）。这是我们在当时的电影里也没有看到过的。

过了一会儿，杀猪的"磨刀六"来了，大人们杀猪的杀猪，挑水的挑水，搬家具的搬家具，磨豆腐的磨豆腐……一派繁忙的景象。大概在上午十点左右，也就是道士完成本次搬家的最后一个仪式"祭灶神"后不久，我的外公、大舅、小姑、姨娘等居住在外村的一大帮亲戚，也陆陆续续到了。值得一说的是，他们除各自带了米糕、粽子、染了颜色的鸡蛋、花生、用红头绳系着的万年青之外，还凑钱买了一只"以前只有慈禧太后见过"的"自鸣钟"，即闹钟。

可以这么说，这只神奇的自鸣钟刚一出现，就成了我家的焦点。它的体积是那么大，跟一只风箱似的；他的外表是这么漂亮，满身金闪闪的；特别是那钟摆特别长，像谁的一只胳脯……嘀嗒，嘀嗒，嘀嗒，当！当！当！当……真没想到它竟然能报数！声音轰鸣，老远都能听到！太神奇了！太神奇了！它能毫无差错地敲十一下！……

一句话，那一天我家像赶集似的，这一拨人刚走另一拨人又来了。人们似乎都在说我父亲有脑子，有魄力，从今天起我家就是村长家的邻居了，"双喜临门"。我父亲呢，面对这盛大的场面似乎有点怯场，他的脸一直红红的，不停地给来者敬烟，又吩咐我和弟弟给他们提供茶水。这样闹闹哄哄的气氛，直到村长来了，坐在一个显耀的座位上，才安静下来。

那一天，或许是我家历史上最值得骄傲的、最值得纪念的一天了。

2

然而，新的生活并不是快乐、美好的。自从住进牛栏，我就病了一场。母亲说我是被牛栏里刺鼻的牛粪味熏的。我不知道。我想我是吃那些剩食吃的。因为热热闹闹的"乔迁酒席"之后，母亲舍不得将大伙儿吃剩下的残羹剩渣倒掉，将它们一一收集在脸盆里，陶钵里，钢精锅里，苍蝇们在我家的厨房里狂欢，在有油渍的地方盘旋，加上天气又热，那些名义上的"大鱼大肉"很快就馊了，泛着白沫。我恨不得把肠子也拉到茅坑里去。总之，等到我的肠胃稍稍好受一些时，已经是我们住进牛栏的第二个月了。

这一天，是一个阳光明媚的中午，我和弟弟在门口的晒谷场上玩耍起来。因为弟弟比我小六岁的缘故，我总爱带着"欺负人"的性质逗他玩，比如打他一下，拧他一把，故意惹他生气，看他怎么气急败坏地来追我……这一天也不例外，我根本就不会去兑现游戏前讲好的某些承诺。于是他就急了，哇哇大叫，追着我跑，他怎么可能追得上我呢？于是被激怒的弟弟手拿一根木棍，恶言恶语地骂起来了：

"臭小子！兔崽子！快让我刮你鼻子！刮二十下！你这个无赖！我非打断你的腿！让你瘸着腿走路！让你讨不上老婆！让你断子绝孙！……"

弟弟从小就是一个很会骂人的人，现在回想起来，或许正是弟弟的这一番叫骂埋下了祸根。假如那一天，我不去惹弟弟发火将有多好……但是也很难说……你知道，我家的牛栏与邻居村长家的房子是呈"√"形对角的，"√"形中矮的一端即我家，长的一端是村长家。事实上，这是再明白不过的，因为村长家住的正是第二生产队的队屋，而我家住的则是队屋一侧的牛栏，我们两家的房屋朝向是不一样的。只不过生产队解散后，村长先买下队屋住进来了，他一住进来，牛自然就养不成了。

"你们赶快把我家屋后的牛栏卖掉，不准养牛了，不然我叫人拆了！苍蝇蚊子满天飞，熏死个人！"

于是大家应该能明白，像大会堂一般巍峨矗立的村长家一侧，出现一排自惭形秽的牛栏是合情合理的，而我和弟弟相互追赶的那块晒谷场，也不是村长家的那块晒谷场，它们之间是有阻隔的，所以也就明白当村长突然从他家院子里冲出来骂我们"吵什么！吵什么！还让不让人睡午觉"时，我们当然感到很委屈，也害怕得要命。

那是非常凶恶的声音。

虽然搬到新家之后，我对村长是产生过一丝好感的，每当在路上碰到，总要提早站住，红着脸，在他走近时喊他一声："村长伯伯。"他总要"嗳"上一声，有时还会问："干什么去呢？"我于是如实相告。然而那天他让我感到从来没有过的害怕！是的，我们宁愿他是一个村长，因为村长身上的权利只会让大人感到害怕，但是我的邻居穿着"三接头"皮鞋"咔嚓咔嚓"地跑到我们跟前来时，又分明是那个"吓唬"我们度过了整个童年的赤脚医生！

他有一张瘦长的脸，宽嘴巴，高鼻梁，额头窄而平，终日穿一身旧军装。他从我记事起就是村里的赤脚医生了。单从字面上看，你一定会以为"赤脚医生"是"赤着脚的医生"。《现代汉语词典》是这么解释这个词汇的：【赤脚医生】chì jiǎo yī shēng，指农村里亦农亦医的医务工作人员。这就不难理解我们的赤脚医生为什么是穿着皮鞋的，许多像我父亲这样的农民倒是赤着脚。

要知道，在当时能穿得上皮鞋的人是很少的，简直比瘸着腿走路的人还少。在吴村，最早拥有皮鞋的人是一个从城里退休回村的老工人，他拥有一双"翻毛"的皮鞋，也就是那种高帮的、表面粗糙、样子像雨靴的皮鞋。据说城里的工人每天都要穿着这样的皮鞋去上班的，所以他们都是很幸福的人。直到几年以后，吴村才出现了第二双皮鞋，这双皮鞋的主人就是赤脚医生。他拥有一双黑色的、矮帮的、三接头的皮鞋，据说是他退伍那年从部队里带回来的。

说起来难以置信，记忆中，我和我的小伙伴从小就害怕听见村中央的石板路上响起"咔嚓咔嚓"的声音。只要听见这个声音一响起，我们就会条件反射般地想到一双黑色、矮帮、三接头的皮鞋。从这双皮鞋出发，又会条件反射般地想到赤脚医生来了，想到他手中拿着针筒，想到他怎样强行剥掉我们的裤子，给我们打针，掰开我们的嘴灌我们吃药……于是我们吓得号哭着四散跑回父母身边。

对幼年时期的我们而言打针是最可怕的，或许我们一辈子也不会忘记被赤脚医生制服，光着屁股趴在父母的膝盖上满怀恐惧地等待疼痛从天而降的那个过程，仿佛等待枪声响起的死刑犯所经历的也不过如此。

唉！这是我在当初那些哇哇大哭着逃避打针的日子里绝没有想到的，若干年以后，赤脚医生会成为吴村的村长，继而，又与我们家做了邻居！他骂了我们一通还不够，还一再追问我们："刚才是谁骂我'断子绝孙'？嗯？是谁骂的？"

我真不明白他为什么要诬赖我们骂了他"断子绝孙"，刚才弟弟明明是骂我的……他却不听我们的，非要我们说出刚才是谁骂了他"断子绝孙"。他见我们不肯承认，就一手拽住一个，硬把我们拽到他家院子里去，然后让我们脱掉裤衩站在墙根。

他恶狠狠地说："你们不说出来，就一直这么站着！"

我和弟弟怕他会用针筒惩罚我们，扎我们屁股，吓得半死，不敢把屁股露出来，乖乖地靠墙而站，并且用手捂住还没有发育成熟的生殖器。

　　"不说？哼！那么是谁骂我'瘸着腿走路'？嗯？"

　　弟弟已经吓得发抖，不敢哭出声音。我只好替弟弟承认说："刚才是我骂的……但是没有骂你，都是骂我们自己的……"

　　"骂你们自己的？你竟敢撒谎！"村长说着，跳到我的跟前，只听"呲——滋"一声，他的裤管被他撕到了大腿根，一条生锈的假腿突然从裤管里暴露，像一根圆规，他指着它："你们给我睁大眼睛瞧瞧！他妈的！竟敢在背后骂我瘸腿！人民解放军保卫了你们这一群败类！我真该把你们的腿锯了喂狗！……"

　　说着，也不知道村长要干什么，他突然恶狠狠地推开了我和弟弟捂住生殖器的手，那架势仿佛要一口咬住它，撕碎它，吃掉它似的……我感到很害怕，很害羞，然而，村长却没有要伤害我们的意思，看到我们瑟瑟发抖的生殖器，他就像被人点了穴似的，我看见他的眼睛里突然涌出了一股清流。

　　他摆了摆手，说："你们……走吧……回去吧……"

　　见我们一时没有反应过来，又说："我已经不生你们的气了，你们回去吧，用不着怕我。"

　　说着，他蹲在地上抹起了眼泪，反而像被我们欺负了似的。

　　我和弟弟趁机跑回了家。

　　整整一个下午，我们不敢出门，不敢大声说话，呆呆地等着父母回家。偶尔，我们也为刚才的"受辱"相互抱怨，弟弟怨我不该"耍赖"，我则怨弟弟不该骂人。最后，我们把矛头对准了村长，发誓等我们长大了，要好好"收拾"他。尤其是弟弟激动得挥舞拳头，一再发誓："到那时，我一定要把他摁在地上，让他吃狗屎！"

我第一次在弟弟面前感到无能了。因为我清楚自己的真实想法：即使等我长大了，我也不敢去报复村长的，我发现我是那么怕他。

天黑时，忙碌了一天的父母回来了。他们回到家时有气无力的，连一句问候都没有。三个人中只有爷爷相反，他一回到家就兴致勃勃地凑到闹钟跟前去看时间，说："哎哟，迟了迟了，迟到二十分钟了。听不到了。"他说的是今天回来迟了，没有赶上听闹钟敲响傍晚七点钟时的那七下轰鸣，他只能等闹钟敲响八点钟的时候再听了。

吃晚饭时，母亲才看出了我和弟弟的情绪与往日有所不同，就问我们是不是跟人打架了。我的眼泪流了出来。我告诉家里人，下午村长突然跑来骂了我们一通，还让我们脱下裤子站在他家的墙根。弟弟则帮我补充了村长撕掉他的裤管让我们看他的假肢的情景。

母亲听了，用筷子使劲地搅拌碗中的米饭，对父亲说："你去问问，咱家的孩子在自家的晒谷场上玩，碍着他什么了？"

父亲埋着头，大口大口地吞饭。母亲一把夺下父亲手中的碗，又要让父亲去问。父亲失去了手中的碗，只好抬起头来看母亲，一脸为难地说："是村长治好了阿逮的痢疾……小孩子的事，问个啥？"

母亲说："他为阿逮治痢疾没有收钱吗？他的腿是为阿逮废掉的吗？你不敢去你就说出来！村长又怎么啦？村长就有权不让孩子玩耍了？"

父亲嗫嚅着，身体微微发抖："哎，哎，你别让人家听到了！"

母亲"哐啷"一声，把碗摔碎在地上："我一不偷二不抢，我怕他个屁！我要让他知道我们陈家不是好惹的！"

父亲见母亲动了真格的，再也不敢吱声了，只好冲我们吼："你们两个不争气的东西！还不快去拿扫帚扫了！以后给我记住，不该你们骂的话就别骂！听到了吗？"

我和弟弟低着头，放下筷子，赶忙向屋角的扫帚跑了去。我们都没想到母亲会发这么大的火。

3

一转眼，搬到新家住又一个月过去了。我家与村长家的关系虽然谈不上亲密，但也相安无事。平时大家碰到，还是比较热情的。尤其是两家的妇女，交往多了起来，比如相互串门，结伴拔猪草，等等。

渐渐的，关于我和弟弟被村长骂了一通这件事，很快被大人遗忘了，或者说虽然记着，但已经不想再去追究谁对谁错了，就连弟弟也不再跟我提起这件事了。有时候村长家农活忙（村长从不干农活），母亲还会叫父亲帮忙去做，父亲总是任劳任怨、无怨无悔地去做。唯有我，还记恨着村长。每次在路上遇到他，总要迅速地躲开。

然而这时候，村长却跟我家套起了近乎。似乎他也知道对不住我和弟弟似的，每次往我家跑，都要问父亲："二癫头，你家的阿逮、阿龙呢？这两天好像没有看见了呢。"父亲就会东看西看，喊起我们的名字。

我们当然听见了父亲的叫唤，因为我们就躲在卧房的门后头，但是我绝不会去见村长的，我也不允许弟弟去见他。村长很狡猾，扑了几次空后，就带了糖果来。这下子，弟弟就再也不听我的使唤了。弟弟就像饿狼似的去抢村长放在八仙桌上的糖果，剥了糖纸就往嘴里塞，还朝村长做鬼脸。于是村长看着我的弟弟，眼里冒出光来，又跟父亲讲起了他在部队的光荣史，简直是不厌其烦的光荣史……说他的腿是怎样被炸药炸到什么地方的天上去的……并且每一次来，都要让它再发生一次。而我的父亲竟然有这样的耐心，毕恭毕敬地，准备将村长的光荣史听上一千遍。

值得一提的是，村长一般是在下午或者晚上的时候，抽空来我家坐坐的，间隔是三至五天。可是有一次，村长竟然在一个大清早就大驾光临了。村长说："二癫头！今天我买了一条狗，待一会你来我家帮忙一下！"

父亲满口答应着，又是擦凳子，又是泡茶，递烟（父亲的口袋里永远藏有一包专门给别人准备的烟），但村长说："我不坐了，我不坐了，他们还等着我回去呢。"就走了。

父亲不敢怠慢，走到房间换了一身干净衣服，然后就慌里慌张地往村长家跑。不一会儿，村长家的院子里就响起了狗叫声，很骇人。

　　我叫来弟弟，爬上村长家的院墙往里看。只见一条倒霉的狗龇牙咧嘴着，已经吓得发疯。院子里虽然站着一圈人，但手拿铁棍打狗的，只有屠夫"磨刀六"和我的父亲。他们两个一会儿追着狗跑，一会儿狗又追着他们跑，狗叫声与惊恐声混成一片。

　　父亲原本是一个怕狗的人，可今天他却拿着铁棍去打狗！刚开始的时候他是躲躲闪闪的，跟在"磨刀六"的后面。可是几棍子打下来，他就不再怕狗了，那样子甚至比杀猪的磨刀六还凶狠。那条被打瘸的狗呢，终于被他俩逼到了一个死角，瞪着一双血红的眼睛，喘着气。

　　我知道，父亲此刻一定也很害怕。这一点我能从他头皮的颜色变化上看出来。每当他感到害怕，头上的癞痢斑就会变得这样惨白，惨白。但是他为什么还要往前靠？狗已经多次向他发出警告，满嘴的牙齿全露到外面来了，它会咬死你的！爸爸！……

　　然而我的父亲却还在向前靠，战战兢兢的，直到那狗突然跃了起来，就像一只下山的猛虎……一场殊死的搏斗就这样开始了。那血雨腥风的场面如果没有亲眼看见，是很难想象的。我们根本看不清父亲是不是被狗咬了，也弄不懂那狗是不是被父亲揍趴下了，就像两只关在笼子里相互撕咬的野兽……我们只听见混战之中，那狗在没命地吠，父亲在没命地叫……

担心让我们忘掉了时间,不知过了多久,从狗鼻里流出来的血,快要把整个院子染红了。而我的父亲,此刻还在墙角往死里揍那条狗,直到逃得老远的磨刀六跑过去告诉他那狗已经死了,他才丢开手中那根血淋淋的铁棍,两眼发直地看着大家。此时,躲在屋里看热闹的乡干部们从村长家里走出来了,叽叽喳喳地说个不停。

我认识那个最胖的乡干部——杜富,他以前就经常来我们村颁布各种新政策。他是一个又粗又矮又黑又胖的人。记得早几年,杜富每次来我们村,都要背一支步枪,一路上看见鸟就打鸟,看见野兔就打野兔,实在没什么可打的话,就卷起裤管打鱼。枪响过后,鱼们翻着白色的肚皮从被震碎的石头底下浮上来,就像秋天里被风吹下来的树叶那么多。可如今,再也没见他用步枪打过鱼了,据说原公社的枪支弹药早已收缴上去了。

我看见他一扭一扭地走到我父亲跟前,拍拍他的肩膀,大声说:"呵呵——这位同志,你是打狗的英雄!——吴村的英雄啊!"

只可惜面对这样的赞誉,我可怜的父亲竟好久没有缓过神来,就像他第一次做贼就被抓住了似的,脸色苍白如纸:"杜、杜、杜乡长……我我我……不怕狗了……"

晚上,父亲从村长家一瘸一瘸地回来了。喝得醉醺醺的。母亲关切地问:"二癞头,狗打死了?你的伤势怎么样?打过针了吗?"

父亲一瘸一瘸地坐到长条凳上,理直气壮地说:"喝了!跟杜乡长一块喝的!嗝——还吃了狗肉——嗝——"

"瞧瞧你，高兴成这个样子！"母亲笑了，"还知道自己是谁吗？"

父亲突然梗起了脖子，他大概以为母亲这是在讥笑他，骂了起来："好你个臭婆娘！啊呸！我是谁要你、你管吗？杜乡长说我、我——嗝——是吴村的英雄呢！"

母亲开怀大笑："瞧瞧你，能打死一条狗就是英雄，那世界上都是英雄喽？"

父亲恶狠狠地看了母亲几秒钟，就好像母亲的这句玩笑话像一把匕首刺痛了他——父亲真的是一个不懂得调情的人，要知道，当母亲从我嘴里得知杜干部夸他是"英雄"时，内心是多么激动，她是唱着歌等父亲回家的，因为她一直希望父亲是一个"正常"的人，受人尊敬的人——可父亲却无缘无故地骂开了：说什么小时候生了头癣被人骂，长大后不会打架被人欺，因为不听广播说错了话，结果是挨斗！说什么他受够了，他买下这个牛栏就是要跟村长做邻居，看村里人再怎么来欺他，来斗他……

母亲哭着跑进了卧房。

4

第二天早上起来，我以为父母还要吵架，因为按照惯例往往是要连着吵上几次的，我却有些奇怪地发现他俩奇迹般地和好了。这一点从我母亲坐在门槛上清洗父亲昨日的那套"血衣"就能看出来。

"阿速，你爸爸昨天被狗咬伤了，你看，裤子都破了。"母亲看我观察她，这样说。

那段时间，的确是父母相处最融洽的日子。当然，也是我家与村长家相处最融洽的日子。我的父母争吵渐少了，他们与村长家的交往更深了。那段时间，有空没空父亲总是帮村长家干活，村长家呢，一旦来了上面的干部，总要叫父亲去帮忙准备食物。

现在，村里的"磨刀六"和我的父亲基本上成了村长家随叫随到的厨师和猎手……父亲终于融入了他所想要的那种生活当中……

众所周知，"磨刀六"的本行是杀猪的，但由杀猪这行当延伸出来的是他会炒猪肝、猪肚、猪耳朵、猪腰等等跟猪相关的菜肴，又由于掌握了跟猪相关的菜肴之火候，他又无师自通地掌握了所有跟肉类相关的多样性烹饪。事实上，我家那顿热闹非凡的"乔迁酒席"就是由"磨刀六"帮我家杀完猪后烹制的。

我的父亲呢，虽然不是一个天生的猎手，但由于他从小生活在吴村，从三岁那年就爱追在野兽后面跑呀跑的，看见野兽就想把它打死，所以作为一个猎手的基本训练早在他的童年时代就完成了的。当然，父亲作为一个猎手的狩猎生涯，应该从他打死村长家的第一条狗算起，从此一发不可收，又打死过许许多多条狗。打狗成了父亲最初的特长。

或许你会问："能打死一条狗就是猎手，那世界上都是猎手喽？"我在这里告诉你：是的，因为打死一条狗并不比打死一只野兽来得轻松！

并且我还想告诉你：那一段时间，我们可崇拜我们的父亲了。

父亲简直成了吴村最有名的人！在路上，有村里人迎面走来，总是要提早站到一边，让路给父亲，态度很恭敬："二癞头，又去捉什么呀？"人们总是这样问。而我的父亲一直是理直气壮的：捉蛇，或者掏鸟蛋，或者逮野兔，或者看看哪儿有穿山甲……

父亲是一个越来越精于捕猎的高手，虽然他没能像井下村那些职业的猎人一样捕获过野猪、黑麂、豺狼等大型野生动物，但你知道，我的父亲是没有猎枪的，完全是靠自己的智慧和灵巧的双手，来捕获上面来的干部爱吃的野味的。能做到每次出去不空手而归，已经非常不容易。

我仍记得父亲为了捕到一只野鸡，怎样废寝忘食地设置"绳套"。可以说，这种绳套完全是他自己发明的。在他认为有野鸡出没的地方压弯一棵灌木，在灌木顶端绑上一根绳子，将绳子的另一头做成一个活套，然后用非常复杂的技巧将这个活套埋在灌木丛下，周围撒上米。一旦有野鸡因为想吃米而踩进活套，只听"呼哧"一声，被压弯的灌木弹起，野鸡被活活勒死。

除此之外，父亲最惯用的是他根据"捕鼠夹"原理制造的"捕兔夹"，那玩意除了没有捕到过兔，已经捕到过十几种小动物（兔子吃草，不吃夹子上的食饵）。有嘴馋的人看见父亲老有所获，就想模仿父亲的捕兔夹制造自己的捕兔夹，可是他们试了一下父亲的捕兔夹后，就再也没有这种愚蠢的念头了。因为这玩意一旦失灵或者不慎碰到，那么你就等着缺手指、断胳膊的吧。

有时候，特别是上面来的干部来得过于突然，而时间又到了该吃饭的时候，父亲还会急匆匆地跑回家让我和弟弟跟他一块去小河里捉螃蟹、小鱼小虾什么的。这时候的父亲一下子变得可爱了，仿佛又回到了他的童年。

那时候的金塘河河水清澈，鱼类繁多，有一种叫"石斑"的鱼，如筷子般长，身上有黑色的花纹，一见人就往岩石底下躲。以前杜干部最爱吃这种鱼。不过，他是用步枪将它们"震"死的。我们为了捉到这种鱼，不得不将自己脱得赤条条的，潜到小溪的深潭里去摸那些岩石底下的缝隙。

现在回想起来，那是多么快乐的时光呀！我们掌握了怎样的石缝里鱼最多并且容易逮住后，总能从石缝里摸到很多的鱼。每次去村长家之前，父亲都会偷偷地从这些鱼当中挑一些个头比较小的，让我们带回家。

当然，在父亲的狩猎生涯中也有完成不了"任务"的时候。比如他受了伤，或者运气特别不好的时候。

有一次，上面来了一群搞计划生育的，十来个人，来抓大肚子妇女的，他们跟村长开起了玩笑，说今天你能不能给我们弄一点以前来的时候没有吃到过的东西呀？村长笑着问他们，那没有吃到过的东西是什么呀？他们却说不上来。这可把村长愁苦了，更把父亲愁苦了。倒是我的爷爷脑子灵。虽然他自农忙结束后，被家里的自鸣钟"折腾"得木木愣愣神思恍惚的，但在那一天，他突然离开了摇晃不停的钟摆，冒了一句："他们没有吃过的东西——我看是茅坑里的屎！"

只可惜爷爷的这句话，是在村长和父亲都离开了以后说的。否则，我的父亲也用不着去冒那么大的险，爬到"高布山"上去捕捉那条"比碗口还粗"的蛇。

据说那一天父亲爬到高布山上去，本来是想去摘野果的，因为他把所有能捉到的动物都想了一遍之后，实在想不出一种他们没有吃到过的东西。终于想到了的，自己又没有能力将它捉到。后来，他就想到了野果，比如猕猴桃、野葡萄、野山楂、山茱萸什么的，父亲心想，这些高山上的野果他们肯定没有吃到过。但由于那一年天气有点反常（鬼才知道是不是天气的缘故），野果青涩，难以入口。

父亲在山林里转了一圈，不敢空手而归，就到护林员的窝棚里休息。护林员听了父亲的心事，告诉他在高布山的劳动坞有几个蛇洞，里面住着"眼镜蛇王"，上次把他养的几只鸡吃掉了，希望父亲去碰碰运气。

"它现在肯定在洞里，一般等到太阳下山才出来活动。不光吃我的鸡，连野猪仔都吃。这样下去它都要成精了，你来得正好，帮我消除祸害！"护林员如是说。

到了这个时候，父亲已经顾不上那些上面来的干部是否吃过眼镜蛇了，他跟护林员去了劳动坞，果真在山坡向阳处发现了蛇洞……只可惜那时候我已升学到井下村读书了，所以未能亲眼看见父亲活捉"眼睛蛇王"的经历。以下描述是我根据护林员的讲述整理的：

"我和二癞头用手电筒往里一照，没把我吓死，只见里面横陈着一团蛇的肚皮，比碗口还粗！吓得我直劝二癞头回去得了，二癞头二话没说，就用锄头刨起蛇洞来。这样刨了大约半个小时，没想到那截蛇肚皮不见了。很显然，蛇洞底下是一条横向的通道。这条通道有可能连接着别的出口，二癞头找到附近的两个洞口，用石头堵上。渐渐的，二癞头刨到了底，挖上来的泥滑溜溜的，一股腥臭。可是，那蛇要么往左走了，要么往右去了。总之，你要捉到它，得往右刨，或往左刨，但这显然是不可能的，因为那通道造得太深了。"

"这时候，二癞头做出了一个让我吃惊的决定，他要我帮他提着脚，他要沿刚才刨开的土坑探下身去，看看那蛇到底往哪个方向去了。二癞头说，如果蛇游得不太远，说不定还可以一把抓住它的尾巴把它拖出洞来！然而实际情况却不是这样，当二癞头像一只偷吃盐巴的山羊那样探身到坑内去以后，他突然蹬起了腿，一副要拱上来的样子。我赶紧将他往上拖，心想他肯定抓住蛇的尾巴了……"

每当护林员讲到这儿，总要擦一擦额头上的汗，向周围的人形容他是怎样将我的父亲像"拔"一棵萝卜一样"拔"到坑外来的。这拔的姿势非常重要，因为只有这样往外"拔"，才能看到我父亲的双手死死掐着那条蛇的头。

"我吓得腿都软了，那蛇头——离二癞头的头就三四十公分远！如果我稍一松手，那蛇就会咬到他额头！我喊了一声，二癞头！不要动！让我想想办法！——实际情况却非常急，我看见那蛇拼命地想从洞中蹿出来，好几次差一点咬到了二癞头……这时，我脚下的一块石头偏偏松动了，我哎哟一声，拽着二癞头滚下了山坡，一直滚到一块平地上，我才发现二癞头并没有滚下来，而是一动不动趴在斜坡上，我赶紧跑过去看，才知道他的两手还掐住那蛇头，蛇的身子则缠在二癞头的身上……我立刻抽出刀鞘里的砍刀，用刀背猛拍蛇的身子，过了一会儿，蛇松开了二癞头，死了……"

　　尽管在这传奇的背后，也有个别人嘲笑我父亲"被蛇咬死了也是活该"，但这样说的人是不负责任的，不为别的，只为父亲敢赤手空拳爬进蛇洞里去捉蛇的勇气。试问，吴村还有第二个人敢像我父亲一样爬进蛇洞里去捉蛇的吗？没有。至今也没有。

5

　　不久，天气凉起来，秋天到了。我们的生活一如既往。一个星期六的夜晚，天气闷热，直到接近黎明时分才落下了很大的一场雨。第二天早上起来的时候，我发现门前的晒谷场被雨水泡软了，一些生草的地方钻出了蚯蚓，几只鸡叼着蚯蚓相互追逐着，将蚯蚓拉得很长，很长……

　　早饭后，弟弟跟母亲去河边洗衣服，我无事可干，坐在门口做起作业来。这时，我突然听见在晒谷场的另一边，响起了一只鸡的叫唤，是鸡挨了踢后的叫唤。我循着声音望去，感到心头一惊，又是赤脚医生朝我家走来了！我只要一见到他，心里就发怵，赶紧往家里走。

"阿逮，你爸爸呢？"他远远地问。

我没有理他，继续往家里走。父亲的耳朵真灵，我刚迈进门去，他已经从有线广播的下头蹦到了门口，批评我说："你这孩子，怎么不理人！"然后笑眯眯地站在门口，迎接村长，大声说："啊，村长，你来了。"

村长嗯了一声。

父亲谨慎地问："上面来人啦？"

村长一脚迈进屋来，黏糊的泥巴从"三节头"皮鞋的鞋跟掉落，屋子里一下子暗了许多，他说："还真来了哩。"

父亲拍了拍衣袖，并且喊了我一声，就准备往外走。父亲说："今天阿逮也在家，我就下河摸几条鱼吧！还有古泡桐上的蘑菇也该长出来了。一会儿就回来了。"

村长却毫无离开的意思，站在屋中央东张西望，看我爷爷像个瘟神似的守在闹钟旁。"你在干什么呢？阿逮爷。"村长终于问。

爷爷有些害羞似的，望了望钟，又望了望村长，说："我呀，嘿、嘿，看、看着钟哩。"

村长说："看着它？它又没有脚，跑不了！还没看够哪！"

一有空闲就爱守在闹钟旁边，看闹钟"嘀嗒"响的爷爷，就像被人揭了短似的，红着脸说："钟坏了，我想多听几次报时，就把时针快速地往前转，结果你看，乱了套了……为这事，昨天还吵了架……"

"这个呀，"村长走上前，看了一会儿钟面，又看了一会儿钟摆，说，"时针指的方向是对的，钟摆也没有问题，你瞧，跟我手表上的时间一样哩。"

"可它的报时总是报错，"爷爷激动地说，"是不是它跟我一样老糊涂了？"

村长哈哈哈地笑起来，笑得前仰后合的，就像他脚下的那块地会扭来扭去似的，然后，他将鞋底的泥巴全部磕在我家的门槛上，试图回去了，但又想起了什么，从衣兜里掏出来一张折叠好的纸。

父亲一直站在门口等着他，见村长看他，就问："村长，还去捉鱼吗？"

村长把那张纸递给父亲，严肃地说："河里涨水了，不要去了。这是一张申请表，你先填好了，到时会有用处的！还有，那面墙上的画像也该换一幅新的了，都什么时候了。"

说完，村长就走了。

父亲怔了好长一会儿，手中捏着那张纸，像个木偶人似的。渐渐的，我看见他的秃顶上有了雾气，呼吸也急促起来，他突然将村长递给他的那张纸死命地摁在瘪瘪的胸脯上，弓着的身子一鼓一鼓的。我怀疑他是不是心脏不太好，只见他突然将头一仰，皮包骨的脸缩成了一团，就像颗饱经风霜的山核桃似的，大颗的眼泪顺着面颊上的沟壑滚到了肩膀上，他的肩膀就哆嗦起来了。

他终于蹲了下去，两条胳膊捂住自己的脸，手中的纸片瑟瑟作抖："娘……娘！……你的儿子也有今天，也有今天！可怜你看不到……娘！……"

父亲抽泣着，压抑的哭声吸引了鸡的注意。它们停止了奔跑，好奇地看着父亲蹲在门槛上，一会儿哭了，一会儿笑了。我感到害怕极了。

父亲哭了一阵，接着就跑到里屋去，到处找酒喝。他的记性真好，不知道什么时候剩下的半瓶酒，被他从碗柜中找到了。他喝了起来，一副要跟谁去打架的样子。爷爷当然也注意到了他儿子的异常举止，站在闹钟旁边看着他。

爷爷说："你怎么又喝酒啦？"

父亲说："我高兴！"

爷爷再没说话。

我知道，父亲是不喝酒的，如果要喝酒，就说明他要在自己家的范畴内闹事了。我似乎预感到了什么，像一颗子弹一样飞了出去。我想去河埠头寻找母亲，告诉她，今天父亲又要闹事了。

然而父亲喊住了我："站住！干什么去！"

我不得不在湿软的晒谷场上站住了，因为"急刹车"的缘故，我的一只鞋陷进了泥里。那是一只已经残破的解放鞋，去年在井下村供销社买的。

"你给我回来！你又要疯到哪里去？嗯？"父亲已经站起来，双手叉腰，刚刚哭过的眼睛里闪烁着凶暴的焰火。这焰火，只有他在村长家的院子里拿铁棍打狗的时候出现过。

我害怕了："我我……去找……弟弟回家。"我扯了一个谎。

"没有像你这样的！你是不是又想跑到你妈那里去说我的坏话？嗯？"父亲说着，将手中那张纸高高地扬了起来，"我要警告你们！警告全吴村的人！这荣誉不是我拍马屁拍来的！而是用堂堂正正的奋斗得来的！你们永远没有权利耻笑我！"

爷爷终于看不下去，嗓门高了起来："他妈的，狗东西！给那小子打了几天狗就想造反了不是？！我真想一巴掌扇死你！"

父亲说："老不死的，你还想压制我是不是？半辈子了，还想压制我到死是不是？！"

爷爷做梦都想不到他的儿子有一天会这么跟他讲话，他气得吹胡子瞪眼，举起凳子就向父亲砸去。凳子砸空了。爷爷又拿起茶柜上的两只香炉，掷过去。这次掷中了。父亲"哎哟"一声，眼睛都睁不开了。

然而爷爷毕竟年纪大了，手中的香炉虽然掷中了父亲，但还不至于将他掷得倒下去。所以父亲把眼睛里的香灰扣出来后，就冲了过来，将爷爷按倒了……父亲的拳头就像雨点似的落在爷爷的后脑勺上。

6

父亲变了。这个变化仿佛是在片刻之间完成的。也就是当他怀揣那张纸片，蹲在门槛上哭了一通之后，就变得这样乖张暴虐，蛮横无理。

对于这样的变化，最不能容忍的仍是我的母亲。她是听了我的报信之后匆匆赶回来的。当她拨开里一层外一层的人群，看见她的丈夫将墙上的毛主席画像撕了，茶柜上的闹钟砸了，还站在八仙桌上像京剧里的杨子荣那样手舞足蹈时，她的眼前黑了一下。

"二癫头，二癫头，你真的疯了吗？！"

母亲的这一声号啕，让所有在场的人感到心头一紧。只见母亲就像扑上去撞墙而死似的，在门口号啕了一声之后，急速地冲向八仙桌上的父亲，将父亲又蹦又跳的两只脚踝死死地抓在手里了。她使出了吓人的力气，将父亲摇晃得随时要翻下八仙桌。很危险。

"我的命好苦呀，二癫头！我以为你从此变正常人了，就像村里人一样，通情达理，受人尊敬……没想到只一会儿工夫你就疯了！早上我出门时你还好好的，这是为什么呀，为什么呀……好心的村里人，告诉我，这是为什么呀？"

我的父亲被母亲使劲地摇晃着，就像一套晾晒在空中的衣服被一阵突如其来的狂风猛烈吹刮。终于，父亲被这一阵大风刮到了地上，又被风吹刮到了墙脚。一些人跑上前去，将那"狂风"抱住了，让她吹不到他。

"要冷静！冷静！冬妹！二癫头没有疯！还没疯呢！"他们试图让母亲冷静下来。但母亲挥舞着手臂，继续着她的悲伤。

因为她担心自己的丈夫会发疯，已经不是一年两年了。

"你们不知道，他从来就没有过一天正常的日子，你们不知道我有多担心他会发疯……跟这样的人做夫妻，全吴村也只有我能坚持到现在，我事事忍让他，以为他会转好的，他要住牛栏，我就帮他去借钱，为了那些债，我的头发都愁白了呀……你们这些好心的村里人，你们不要管我，我只有把他杀了，一家人才会得到安宁！……你们都回去吧！把我家的阿逮、阿龙也带走！等我做了牢，还要请你们多多照顾他们……晚上的时候，你们再来帮我收尸吧！呜呜！……"

母亲的哭声感染了所有的人，许多妇女泪流满面，许多男人默默地背转身去。而我，早已哭得嗓子沙哑，脑子里嗡嗡的，想找一个地方躲起来。

这时，唯有我的父亲是最威风的。他挣脱了众人的阻挠，冲到母亲跟前来，骂的却是全村人："只许你们高兴吗？你们这些王八蛋！只许你们扬眉吐气吗？我偏要站到桌子上去唱一段戏给你们听！……我高兴，我乐意！……"

父亲这样骂的时候，还不忘从口袋里掏出那张已经被他弄得皱皱巴巴的纸，就好像拿着皇上的圣旨一样……里一圈外一圈的人再不敢吱声。

是的，那一天之后，父亲变了，变成了一个让我说不出味道的人。他在家里耀武扬威的，动不动就打人，就跟电影里的假洋鬼子动不动就打自己人一个样。我们开始有点惧怕他。在以前，这种情况简直是难以想象的。牛栏，终于把一根原本干的海参迅速地泡胀了，胀得它浑身的刺儿直扎向同住在牛栏里的我们。

现在，自家田地里的活，父亲是连一根手指头都不会去碰的了，所有农活不得不由母亲一个人去做……好在母亲是一个坚强的人，她那高大的身躯仿佛是特意为抵抗命运中的这许多不幸而降生的。自从父亲"脱产"之后，她默默地承担起家庭中的所有变故，好使这个原本就不稳固的家不至于在瞬间坍塌。她就像一个男人一样，挑粪，干活，上山拉树，砍柴。为了贴补家用，母亲还做起了豆腐买卖，就跟外婆年轻时一样，每天一早就挑着豆腐出去卖，大概要到十点钟左右才能回来，有时候更迟。

而我的爷爷自从被父亲揍了一顿之后，近半个月卧床不起。后来虽然能下地，但老感觉头晕，用他自己的话说，他的脑浆被父亲打"汪"了，就像被人搅出了水的豆腐脑，每动一下，脑浆就会跟着晃荡一下，声音很响，就像随时会从耳朵漫溢出来一样。爷爷不敢掉以轻心，睡觉时不敢侧睡，走路时格外小心，当他好不容易走到目的地——即被父亲砸得完全失去控制的闹钟跟前——坐在矮凳上不动，形同泥塑。他已经不能给家里干活了。

每天，父亲一早就出去了，只有鬼才知道他又在村里人面前出了什么洋相……反正，母亲将豆腐卖到哪里，关于父亲怎么怎么了的窃窃私语就进行到哪里。母亲总是像躲避瘟疫一样躲避着有关父亲怎么怎么了的话题。但是有很多次，她迎面遇见了像条疯狗一样到处找事闹的父亲，他俩就像谁也不认识谁似的，各走各的路。

母亲无疑是痛苦的。现在父亲虽然在村里为自己赢得了一些"地位"，但这"地位"却让我们更加抬不起头来，也让村里人更瞧不起他。仍记得那是一个秋高气爽、暑威尽退的好天气，村子沉浸在午后的静谧中。突然，街上有声音响了起来：

"快去看偷树贼！快去看偷树贼！'树干部'抓到了一个偷树贼！"

"在哪儿？"

"在大会堂里，已经吊起来了！"

"是嘛，是村里的，还是外村的？"

"是外村的。"

"太好了，太好了，该揍他！"

"对，是该揍他！"

于是，静谧的村庄就像被棒槌敲响的铜锣浑身战栗起来，不一会儿，村里人就把大会堂挤了个水泄不通。只是偷树贼并没有"吊起来"，而是被父亲捆在了一张椅子上，埋着头，像打冷嗝似的，在哭。

他长得极瘦，蓝色的卡其布在绳子之间像一团揉皱的纸，里面似乎没有很多肉。他的头发很黑，很脏，他的脸是瘦长的，泪水将脸上的灰尘打湿了，看上去非常可怜。

此时，我的父亲坐在一张办公桌后头，一条腿抬了起来，身子倚靠在墙壁上，已经喝了许多酒，耳朵都红了。他说："我是在七园尖抓住他的，他想逃，我就用刀背砸烂了他的脚趾头。一路上，他不停地给我下跪，求我放了他，可我偏偏让他背着树走。他背着树还想跪下来，我就随手砍了一根刺，抽着他走。这个贱种！"

于是村里人哎呀哎呀地退了好几步，离椅子上的偷树贼远了一些。从高高的窗户上投射下来的阳光，刚好照射到了偷树贼的脚。只见偷树贼穿着草鞋，草鞋上都是血，有两根脚趾头血肉模糊，就像被人嚼烂了一样。但"树干部"却意犹未尽，提醒大家："你们再看看他的小腿肚，被我抽得肿起来了。"

于是村里人又看起偷树贼的小腿肚来。因为小腿肚是朝向里边的，所以他们之中的好几个人不得不埋下头去，看得偷树贼忸怩不安了。父亲就从桌子后头跳了出来，赏了偷树贼一个耳光，命令道："快把腿抽出来！贱种！"

偷树贼只好老老实实地将两条腿从椅子下面抽出来，父亲就"呲——滋"一声，撕开了偷树贼的裤管，村里人就像看见了蛇似的浑身哆嗦了一下，他们惊恐不安地说："都看不见肉了，都看不见肉了……"

我感到很惶恐，急匆匆地跑回家去喊母亲，可是母亲还没有回来。最后我在桥头遇到了还没有卖完豆腐的母亲——我一见到母亲我就哭了，因为我很害怕，说不出的害怕，即便那个被捆绑在椅子上受挨打的人是我的父亲，我也不会这么害怕的！……

可怜母亲听了我的讲述，脸都紫了，我们都不知道父亲已经当上了吴村的"树干部"。

母亲将担子放在一个鸡鸭啄不到豆腐的地方，只带了一根扁担，然后，就跑起来了。可是当她冲进大会堂之后，母亲傻眼了，她"哎呀"了一声，似乎想逃。但那个被捆绑着的偷树贼已经看见了她，他叫了一声："冬妹！——"

我的母亲被动地"嗳"了一声，脸色就跟死人一样了。

然后，那个偷树贼就哭起来了。他断断续续地告诉母亲，他来七园尖偷树是迫不得已。因为一家人穷得填不饱肚子，孩子们上不起学，父母看不起病。他哀求母亲，看在都是井下村人的份儿上，一定要帮他去求求情，一定要劝劝"姐夫"（我想是指我父亲）手下求情……他说他家里人还等着他卖了树回去买米呢……

母亲早已听得泪流满面，这时就走上前，在众人的目光中解开了捆绑着偷树贼的绳子，说："你走吧……回去后不要跟井下村人说……是我瞎了眼，嫁了这么个畜生……"

那个偷树贼却不敢站起来，疑惑地看着母亲："姐夫，他……等一下回来……"

母亲说："你就放心地走吧！量他不敢再抓你……还有，这十块钱，就算是我借给你的……"

那个偷树贼一下子站起来，跳开去，躲得老远："冬妹，这可不行，使不得……"

这时候，围观的村里人纷纷劝那个偷树贼把钱先收下，赶紧回家买米，让家里人饿着肚子，简直就是罪过……偷树贼收下了我母亲不知要卖多少豆腐才能攒够的十元钱，在众人的目送下，沿着通往井下村的黄泥路，一瘸一瘸地走了……看不见了。

不知道为什么，他那孤单、无助的身影，竟让我想起了我的父亲，那个曾经同样可怜巴巴的父亲！

7

"树干部"，是我们村创造的一个新词，是指抓赌博、抓小偷，尤其是抓偷树贼为主的"村委会临时执勤人员"的戏称。它跟"村干部"的区别仅仅多了一个"又"字，仿佛这称谓包含着许多敬畏似的，而实际，村里人却暗暗地憎恨他们，诅咒他们，称他们叫"狗腿子"。

我的父亲担任"树干部"的时候，无疑是他一生中最春风得意的时候，也是家里人最难以容忍他的时候。他现在已经完全像地主家的长工一样，揽下了村长家的所有农活，他每天起早摸黑，连村长家水缸里的水都是他挑的。他在村长面前是那么谦卑，在上面来的干部面前甚至学会了假笑，可是在村里人面前，他更凶狠了。

经常，在我家的晒谷场上，有村里人又是哭又是闹的，叫我害怕又羞耻。尽管有一些事父亲或许是无辜的，可是，这些人不敢到村长家去闹，他们就死死咬住父亲不放。再说，他们站在我家门口叫骂，村长那边也是听得清清楚楚的。于是父亲一面沦为这些人的出气筒，一面又充当了某些事情的替罪羊。

以至于没过多少时间，母亲再也没有脸面挑着豆腐挑子去卖豆腐了。她也懒得去管农活，对生活绝望了。

每次去井下村上学，路过我家那块杂草丛生的田地，我的心就会产生一丝不祥的忧虑。那杂草，仿佛生长在我的心头，生长在我的家里……

最不能容忍的是，父亲居然带着阿龙一起去抓偷树贼。以前放学回家，我还没走到村口，就会看见羡慕我上学的弟弟站在枫树湾等我回家。我们将开开心心玩到天黑。即使晚上睡觉了，他也要我讲一讲学校里的事。现在再也看不见弟弟站在枫树湾等我回家的身影了。他再也不会来等我了。只有村口的那棵老枫树，五百年如一日等着村里人回家……

可是有那么一天，弟弟竟然跑到了凉亭那儿等我回家。我老远就看见他孤单单地站在那里。我跑过去，将书包扔给他，心里有说不出的高兴："你今天怎么跑这么远？以后还站在枫树湾等我就行了！"

弟弟却将嘴一抿，掉起了眼泪，说："爸爸出事了。"

"什么？"

"爸爸出事了。好几天没回家了。"

"你不是说他住在护林员那里抓偷树贼吗？"

"那是爸爸走的时候要我跟你们这么说的……"

"那他现在哪里？"

"今天护林员下山了，跟妈妈说，爸爸没有到他那里去过……呜呜……"

"哭什么！我问你，爸爸是不是被偷树贼砍死啦？！你说，你说呀！"

"呜呜，呜呜……我不知道……"

"妈妈呢？"

"妈妈生病了。"

我拽起弟弟就往家里跑，那心啊，七上八下的……

当晚，母亲带着我和弟弟问遍了整个村子，连一个哑巴家都去了，没有人知道父亲的下落。我们全家出动了，还包括几个一直爱帮助我们的本家。可是面对莽莽林海，我们又该如何寻找生死不明的父亲？特别是一些高山上的树，都是龙游县的人翻过山岭来偷的，如果父亲死在他们手里，他们将尸体背到龙游的地界去掩埋也说不定……看来只能报案了……

最后，生病的母亲决定带我和弟弟先回村子再打听打听，至于那些赶来帮忙的好心人，他们都愿意在山上再喊上一阵再回去。

回村的路上，母亲以为父亲死了，她忍不住了，蹲在地上哇哇大哭。直到有一个村里人跑过来告诉母亲，他在几天前曾亲眼看见父亲打开我家老屋的门，走进去了，一直没见他出来。他劝我们再去老屋找找。于是，母亲带着我和弟弟急匆匆地往老屋跑去……

没想到，我们果真在老屋里找到了父亲。我们找到他时，他就像一只中了毒的野兽蜷缩在阁楼上一堆臭烘烘的破棉被里。此时，也只有母亲自己清楚，她有多么痛苦……

母亲说:"你这条千刀万剐的狗!你这条万恶不赦的虫子!你就死在这儿吧!你就死这儿吧!怎么就没有偷树贼把你剁了!怎么就没有老虎把你叼了!今天我告诉你,牛栏我们住着,老屋归你,咱夫妻一场,今天就算走到了头……"

母亲说完,拉起我和弟弟的手,紧紧地拉着,往阁楼下走。我感觉到母亲的手冰凉,枯瘦,不停颤抖。楼梯很窄,越往下走越是黑暗,仿佛我们不是从阁楼走向地面,而是从地面走向地底。地底有一个地狱……

此时,我们听到了阁楼上的哭声,那是父亲的哭声:"冬妹……我对不起你……冬妹……"

母亲停了下来,我和弟弟也停了下来,但母亲又拉起我们,向阁楼下面走去。

这时,阁楼上响起了父亲急速奔跑的声音。因为阁楼是木头做的,父亲的奔跑使整座楼房摇晃起来:"冬妹——你为什么就不问一问我——为什么不敢回家——冬妹——你别走……"

我们已经走下了楼梯,自下向上望去,父亲好像一只受到侵扰的人猿站立在高高的树梢上。他在绝望地咆哮。母亲抑制不住自己的悲伤,眼泪迸射到了我们的脸上,她吼了一句:"我不想知道,我什么都不想知道——"就松开了我们的手,哭泣着,跑离了黑暗的老屋。

我拉着弟弟,向老屋的门口跑去。这老屋是我熟悉的,现在却让我感到恐惧……

可是,我和弟弟刚跑到天井的时候,就被从楼上滚下来的父亲追上了。他拉不住我们，就挡住了我们的去路。我们用力地撞击他，每次都被他推了回来。眼看着挡不住我们了，他就耸了一下身子，扑通一声跪下了（我和弟弟被他的举动吓呆了）。

他哭泣着哀求我们："阿逮，阿龙，不要走，不要走……爸知道对不起你们，爸也是没有办法……你们一定要帮帮爸爸啊！"

凭借着从天而降的几缕微光，我第一次发现父亲秃顶上仅剩的几根头发白了，仿佛是一块龟裂的土地上稀疏的枯草……父亲当"树干部"时的威风全没了……就像一个俘虏……

"阿逮，阿龙，你们是爸爸的好儿子，阿逮才十二岁，打柴，割稻，挑水，样样会……阿龙你今年才六岁，还没有读书，就跟哥哥学会了算术，你也是爸爸的好儿子，从小跟爸爸最亲……可是那个狗东西，他不是人，你们知道吗？他不是人……"

父亲就这样跪在我们跟前，一会儿抱抱我，一会儿又亲亲弟弟，哭哭啼啼地说了许多类似的话。末了，他随手扯来一根稻草，将它截成一长一短，握在手心，让我们抽。

为什么要选择这样的时候玩这样的游戏？我很惶惑，又不知如何是好。我记得我是第一个抽的，没想到我一抽就抽到了长稻草……我拿着它……

"不公平！不公平！我还没抽呢！长稻草就被哥哥抽走了！"弟弟咋呼起来。

这时候，正如母亲认为的那样，父亲或许真的疯了，就算没有疯，也极不正常了。他看见我抽到了长稻草，从嘴里发出一个中了枪似的声音，夺过我手中的长稻草，抱着我哭了起来：

"阿逮，阿逮，我……舍不得你呀……"

后来我们才知道，那是父亲一生中最伤心的一天。

8

父亲要把他的一个儿子送给村长，认村长做亲爹，还是村里人先说开的。

有一天，和我一起去井下村读书的"星星囡"说起这件事，我不相信。可是过了没几天，父亲居然在饭桌上公开征询大家的意见。他说的时候，眼睛始终是盯住自己的碗筷的。那碗筷摆放得很整齐。

谁都没有说话。沉默，死一样的寂静。盐，也突然从咀嚼在嘴里的食物中消失了。真不敢相信，这样的一件事情不是一个玩笑，而是从父亲的嘴里非常严肃地说出来的。

父亲等着我们发表意见，等了一会儿，见我们都不吱声，他就学着村干部的腔调说起来："那个那个……同意的，举手……"见我们都不举手，又说："既然你们都不表态，那就那个那个……通过了……"

这时，一直坐着不敢乱动的爷爷开口了，他用筷子狠狠地敲打桌面，气咻咻地骂父亲是一只毒蝎子，一条蛇，衣冠禽兽！是家族的败类！命令父亲滚出去！但爷爷几次想举起手中的白瓷碗砸向父亲，都未能如愿。我怀疑爷爷如此激动一定非常痛苦，因为爷爷的脑浆自从被父亲打"汪"了以后，每次过于激动都会导致耳鸣目眩，头痛欲裂。果真，爷爷骂了没几句，就扶住桌子呼哧呼哧直喘气。那声音就像在吹一支麦笛。

屋子里出现了短暂的冷清。父亲等了一会儿，就问起母亲来："冬妹，你的意见呢？"

没有人能告诉我在这件事上母亲是怎么想的。我真奇怪她为什么始终埋着头，不紧不慢地吃饭，吃得比任何时候都要耐心。父亲见母亲不理他，就把目光转到了我的身上。一瞬间，我感到自己好像被赶出了人群。我听见父亲在问我："阿逮，你是老大，我先问问你，你是喜欢吃咸菜还是喜欢吃大鱼大肉？"

父亲的话是一截一截传到我的耳朵里来的。我感到放在桌角的煤油灯突然跳了一下，从玻璃罩中蹦出了几颗黯淡的火花。接着，灯罩里的火焰在我的眼里变得模糊了。我想起了父亲在老屋的天井里让我和弟弟抽稻草签的情景……

果然，坐在对面的父亲用筷子敲了一下碗，提醒我："阿逮，不要忘了，那天是你抽到了长稻草！"

我沉默着。

父亲就继续说下去："你倒是说话呀，阿逮！喜欢吃咸菜还是喜欢吃大鱼大肉？嗯？你难道真的不喜欢吃肉吗？……猪肉，鱼肉，牛肉，鸡肉，鸭肉，还有狗肉，兔子肉……这么多的肉，吃也吃不完！吃得你胖胖的，像杜乡长一样满嘴流油……喷出来的唾沫星子都能炒一锅菜……"

我不想理他，父亲说的那些肉，让我感到从来没有过的恶心。比吃了一肚子残羹剩菜还恶心。

父亲急了："你个兔崽子，我白白养了你十二年！忘恩负义的混账东西！"

我实在忍无可忍了："我不去！我不去！打死我也不去！……"

父亲豁地站起来，那股子"树干部"的威风在他身上又活灵活现地出现了，他想扑过来打我，但由于隔着八仙桌，那拳头始终没有打出来，他就"呸"了一声，一团黏糊糊的唾液飞到了我的脸上。

"我告诉你，你不去也得去！给村长做儿子，这是你——的——命！"

"不是我的命！不是我的命！……"我哭着吼。

父亲就像要吃了我似的瞪着我："奶奶的，你是敬酒不吃吃罚酒，你不答应？我宰了你！"

说着，父亲离开了八仙桌，在屋里找起东西来，最后，他在墙角找到了一根绳子，是一根牛鼻绳。那一瞬间，我的内心涌上了一种要被人强迫穿牛鼻绳的、作为牛的恐惧，一种欲逃不能的无力感，就像一盆刺骨的冷水泼中了我，我感到自己连站起来的力气都没有了……

幸好，我的爷爷跌跌撞撞地拦住了试图绕过来捆绑我的父亲，有气无力地骂着父亲。父亲一副欲罢不休的样子，拿着绳子重新坐下。

这时候，屋子里再一次出现了短暂的冷清。只不过这时候的冷清，只会使人感到更加压抑。此刻的我，多么希望得到妈妈的帮助啊！可是她还在吃。就好像父亲说的那许多肉，一一盛进了脸盆里，陶钵里，钢精锅里，全被端上了八仙桌。母亲正代替我在吃它们，在拼命地吃它们！

就是一个刚刚放出牢笼的囚犯，也吃不了这么多的呀！看着母亲那狼吞虎咽的样子，我一时傻了眼。她已经吃完了钢精锅里的剩余米饭，此时毫不犹豫地端起了弟弟的碗，那里面有拳头大的一团米饭，她把那团米饭往嘴里一塞，嚼了起来，只嚼了三五下，将脖子一伸，"咕噜"一下，将胀鼓鼓的两腮吃瘪下去了。

吃完了弟弟的米饭，两眼发直的母亲又想来端我的饭碗，但她的手却被父亲抓住了，父亲吼了起来："你想干什么？你疯啦？！"

母亲却不答话，使劲地扭动手臂，试图挣脱父亲的阻挠。四只曲里拐弯的手，就在八仙桌的上空纠结在一起，谁都不让谁。最后，母亲渐渐吃不消了，呼吸重了起来。我听见她的喉管里都是食物翻涌的声音。那声音"呜——哇"作响，好几次要吐出来的样子，但又没有吐出来……

一股股难闻的气味熏得我也想呕吐，我怕自己吐到桌子上，慌忙离开了桌子，走到门口去，我想抑制一下汹涌不止的恶心……可是我发现我家的晒谷场上白花花的，全是父亲所说的那些肉，那些肉冒着血腥的气泡……我终于"哇——啦——"一声，将那些强迫自己吞下去的、失去了盐味的食物吐了出来……

我蹲在地上，吐了很久，仿佛把身体里所有的流质都吐出来了。最后，就像刚刚从晕死中醒过来似的，我发现自己的嘴角挂着一些发苦的口水，腥辣辣的。到这时我才发现母亲待在我的身旁，拍着我瘦削的肩膀，安慰我："阿逮，不用怕，你不要听那个畜生胡说，妈妈不会答应的……"

我坐在了地上，机械地喝了一口母亲喂到我嘴边的糖水，那是用糖精泡的，顺着我苦涩的咽喉滋润了我的眼眶，我感到有一股热乎乎的眼泪流过我的嘴角，那么甜。这是我第一次体验到世界上有一种眼泪是甜的！

我喊了一声："妈——"

我真不知道以前特别难过的时候，为什么不依偎在妈妈的怀里哭泣，痛痛快快地哭泣……可妈妈也蹲到一边，吐开了。现在，终于轮到她吐了。我端着还剩下一点点糖水的碗，耐心地等着妈妈吐完。

9

听大人说，妈妈是被外婆逼迫嫁给我父亲的。那一年她才十六岁。

难道这就是命运吗？假如那一年的端午节，我的外婆待在家里包粽子，而不是挑着豆腐挑子卖豆腐，假如她挑着豆腐挑子卖豆腐，不挑到吴村来卖，假如她挑着豆腐来吴村卖，假如没有那一场雨，外婆的豆腐绝不会掺有沙子的！假如豆腐没有掺沙子，那么外婆将顺利地卖完豆腐匆忙回家。是那一场可恶的大雨将山路上的沙子溅到了外婆的豆腐挑子上。外婆又冷又饿，她已不指望有人买她的豆腐，只希望能借一户人家换一身干净衣服，喝一碗热姜汤……

而我的奶奶偏偏是一个善良的人。即使在那个年代，她也信佛。她在那个雨天出去倒马桶，是因为路上碰不到人。可是当她提着空马桶往回走的时候，偏偏遇到了我那落汤鸡似的外婆，她就主动走上前去，邀请对方到家里去避避雨，暖暖身子。没有人知道这个井下村的中年妇女有一个十六岁的女儿，也没有人知道我那长癞痢头的父亲桃花运已经降临，就好像那些沙子降落在外婆的豆腐上。

　　我的外婆还没有开口，奶奶已经为她拿出了自己穿的衣裳，熬上了姜汤。并且，我的外婆还被奶奶挽留，吃了一顿极为丰盛的午饭。后来，我的外婆每次来吴村卖豆腐，都要在我家的老屋里歇歇脚，与奶奶推心置腹。再后来，外婆就产生了这样的念头：这户人家的公公、婆婆真正好，这户人家的房屋真正大，这户人家的儿子真正老实巴交，快三十了，一根独苗不用与兄弟分家……就这样，母亲被她的母亲许配给了我的父亲。

　　没有人知道，母亲第一次见到我的父亲时，是不是像我见到赤脚医生似的感到恐惧？也没有人知道她在洞房花烛夜，发现她所嫁的男人竟然是一个不折不扣的癞痢头时（相亲时父亲戴一顶军帽），她是不是也像我看见晒谷场上那些白花花的肉似的感到恶心？……总之，在父亲宣布要送我或弟弟给村长做儿子的那个晚上，破碎的往事和杂乱的思绪在我的脑海中交织在一起。而在这之前，我从来没有想到过命运，还有父母的婚姻……

　　夜，渐渐深了，不安在折磨着我。有一阵子，我听见屋里的闹钟仿佛也感觉到了我内心的痛苦似的，当我忘了它的存在时，它就像故意吓你一跳似的，突然从钟体内发出了可怕的嘶嘶声，然后，整个闹钟就像要爆炸了似的，伴随着哐当哐当的轰鸣在茶柜上剧烈地战栗，你能清晰地听见里面的发条发出卡、咔咔、咔的不和谐音。

这只"金碧辉煌"的自鸣钟，曾经花掉了我家亲戚四十八块血汗钱，也曾为我家赢得过短暂的荣誉，可自从爷爷将时间旋过了头，就没有停止这样那样的毛病，特别是父亲将它从茶柜上摔下来后，它就彻底告别了它的清醒时期。它最终蜕变成了一个大而无当的摆设。

夜，多么的静，静得能听见睡在另一头的弟弟的呼吸。他时而"嘎吱嘎吱"地磨牙，时而含含混混地说胡话：肉，肉，牛肉，猪肉，鱼肉，鸭肉，兔子肉……自从住进牛栏，我们已经有很长时间没有肉吃了，家里没有什么钱，钱都拿去还债了。我们吃得最多的是母亲做豆腐残留的"豆腐渣"。我真希望弟弟在梦里能吃到那些肉，只要他在梦里吃过了，第二天醒来就不会想肉吃了。只要他不想肉吃，父亲就打不了他的主意。

也不知又过了多少时间，正当我迷迷糊糊要睡去时，突然，我听见父母的房间里有窸窸窣窣的声音响起，很轻微，但还是听到了。我仔细地听了一会儿，却始终没有听见尿桶上有尿尿的声音响起。是谁在深更半夜起床了却不尿尿？难道是在梦游吗？——我很想知道是父亲"梦游"了，还是母亲"梦游"了？

只听"吱嘎"一声，父母房间的房门轻轻地响了一声，门似乎没有合上，那个奇怪的窸窣声好像向厨房那边响去了。我不敢怠慢，赶忙下了床。我拿不准这个溜出父母房间的人是不是事先躲在衣橱里的贼。如果是贼，偷了东西后会从窗户上逃走。不过，父亲口渴了爱到厨房去喝水的。可是总感觉有点不对劲……

好奇心驱使我将房门开了一条缝，轻轻地走了出去，但是走了没几步我就害怕了。我突然想到了鬼。或许鬼就是这样在深更半夜四处游荡的。这么一想，我就更害怕了，慌忙跑了回来。因为害怕，还差一点跑错了房间，因为父母的房间也是敞着门的。不过，我终于知道了，那个跑到厨房去的人有可能是我的母亲。因为我发现母亲睡的那个地铺是空的，父亲则照样躺在跟我们房间一样摆放的木床上，似乎睡得很香。

这下，我就不再害怕了，再次向厨房走了去。不一会儿我就看见了灶台、碗柜、水桶什么的，它们的轮廓很模糊，只有水缸，很亮。水缸里的水荡漾着一圈圈波光。我不禁被这暗夜里的一圈圈波光吸引了。可是就在我盯着水缸看的片刻，突然从水缸下面伸出了一只手！那手就像蜻蜓点水似的撩了一下水面，又迅速不见了。我看见水缸里的水就像我的心一样剧烈地波荡。

我强忍恐惧，终于看见是妈妈蹲在水缸下面，在磨一把刀！……是一把菜刀！当她举起它对着月光矫正刀锋时，刀锋的反光就像一支利箭射穿了我，我感到我的神经在瞬间收缩，箍住了我，使我不能动弹。

她要杀谁？

这时候，我虽然很恐惧，但我的神智却是清醒的，我知道，她肯定是要去杀死我的父亲！不知为什么，我在此刻竟然再次同情起了我的父亲，我能想到的，竟然仍是他那孤单而又无助的背影！我就像受了鬼的驱使似的，竟然偷偷地溜到了父亲的房间，并将房门死死地闩上了……我听见自己的心脏在怦怦怦地跳……

没一会儿，母亲的脚步出现了！透过很小很小的门缝，我看见母亲就像一个披头散发的鬼，当她跌跌撞撞地朝这边走来时，我没有办法控制自己不发抖。可是我等了一会儿，却没等来母亲的推门，母亲的脚步似乎响到我和弟弟的房间里去了……

不好！她一定是走错了房间！我赶忙打开房门追出去，然而已经晚了！就在我的呼喊响起来的同时，母亲已经冲到弟弟睡觉的床榻边，一道寒光，照亮了弟弟甜美的小脸！……

10

多少年来，这样一些念头总是折磨着我：是我救了父亲一命，还是我害了弟弟？是我成全了弟弟，还是父亲本不该继续活下去？或许，母亲是对的……

现在回想起来，一切都那么遥远！一个要将亲生儿子拿去做交易的父亲，是该杀的，但，一个拿起菜刀企图亲手宰了自己丈夫的女人，又是可怕的……我陷入了深深的情感危机，家，变得像一座地狱！我简直不敢回想母亲蹲在水缸下面，举起菜刀矫正刀锋时的情景，当她举着菜刀趷趷撞撞地走过来时，她笑得多么怪诞，狰狞，母亲，她还是那个喂我糖水喝的母亲吗？！……

从那时候起，我不想回家，逃避回家，说不清是因为害怕母亲，还是憎恨父亲。可是在学校，我又要受到同学们的嘲讽，人们指着我的鼻尖用一些我不愿复述的词汇讥笑我。他们知道我家的所有底细。我是孤独的。我常常在外公的窝棚里睡觉。外公那时候在一座瓦窑做工，我就背着书包去瓦窑找他。瓦窑里只有一个叫"老四头"的光棍和外公守夜。我爱看瓦窑中熊熊的炉火，烧到最后，瓦坯子就像黄金一样亮澄澄的。很远很远，都能闻到瓦坯子烧"化"了的气味。这种泥土挥发的气味在夜里闻起来尤其浓郁。

"老四头"是一个有趣的人，他每晚都要练拳，天冷了也赤着膊，在瓦窑的映辉中伸胳膊蹬腿，蹦来跳去，像一只蚂蚱。那时候的我对打拳的人是崇拜的，我总是安静地看他打拳。但我不喜欢听他的下流话。大概所有的光棍都是那种不能安静下来的人，一旦安静下来，就会想到女人，一旦想到女人，就会满嘴下流的念头。于是外公不停地安排他干活，安排他练拳给我看，希望他把身体内所有的力气都发泄掉。那样子，他就没有力气想女人了。可是"老四头"却永远想着女人，想得难受的时候，会在万籁寂静的山谷里发出野兽般的嚎叫。或许，只有老天爷知道老四头的痛苦。

这样的日子大概过了两个星期，妈妈就托村里的同学捎来口信，要我务必回家一趟。事实上，家虽不和睦，我还是想家了。更何况我每天都担心家里还会发生什么不测的事情。果然一回到家，母亲就哭着说，弟弟在村长家治好了额头上的刀伤后，不愿意回家了。最让她接受不了的是，他不认母亲了，喊他也不应，亲他也不理。阴错阳差，这倒正中了父亲的意。

原来，这段时间弟弟在村长家疗伤的过程中，居然被村长夫妇用那"吃也吃不完的肉"收买了，这对陈家而言——至少对我和母亲而言——是一种侮辱。

我安慰母亲说："妈，别哭了，我会把阿龙要回来的！别哭了！"

母亲却还哭，说阿龙待在村长家，是他自己愿意的……

此刻，看着母亲那六神无主、无所依靠的样子，我的内心不知有多么复杂……

我陪着母亲向村长家走去。

天还没有黑，村长家的屋里已经亮起了电气灯。亮得很。

这是我第一次看见弟弟演变成村长家"儿子"后的样子：只见他大模大样地坐在大圆桌一侧，两只袖筒撸得老高，微仰着头，在刺眼的灯光中"暴晒"他额头上的伤疤，足足有一根手指那么长，粉嘟嘟的，就像老屋上新筑的屋檐。他没有看见我，正认真地吃着半只鸡。那半只鸡的一条腿挣扎在弟弟油乎乎的手掌和牙齿之间，油水滴在他的领口上，湿了一片。他的衣服是新的。

而后，我又看见了我的父亲。我的父亲因为双手都未摆到桌面上来的缘故，就像一只刚刚探出水面的乌龟。看见我们来，他的头又矮下去许多。村长夫妇纡尊降贵地看着我们——来自他家隔壁的不速之客——微笑。

我一动不动地看着这四个人，竟不知道是先发火，还是不发火，因为道理是没有什么可讲的，态度决定了一切。

我终于骂了一句："去偷别人家儿子的贼！不要脸！"

我看见刚才还笑眯眯的村长夫妇笑不起来了。他们离开凳子站了起来，有些词不达意地说："阿逮，阿逮娘，来来来，吃过饭了吗？我们等着你们吃……呢。"

我刚想说，我才不要吃你们家的狗食！母亲那边却先哭开了。母亲是个没有出息的人，没有战胜敌人，就先想着战利品了。她是跳着跑到她的儿子那边去的，从背后抱住了儿子的脸，母亲说："阿龙，跟妈妈回家吧！妈妈等你回家天天等到天亮，你就可怜可怜妈妈吧！"

我看见阿龙被妈妈捂得很难受，好不容易才挣脱出来。他"滋溜"一声钻到了桌子底下，大声说："妈妈会杀人！妈妈会杀人！妈妈是个杀人犯！"

听到弟弟这样叫唤，母亲就像被人狠狠掴了两个耳光，差一点瘫倒了，她扶着村长家的墙壁，哭着说："阿龙，妈妈不是故意的，妈妈求你原谅我……如果你愿意，你也在妈妈身上砍上两刀吧……那样子，妈妈的心……妈妈的心不会这么难受……"

弟弟却始终躲在桌底，不出来。

短暂的沉默中，大家都不知道说什么好了。母亲哭了一会儿，就晕晕乎乎地俯身去拉弟弟，但由于弟弟离我近，弟弟的手倒是被我先抓到了。我叫了起来："妈妈！弟弟在这儿呢，被我抓到了！"

我可没想到弟弟已经彻底变了，这个兔崽子！他抱住了桌子的腿，死活不出来，还死命地咬了我一口。我"哎哟"一声，火气怦地冒上来了，我蹲着去踢他，真想踹死他！踹死这个王八羔子！

弟弟终于被我踹中了一脚，滚到一边，他痛苦得叫了起来："爸爸！——爸爸！——救我啊！"

这时候，奇怪的事情发生了，这是我和母亲没有想到的：当弟弟躲在桌子底下呼唤他的"爸爸"时，第一个应了他一声"嗳"的人，竟然不是他的亲生父亲，而是村长——那个曾经让我们胆战心惊的赤脚医生！而他的亲生父亲却嗫嚅着嘴唇，不敢应答！

我的母亲不是一个聋子，瞎子，她跟我一样，在同一时间亲眼看见了这不可思议的一幕。她冲了上去，狠狠地掴了父亲一个耳光，又一个耳光……我的父亲一动不动地站着，任母亲打……

母亲哭着问他："你这个畜生！畜生！你为什么不答应？为什么！为什么呀？"

父亲低着头，鼻血流下了他的嘴角，浑身战抖……我的弟弟则躲在村长老婆的怀里，哇哇大哭起来……

11

之后，母亲又到村长家要过几回弟弟。每一回，母亲都要跟村长老婆吵得昏天黑地，吵得全村人都跑来看——其实是听，因为他们不敢走到村长家的院子里去，只敢背地里骂村长是一个"废物"——奇怪的是，村长从来不说什么，任她们吵。

到这时，母亲才意识到，弟弟有可能永远要不回来了。她哭得很伤心，时刻都在责备自己。我想不出话来安慰她，眼睁睁地看着母亲一天天憔悴下去。

是的，那个晚上，母亲的确伤害了弟弟，但她不是故意的。当她刚把菜刀砍下去，就发现床榻上躺着的是我的弟弟，于是她立刻将菜刀往上提，但由于惯性的作用，弟弟的额头还是被锋利的菜刀"碰"破了一块皮。当然，这是我站在母亲的立场上说的。弟弟一定不这么想，他一定恨透了母亲。

其实，我也很想念弟弟。我想着弟弟以前是怎样跟我坐在一起看电影的，我想着我们以前在一起是怎样做游戏的，我一次次爬到村长家的院墙往里看，但始终没有看见弟弟。村长家的院子里空空荡荡的，水泥地上还残留着狗的血迹。我就往村长家的院子里扔石头，砸他们家的门，却始终没有人赶到外面来骂。仿佛村长一家突然变成了虫子，飞走了。

我有一种担心，我再也见不到弟弟了。上学、放学的路上，我总盼望遇见他，回到家，我总盼着村长家的灯亮了。

可是有一天，几乎在我没有任何察觉的情况下，弟弟却突然出现了。我记得那一天我一个人在家，弟弟偷偷摸摸地跑回来了。他站在门口掩掩藏藏的，似乎还怕我会揍他。看上去，他的确比以前胖了。

我也不知道为什么，当我见不到他的时候我是那么想他，当我一见到他，又是这么恨他，就像有时候恨自己一样。我故意装作没有看见他。

"哥。"弟弟的声音轻得像一只蚊子叫。

我没好气地"嗯"了一声，并没有去看他。

弟弟说："爸爸带我到双龙洞去玩了，汤溪、金华很热闹……"

我恶狠狠地打断了他："是那个王八蛋带你去的吗？"

弟弟顿了一下，说："是我们的爸爸，还有村长带我去的。"

我一听"我们的爸爸"这几个字，肺都要气炸了，冲他吼道："滚出去！卖国贼！汉奸！走狗！我没有像你这样的弟弟！"

弟弟就真的走出去了，接着我听见他又轻轻地喊了我一声："哥。"

我抬头看他，发现他手中拿着一包东西，用报纸包着的，刚从衣服底下掏出来的，放在门槛上。我以为他会说一句话，至少说一句请求我原谅他的话，所以我只是看着他，等他说话……我没想到他一扭身子，就像受了很多委屈似的，哭哭啼啼地跑了。只眨眼的工夫，就消失在房屋的拐角。

我愣着了，仿佛弟弟的出现是我的幻觉，是我太想弟弟了，是我想象出来的。我急慌慌地跑到村长家门口去看，跑到他家的墙头上去看，却没有看见我的弟弟！我们虽然近在咫尺，我却无法接近他。我蹲在村长家的围墙下面，一声一声地喊着弟弟的名字，喊着。

这时，村长家的院门突然开了，我以为是弟弟出来了，跑了过去，没想到是父亲。他有些紧张地探着头，对我说："阿逮！村长睡午觉了，别嚷嚷了！"

我瞟了他一眼，没有吱声。

他于是像个贼似的走出来，擎着拳头威胁我："你滚不滚回去，嗯？"

"我凭什么滚回去！这又不是你的家！"

"混账！你你——当心老子揍死你！"

"弟弟呢？！"我终于问。

"他也睡午觉了！奶奶的，他的事你少操心！"说着，父亲走进去，"乓"的一声把院门合上了。

父亲进去后，我又喊叫了好长一会儿，并且砸起了他家堆在院墙外的酒瓶来，"哐当"一只，"哐当"一只，很过瘾。但奇怪的是他们干脆不理我了。我只好垂头丧气地回到家。这时我看见足足有二十只鸡，有我家的，有别人家的，就像一群穷凶极恶的匪徒，抢食弟弟放在门槛上的那包东西。被油水浸得透明的旧报纸被鸡们啄破了，是肉，从报纸的漏洞里绽放出让人垂涎的香。

嘎嘎，嘎嘎，那些鸡在我的面前拍打翅膀，大口大口地吞食着它们好不容易抢到手的肉，有的直接把肉啄到食囊里去了；有的梗着脖子，把头仰到了天上，脖子胀得鼓出了包；有的叼着一块带筋的肉，四处奔跑，可是它刚把肉放下来，旁边就冒出了另外一只鸡，它只好叼起那块肉，继续跑……

我的心一阵酸楚。我不知道吞到肚子里去的，是被自己憋回去的眼泪，还是想吃那块肉的口水。我一屁股坐到了地上，看着那些鸡：那些鸡，多么欢快，它们今天终于吃上了肉，是弟弟从村长家偷出来的，一定是他偷出来的！因为弟弟知道家里没有钱买肉吃，他知道我们想肉吃！……

12

我开始天天磨一把刀。一把三角尖刀。就在母亲磨菜刀的那块磨刀石上磨的。我记得清清楚楚，一本电影里的坏蛋就是用这样的三角尖刀将一个好人捅死的。捅的时候，他还不忘在好人的肚子上转动几下，这样子，当他把刀抽出来时，血就会滋滋滋地喷出来。一直喷到观众的脸上。

睡觉的时候，我把刀放在枕头底下。

以前弟弟在家的时候，我们总爱在睡觉前打打闹闹的，直到妈妈敲响板壁三次，我们才会不情愿地睡去。现在我孤单单地睡在篾席底下铺着稻草的床铺上，所有的跳蚤集中到我一个人身上，我无法入眠，杀死仇人的想象成了我睡觉前唯一的乐趣。只有在想象中，我的力量才会那么大，才敢去杀人！

有时候，特别是母亲的房间里传来压抑的哭泣，杀死仇人的想象就会更加汪洋恣意。它使我的身子变成了一只充胀的膀胱，我想再憋一会儿，但憋不住，总想起床。杀死仇人的欲望迫使我掏出了枕头底下的尖刀。在黑暗中，我学着老四头教会我的那几招工夫，一次次捅死了黑暗中的空气。我感到我很高兴，笑了起来，似乎已经看见村长捂住肚子，血像小便一样淋了一地。

哈哈，他完蛋了！一定会死在我的手下！……

我甚至在上课的时候也想着杀人的事。我在书上找到了人体内脏分布图。我默默记住了五脏六腑的分布。我想尖刀如果捅中心脏的话，一定是最容易死的。但是我按图上的分布摸了摸自己的心脏，发现它奶奶的包着肋骨，而肋骨是坚硬的。当然，肠子不包着肋骨，并且是最容易刺穿的。可是，肠子里会涌出那么多血吗？我可不想抽出刀来的时候，喷出来的是屎……不过，假如这样也能死人的话，屎又算得了什么……

机会终于来了。

有一次，我竟然看见村长带着我的弟弟去给病人看病。那样子就像当初我的父亲带着弟弟去山上抓偷树贼。我跑回家拿来了三角尖刀，悄悄地跟踪他们，一直跟到那个快要死的人跟前。那个快要死的人是"星星囡"的爷爷，村长要给他打针，"星星囡"爷爷就像孩子似的"嗷嗷"嚎叫。屋子里乱哄哄的，哭声震天，这样混乱的场面似乎是专门为我杀死村长准备的。我终于靠近了他，将手偷偷地按在刀柄上……我能感觉到杀人的欲望在我的体内熊熊燃烧，而我的四肢却是冰凉……接着，简直莫名其妙，我在一片冒泡的血水中，大汗淋漓地醒了……

也不知从哪一天起，冬天已经降临。时间在我的磨刀声以及有关杀人的幻梦中悄悄流逝了。而我却始终没有勇气采取行动。

上学、放学的路上，天气阴沉沉的，寒风呼啸。生长在道路两旁的古树就像被雷劈焦了一样，这里一棵，那里一棵，在寒风中瑟瑟作抖。田野里空空荡荡的，枯草，稻茬，稻草垛，小溪，田埂，死去的玉米秸，还有任风吹打的油菜苗和小麦苗，它们在默默地忍受着。从井下村至吴村有五里路，距离之间飘浮着低矮的冷雾，我行走在这条路上，形同梦游。

我知道，再这样磨下去，三角尖刀会被我越磨越尖，也会越磨越细的，直到有一天被我磨断在磨刀石上！我开始感到有些惶恐了，不敢看到那把三角尖刀，我知道它在等我，等我去杀人！它已经等得有些不耐烦了……但是我又不得不天天去磨它。我现在唯一的希望就是等弟弟回家，又睡到了床的另一头。弟弟说："哥，我才不愿意给村长当儿子呢！他想得美！我只是想到他家去享几天福，吃几天肉，等我吃腻了，我就跟着爸爸回来了。"

我突然想起了我们刚搬来牛栏住不久，村长骂我们吵了他睡午觉，弟弟是怎样信誓旦旦地说的："等我长大了，一定要把他摁在地上，让他吃狗屎！"想起这些，我心如刀绞。我甚至想，这一切，能全怪村长吗？弟弟真的是被逼的吗？或许弟弟跟父亲一样，也是一个贱骨头！或许我不该去杀村长……但是我这么一想完，就立刻给了自己一个大嘴巴，我是替我的三角尖刀扇的……懦夫懦夫懦夫，我是多么恨自己！

天，已经越来越黑得早了。放学的路上，有时候还没走到凉亭，便看不见前方的路了。因为我常常一个人躲在学校后面的茶园里，等同学们走光了以后才慢慢腾腾地回家，因为我害怕再去磨那把越来越细的三角尖刀，也害怕同学们的嘲笑……所以，每次回到家，爷爷早睡了，妈妈如果不是等着我回家，屋里的灯也早熄了。

关于弟弟的事，我们已经心灰意冷，就像夏天的绿叶到了冬天变成了枯叶，一阵风吹来就从树上掉下，腐烂在泥土里。事情似乎只能如此。然而，我还是咽不下这一口气！

这一天已放寒假，我又坐在门槛上磨刀。我的爷爷坐在门前的矮凳上，他就像一个死人似的一动不动地看着我，我却一点也没有察觉到。因为我磨刀的时候，我的脑子又被各种残冷的杀人幻想占据了。当我磨完刀，我只将它轻轻碰了一下手中的萝卜，那萝卜就掉了一半在地上，就好像那萝卜原本就断开的一样！我一边扎着萝卜，一边嘿嘿傻笑，仿佛那个被我扎中的萝卜就是村长。他被我捅死了。

这时候，一直观察我的爷爷突然开口了："阿逮，你过来！你整天拿着刀，你想干什么？嗯？！"

爷爷的声音来得这样突然，又这样严厉，我不禁打了一个寒战。我看见，他就像一个在黑暗当中乞讨光明的乞丐似的，蜷缩在破旧的棉袄里，冻得发抖。我硬着头皮喊了他一声："爷爷。"

爷爷应了我一声"嗳"，然后又很凶地质问我，天天磨一把刀到底想干什么去？！我说我不想干什么去！他就瞪起眼珠子站起来，一副很激动的样子，叱喝道："你不想干什么去，那你把刀交给我！刀是凶器你听见了没？"

我抽了两下鼻子，不服气地说："我不给！我要用这把刀杀死他！杀死抢走阿龙的强盗！"

爷爷拄着拐杖的手抖个不停，他好不容易站起来，头不由自主地抽动着。我知道，爷爷如此激动一定非常痛苦，因为爷爷自从那次被父亲揍了一顿之后，一直脑浆晃荡，头晕头疼。爷爷脸涨得通红，威胁我说："你、你敢去……看我打断……你的腿！"说着，爷爷踉踉跄跄地往前走了三、五步的样子，似乎要扑上来揍我，但是，他张着嘴，光是喘息着……

我不安地注意着爷爷，斩钉截铁道："村长是坏蛋！我要去报仇！爷爷！你走开！我会把弟弟要回来的……"

爷爷一只手扶住门框，一只手举着拐杖指着我，那拐杖就像寒风中的一根枯枝剧烈地颤抖着……爷爷断断续续地说道："我早就知道，兔崽子……你想杀人，哼，你这想法很好……我观察你好多天了……你想报仇，我告诉你……还嫩了点儿……你听爷爷的……不、不要去闯——祸！"

爷爷说完以上的话，他的身体晃动着，呼吸急促，两眼直瞪瞪地望着我，似乎是痛苦，似乎是哀号。而我，非但没有去扶他一下，反而看准时机推开他，向屋外冲了去。因为爷爷的话刺痛了我。我突然有一种冲动，真想像一个大人那样去杀人！拿着我的三角尖刀，捅死一个算一个！……

可是，就在我冲过爷爷的身边要哭起来似的往前冲时，爷爷手中的拐杖落了下来，爷爷突然后仰，两手张了开来，摔倒在地上……此时，我已经往前跑起来了，听到爷爷倒在地上呻吟，我停住了脚步。那一瞬间，我还以为是我的三角尖刀不慎戳中了爷爷……

爷爷大张着黑洞洞的嘴，拼命地想抬起头来，他的喉咙里发出一声紧一声打呃一样的声音，看上去他就像误吞了一条蛇，痛苦得吐不出来……我俯身去扶他，他的剧烈抖动的手很有力地拽住了我，手指鸟爪一样抠进我的肉里。

"阿逮、杀、杀、杀人……是、是要枪、枪、枪……毙的……"

爷爷口眼歪斜，艰难的声音里夹带着哆嗦，完全失真了，后面的话，我根本听不清他说什么。我不停地喊着爷爷、爷爷，眼睁睁地看着他痛苦抽搐着。可我既扶不动他，也不知道怎么办，我哭泣着，向村长家跑去——

我的腿发软了。

13

那一天，害怕爷爷死去的无以名状的恐惧叫我忘却了对村长的仇恨，我疯了一般捶打村长家的院门，没命地哭喊着，救救我爷爷！我爷爷就要死了！我已经不管那么多了，只想叫村长来救爷爷……

不一会儿，村长背着医药箱来到了我家。这时，爷爷昏迷了，喉咙里发出如雷的鼾声，我真以为他是睡着了，很后悔叫来了村长。村长却如临大敌，解开了爷爷的衣领、裤带，将他侧过身，叫我将爷爷的嘴掰开，然后他伸手进去往外拉爷爷的舌头，爷爷的舌头拉出来以后，爷爷的嘴里流出来许多黏糊糊的东西。

过了一会儿，爷爷睁开了眼睛。可是，他不能动，更说不出话，只有眼袋上的肉抖个不停。他的眼睛里不停地往外淌着浊黄的液体。这时候，母亲不知从什么地方赶回来了，母亲问村长要不要把爷爷送到汤溪镇医院去治疗。村长说，爷爷中风了，脑血管破裂，这病发病急变化快，去医院的话就怕路上颠簸震荡会加重出血，死在路上。

母亲六神无主，一味地央求村长一定要救爷爷。也不知道村长是真懂还是假懂，接下来他将爷爷的头部稍稍抬高，用冷毛巾敷在爷爷的头部，用一些针在爷爷的身上刺入又拔出，还用一只罐头瓶在针刺部位上拔罐，忙了半天，爷爷似乎睡着了。或许他没有刚才痛苦了。

村长说，我爷爷中风其实早有了征兆，如果今天不是我发现得早，爷爷的舌根再下坠一寸，堵住气管就死了。

爷爷就这样人事不省地躺在太阳底下，直到天快黑了，爷爷才被大伙小心翼翼地抬到了床上。这时，我家挤满了听到消息赶来看我爷爷的本家，村长除了将爷爷的四肢像打开一把生锈的戒尺一样扳来扳去，嘴巴一直没有闲着。他对我的本家说，其实自从阿龙住到他家，他就一直想带阿龙回家来看爷爷，又怕我们不欢迎他，所以一直没有过来（此时阿龙就坐在爷爷的床榻前）……以后啊，我们都是一家人了，阿龙的爷爷也就是他的干爹，他会天天过来照顾爷爷，为他做一些必要康复治疗。

我的母亲不知出于感激，受了感动，还是村长的话触碰到了她的伤心处，她啜泣起来。村长逮住这个机会，又说了一些好听的话。

后来的日子，村长没有食言，他几乎每天到我家来给爷爷做护理与治疗。

爷爷中风后，左侧身体不能活动，语言功能丧失，村长除了给他做针灸，拍背，按摩，还对他进行必要的运动训练，以防止肌肉挛缩关节变形。一旦爷爷身上出现褥疮，他就用他家的电气灯烤干患部，涂抹紫药水。有时候，他还带一些补品喂给爷爷吃。奇怪的是，爷爷虽然半边身子不能动了，他却特别能吃，一小会就饿，一天能吃六七顿。又由于爷爷长期卧床肠道蠕动减慢，常有便秘，拉屎成了最大的难题。我父亲是没有耐心侍候他的，他恨不得用棍子把拉不出屎的爷爷揍一顿，母亲又是女性多有不便，于是情急之下母亲不得不叫村长来解决爷爷的排泄问题。

现在，因为爷爷的病，我们两家又像以前那样走到了一块，仿佛这中间不曾发生过矛盾与纠葛。至少村长的存在给我们家带来了实在的好处，更重要的是，逃跑的阿龙终于开始认母亲了，每次回来照旧喊她"妈"，这样的结果叫母亲很满足。

可是，我还是不能接受这样的现实。尽管爷爷中风与我扬言杀人有关，尽管在这件事上村长帮了我家的忙，可是每次看到村长来我家为爷爷翻身、按摩、打针，我并没有感激他的意思。相反，我认为这是他欠我们的，我照旧不跟村长讲话，他一到我家，我就跑出去，或者他叫我名字我不应答。晚上，我仍把三角尖刀放在枕头底下睡觉。我知道，我没有勇气去杀人，只是，我已经习惯了与刀为伴……我想总有一天，村长老了，我长成小伙子了，我会把弟弟要回来的。等到那一天，我也要剥掉他的裤子，叫他站在墙根，在刺骨寒风中，用带刺的荆棘条抽他……

然而，日子过得如此缓慢，仿佛我们是在一个怪圈之中打转，谁都不能从中解脱。最终，我的一次心血来潮的报复，将自己逼上了绝路……

我记得那是在爷爷中风数月之后，有一天，我照常背着书包去井下村上学。正值谷雨时节，天气正在变得炎热，金塘河畔草木繁茂，谷类作物苗壮成长。可是，由于我的父亲一直不问家里的农活农事，母亲又不懂得预防水稻的病虫害，我看见我家插下不久的稻秧螟虫飞虱兴风作浪，叶子如同白癜风病人的皮肤惨不忍睹。而离我家稻田不远的地方，在村长家的稻田里，父亲帮他家插下去的秧苗绿油油一片，风吹过，绿波荡漾。我出于报复心理，随手从路边抱了一些乱糟糟的麦秸秆扔进村长家的稻田里，还把他家稻田的排水闸打开了。

那一天我在惶惶不安中度过。可是，临到黄昏，当我从井下村放学回来的时候，我看见我早上扔进去的那些麦秸秆已经被人清理出来了，村长家的稻田里重新蓄满了水。不知道为什么，当我看到这一切，心里异常地难受，比被人反击了一个巴掌还要难受许多。我咬住嘴唇，走了很长的一段路之后又返了回去。我看看四周无人，就把他家稻田的排水闸重新打开，扔得老远。我觉得意犹未尽，又跳到他家稻田里把稻秧拔掉了许多，后来实在担心被人看见了，我才一路小跑，跳到小溪里洗净了手和脚，回了家。

此时，晚霞映照寂静的山林，当我鬼鬼祟祟地走到离家不远的地方，我看见村长坐在我家的八仙桌旁……那一刻，我的小腿肚一阵抽筋，吓得站都站不稳了。我有一种预感，我要完蛋了。我不知道该逃跑，还是装作满不在乎的样子回家。就在我犹豫之际，村长已经站起来往门外走来，我的父亲像影子一样跟着他。我慌忙跳入一个柴垛匿藏其中……

我听见村长很响地咳嗽一声，说："阿逮他还没有回来你就跟他说，这样的恶作剧小孩子不要做，如果他捣乱的恰恰是别人家的田，就麻烦了。"

我听见父亲低声地答："村长，对不起，这个不争气的东西，我会收拾他的！"

村长叹了一口气，过了一会儿说："这事就算了吧，你也不要打他，阿逮还小不懂事，等他再大一些，就不会这样做了！"

说着，村长走了。父亲站在柴垛旁，大概是等我回家。我趴在地上一动不动，紧张得喘不过气来。我的心里急剧地活动着，想着各种可能发生的事情。差不多绝望了。这时候，如果不是柴垛里有一只老鼠蹿到了我的身上，就算等着揍我的父亲发现不了我，我也会被内心的恐惧、矛盾、无助折磨而死的。这样的处境就像在经历一个不能醒来的梦，是那只老鼠的出现让我在梦里情不自禁地尖叫了。

于是，一切犹犹豫豫的逃跑的打算，跑回去把那些刚刚拔掉的稻秧重新种起来的打算，还有胡乱编造的"恶作剧"的理由，在这个瞬间失去了它的意义。因为在我尖叫的时候，父亲已经警觉地转过身，一下子就发现了我。父亲发现了我，我还没有做出反应，他就一个箭步，一伸手，抓住了我的头发。

"狗娘养的！你、你干的好事！你、你气死我了！"他恼怒地叫唤起来，声音响得像打雷一样。

就这样，我的父亲抓住了我。我被他拖着，拖出了柴垛，我感到头皮离开了我，痛得只想跪下来。我哀叫着："放开我！放开我！干什么？"

"你心里清楚！"

"我不清楚！"

"兔崽子！早上是不是你放了稻田里的水？嗯？！"

我趁机挣扎起来，想掰掉他的手，但是掰不动。父亲的手指甲仿佛抠进我的脑壳里了。我大喊大叫着："不是我干的！我不知道！"

父亲见我一副宁死不屈的样子，把我的头摁在牛栏的墙上，然后恶狠狠地将它往前推了一下，头磕在墙上，墙上的每一颗沙砾，此刻就像一枚枚铁钉，痛得我直打哆嗦。

"你、你不承认……我揍死你！——"

最剧烈的一波痛苦过去后，我的额头上渗出了血，滚到了眼睛上，我扭身哭吼道："你这个汉奸！走狗！你就是对自己家里人厉害……你是村长家里的一条狗，看门狗！你有本事……别拿自己家里人出气！……"

父亲的一只手摊开着，仿佛抢过来一把铁铲，掴在我的脸上……我听见父亲阴阳怪气地说："孽障！你说什么？你竟敢讥笑我？我要你的命！"

父亲说着，又劈头盖脸地打过来。我躲闪着，竟然一点不知道害怕了。我朝他吐唾沫，还用比刚才更难听的话骂他，包括用"癞头皮""秃子""红灯笼"之类的称谓中伤他。父亲听了气得直翻白眼，他的头皮就像当初第一次打狗时那样变得惨白、惨白了。

他喘着粗气对我说："你个不孝子……我养你……你给我添乱子……我现在没有心情跟你计较……今天，就算我求你一件事！跟我到村长家认错去！"

"我不去！我不去！我死也不向瘸子认错！"

"没大没小的畜生！你今天是哪根筋痒痒了？还想挨揍吗？！"

父亲说着，拧住了我的耳朵，直接将我往村长家的围墙那边拖，我赖在地上，他拖不动，他就踢我，我抱住头，任他死命地踢，一下，两下，三下……他每踢一下就问我你起来不起来？我说我不起来。他就转身去柴剁上拿棍子，我瞅准时机，想跑，可惜我没跑几步，就被父亲追上了。只一下，我的脊梁骨就像断了一样疼，我趴在了门口湿漉漉的泥土上。

"你个不孝子！你到底去不去认错？！"

"不去不去！就不去！"

父亲就抓住了我的衣领，我被他从地上提起来了，我的喉咙仿佛被一根猩红的绳子勒住了，我难受得要命……

我最终被父亲拖到了村长家。

只是，我到了村长家也没有认错。父亲拿我没办法，只好放我回来了。我回到家，从枕头底下掏出了那把已经快要被我磨断了的三角尖刀……泪水，无可遏止地流出了眼眶。我知道我想干什么，我走出房门，我的心一阵痉挛……我清楚自己，虽然十三岁了，但我还从来没有杀死过一只鸡……

我拿着刀，一屁股坐在了门槛上。

14

那是我生命中最绝望的夜晚。

天已经完全黑下来，但是，妈妈还没有回来。我坐在门槛上，一个人抽泣着。后来，我饿了，累了，感到全身痛了起来，我摸了摸额头和脸，一些血结了块，摸上去硬硬的。我很想站起来，一阵钻子钻在脊梁上的疼痛叫我又坐了下去，我使劲地揉着。疼痛叫我没了丝毫的力气。我感到头晕晕的，有一些想呕吐的感觉，我真担心我的头也被父亲打"汪"了，好在这样的晕眩在我第二次站起来后减弱了。

我跟跟跄跄地向厨房那边走去。

妈妈还没有回来，我想先把米饭煮好，以前妈妈回家晚，饭都是我烧的。可是我走到厨房，完全忘记了自己要干什么。我从水缸里舀了一些水，一边吸着鼻涕一边清洗额头上的血迹，水沾湿了伤口，疼得我又想哭起来。我突然想起了从前，想起了我家的老屋，想到爷爷当初那么坚决地反对父亲买牛栏。我的心里压抑着无法排解的痛苦。

我走到爷爷睡觉的地方，我看见爷爷蜷曲在破烂的被单下面，像一具被人遗弃的尚且喘息的尸体，眼泪禁不住流了下来。我知道，我对不起爷爷，因为内疚，所以我总是害怕一个人面对爷爷。可是今天，我多么想向爷爷倾诉我所遭遇的这一切……当我点灯的时候，我听见从爷爷的喉咙里发出了类似鸭子受到惊扰时的急促的嘘嘘声。

"爷爷！是我……"

爷爷的两只眼珠子翻动着，大概是爷爷脸上只剩下一张皮的缘故，爷爷的两只眼珠子几乎是悬浮在眼眶上的。他困难地翕动嘴唇，吞吞吐吐说了半天，我最终没有听明白他想表达什么。我问他是不是饿了，要不要吃饼干？爷爷直瞪瞪地看着我，突然从被单里伸出来一只手。那是爷爷唯一还能动的一只手。我看见这只手好似被大火烧过一样干瘦，唯有上面的血管又粗又多，好比攀爬在枯树枝上的藤蔓。

"爷爷，你怎么啦？你哪里不舒服吗？"

爷爷的脸好像被什么东西牵扯着，喉结上下滑动着，我看见他的眼睛里闪动着泪花。到这时，我终于明白爷爷虽然中风了，说不了话，他的耳朵并没有失聪，刚才父亲打我的时候，爷爷一定也是听到了的……我读懂了他的眼泪的全部含义……我忍不住，扑到爷爷身上，号啕大哭起来："爷爷，爷爷！……我们重新搬回老屋去住，你说好不好？……好不好呀？爷爷！"

爷爷那只哆哆嗦嗦的手，终于伸到了我的脸上，他帮我擦眼泪，擦得我感到疼，就像一只螃蟹在我脸上爬着。我捉住了爷爷的手，我使劲地摇晃着："爷爷，爷爷！你就答应我吧！我们重新搬回去住！……我会把你背回老屋里去的！爷爷……"

爷爷摇摇头，将脸扭到了一边，他的半个身子战抖着，好比刚刚被人毒打了一顿。他艰难而痛苦地弯拢起来，就像一只即将死掉的鸟雀，眼泪汩汩地往外流。看到他这样痛苦与难受，我一时不知如何是好。幸好这时候，帮茶场摘茶叶的母亲回家了。

听到母亲回来的声音，我慌乱丢下爷爷，跑到门口。

"妈妈！……"

"你怎么啦？"

母亲见我额头上的伤，脸色阴沉沉的。她问我是不是跟谁打架了？我说父亲打了我，并且说父亲是怎样打我的。不知道为什么，母亲表现得很麻木，竟然没有问我父亲为什么要打我，就丢下手中的竹篮，一声不吭地走到厨房。母亲划了很多火柴才点着了灶火。

一时间，家里静穆得可怕。我的心被某种不安攫紧了。临到快吃饭的时候，母亲果真问我，她从茶场回来的时候看见村长家稻田里的秧苗被人拔掉了许多，是不是我拔的？我支支吾吾不肯说。母亲就像要落泪的样子，告诉我，她今天回来这么迟，是因为她把那些被我拔掉的秧苗重新补种上了。

我低着头。母亲语重心长地说：

"阿逮，世上有些事是我们没有办法的，既然阿龙他愿意待在村长家，就让他在那边待着，只要他们对阿龙好，阿龙还叫我一声妈，叫你一声哥，跟待在自己家里又有什么区别？"

"妈，他们这是欺负人！欺负我们！"

"阿逮，我知道你恨你爸爸，恨村长，这两个老虎叼的你恨也应该，可我希望你和阿龙还能像亲兄弟一样，将来我和你爸还有村长都老了，我们总会死的，我希望你们还是亲兄弟，相互照顾……"

"我才不跟一个叛徒做兄弟！"

"阿逮，你怎么就不理解妈妈的苦……妈妈是为了你和阿龙好。这一次爷爷如果没有村长帮忙，不知要花多少钱……阿龙待在村长家，长大了可以跟他学治病，是一条出路。阿逮……你以后也要懂事一些，你已经不小了，不要给妈妈添心事……"

"妈妈，阿龙和爸爸为什么要背叛我们，村长为什么要这样做……妈妈！"

"阿逮！你不要再说了！我求求你……不要学得跟你爸爸一样不正常，好不好？！你就可怜可怜妈妈，忘掉这些事吧，妈妈再也经不起折腾了。像你这样闹下去，总有一天会出事的……"

　　妈妈说到这儿，情不自禁地哭了起来，她那男人一样的身子如同山顶的孤树摇晃着，窒息的哭声时断时续，像溺水的孩子，我紧张而惶窘地在灯的暗影里站着，直到面孔浮肿的一轮月亮，压上屋檐。

　　从那以后，我仿佛懂事了许多。

长翅膀的人

　　我是一个不幸的人，在我的肩胛骨后面也就是我的背上长有一对翅膀。我从小吃尽了苦头。我的翅膀被奶奶用布紧紧地拴了起来，就仿佛她的另一双小脚，紧紧地贴在我的背上。我是那么痛苦，就好像有两把刀插在我身上。我求奶奶把我背上的布解开，奶奶总是凶我：你是要做一个妖怪吗？！到时候老婆都娶不到！我说，爷爷也是长翅膀的人，你不照样嫁给了他？奶奶说，我是坐在花轿里被你爷爷抢走的，要不然，这辈子不会遭那么多罪……

　　关于爷爷的故事，大部分是从奶奶那里听说的。爷爷的故事太长了，爷爷的故事就像一个传说。现在，我老了，一天天衰老，越来越记不住其中的细节了，但是记得奶奶曾经说过：很久很久以前，有一个长翅膀家族，居住在比吴村更深的深山里，他们栖息在悬崖峭壁上的岩洞里，过着与世隔绝的生活。也不知从什么时候起，他们中年轻的男性找不到配偶，陆陆续续下山了。时间长了，留在山上的长翅膀人越来越少，几乎销声匿迹了。而在山下的村庄里，却繁衍出许许多多长翅膀的后代，这些后代后来感染上一场史无前例的鸡瘟，几乎全部瘟死了。到我爷爷那一辈，长翅膀的人已经少之又少，就跟看见驼背、侏儒那般，成了世人眼中的怪物。

我爷爷是当时村里唯一还长翅膀的人，可是爷爷的翅膀除了给家里人添乱，没有什么实际的功用。因为水稻是种在水田里的，番薯和毛芋长在泥土下面，玉米和高粱长在山上，人们不需要用飞翔的姿势播种、收获，更不需要用飞翔的姿势吃饭、睡觉。只有两件事情，爷爷做得比别人都要好：一是在小溪边的水碓里用翅膀扇起来的风，给刚刚脱壳的糙米吹去上面的米糠、粉屑；二是给孕妇掏鸟蛋补身子。只要他想掏，鸟儿把巢筑得再高他也能掏到。不过这后一项技能，很快被村里的老人制止了，因为他把鸟蛋掏下来让人吃掉，等同于他把远房亲戚的骨肉掏下来让人吃掉。他就再也不掏鸟蛋了。可是，爷爷即便一辈子不掏一个鸟蛋，也不可能为他赢回一个好的名声，因为他是一个浪荡之人。

在吴村，至今还流传着我爷爷在青年时期演绎的各种版本的浪荡故事。他不喜欢读私塾，长大后却喜好作诗，他的诗友遍布天下。他长年累月在外地与诗友见面。他穿一身长衫，梳一条小辫，一对收拢的翅膀就像京剧里的武生插在背上的旗，显得英俊而潇洒。特别是在平原上，人们对长翅膀的人只听说过、没有见到过，爷爷每到一个地方都会引起不小的骚乱。爷爷总要选择一处最热闹的地方，站在某一屋顶朗诵他的诗，他原本是想通过这种方法让大家了解他写的诗有多么好，结果下面的人都哈哈大笑了。

"鸟人！鸟人！你们看哪，那个屋顶上站着一个鸟人！"人群里不断地有人扯着嗓门叫喊。爷爷非常气恼，他想在屋顶上棒喝一声，不料他发出来的是一声乌鸦一样的叫唤。人群笑得更响了。爷爷羞得从屋顶上跳了下去，然后在坠落中突然张开了翅膀，向嘲笑他的人群俯冲过去。站在下面的人完全吓坏了，四处逃窜。

爷爷就是这样一个风流、浪荡之人。当他渐渐厌倦写诗以后，开始把注意力转移到了女人身上。爷爷偷情的方式五花八门。没有人能在偷情的方式上胜过他，他是这方面的天才。据说，我奶奶就是他在这个时期"盯"上的。我奶奶是汤溪镇上大户人家的千金，我爷爷"盯"上她之后，飞到她家屋顶上日日夜夜守着，就像一只饥饿、落单的鹰。奶奶的父亲发现了他，回屋里取来猎枪瞄准了他。

"滚开，不祥的禽畜！别打我女儿的主意！"

"我只想看你女儿一眼，我不会伤害她的。"

"你再不滚下去，别怪我的枪口不长眼！"

"那就请你转告她，我不是一只鸟，我是一个人，我爱她……"

"滚你的蛋吧！我就是让我女儿嫁给一个傻子也不会嫁给你这等鸟人的！"

爷爷飞走了，在空中盘旋，又在离我奶奶家不远的一棵大树上歇了下来，他发出孤傲的叫喊：

"我想娶你的女儿——我爱上她了……"

如果按照民间流传的多个版本，将我爷爷如何追求我奶奶的整个过程用文字记录下来，一定会为这个刚刚展开的故事增色不少，但是我还是决定略过这个情节，从而直接写到爷爷的死。爷爷用死证明了他是一个真正的英雄，而不是一个混子。

那时，爷爷 40 多岁了，自从和奶奶成了婚，他就稀里糊涂地活到了这个年纪。有一天，突然有消息从山外传来，说日本兵已经从金华打进汤溪了。吴村一片恐慌。吴村人决定逃进深山里去。他们赶着牛和羊，牵着猪，背着粮食，走在荆棘密布的山路上。他们走了一天一夜，在一个幽深的山谷里停了下来，他们用石头垒砌简易的炉灶做饭，用簟席、蓑衣、狼尾草搭成帐篷过夜，忍受着寒冷、虫咬、恐惧的折磨。尤其是雨天，雨吹进了帐篷，就像泼下来一样灌进脖子里，孩子哭了，老人病了，更是增加了绝望的气氛。

然而日本兵到底进村了没有，或者还没有打过来？没有人敢回去打探虚实。这时人们想到了我爷爷。只有他能安全地飞过村庄侦察具体的情况。爷爷在脖子上挂了一竹筒山泉水，就出发了。

自从结婚后，爷爷很少长途飞行了。他飞起来很吃力，在路上歇了好几次才飞到吴村。他飞到村口，就看到村里的房门大多被砸开了，街上扔满了乱七八糟的东西。这时突然有狗叫声从村中心传来，爷爷倒吸一口冷气，飞到屋顶上，看见六七个日本兵，肩上的网兜里塞满了各色战利品。他们肆无忌惮地在空无一人的村子里搜索活人和财物。他们把整个村子搜过了，在村中央点起篝火烤狗肉吃，想必那倒霉的狗是村里人特意留下来看门的。最后他们吃饱了，打完饱嗝之后要用火将村子烧掉。爷爷看清了他们的企图，飞起来了，在吴村上空，他发出了骇人的呐喊。

几个日本兵看见空中突然出现一只巨"鸟"，吓得跑到胡同里，然后躲在暗处朝天上开枪。爷爷中了一枪，差一点从空中跌下，这时……我无法想象爷爷在受伤的情况下，是怎么跟日本兵周旋，然后把他们吸引到村外稻田里去的。他在稻田中央一棵高大的老樟树上哇哇大叫。那几个日本兵受到挑衅，脱下鞋子卷起裤管，向大樟树包抄。大樟树下的稻田淤泥很深，日本兵高一脚低一脚地向前迈进。爷爷看准时机从树上俯冲下去，将那几个两脚深陷的日本兵一个一个打倒在烂泥里。爷爷将他们消灭了。

毫无疑问，这件事让爷爷成了英雄。全村人都回来了，他们用烧红的铁钳从爷爷的大腿里夹出子弹，又用草药给爷爷疗伤。

　　然而，爷爷就在这个时候死了。首先，爷爷打死那几个日本兵之后，日本兵更疯狂地向吴村的方向挺进。另一方面，爷爷的事迹轰动一时，他被国民党部队当作宝贝带到了战场上。他们逼他去做战事侦察。爷爷整天在硝烟弥漫中飞来飞去，就像一只穿越森林火灾时烧掉了羽毛的鸟。后来，他在试图逃回吴村时被一颗子弹射中翅膀，摔死在岩石上。

　　奶奶说，爷爷死的那天，她看到老鹰在头顶盘旋，听到鸟雀在树林里哀鸣，鸡窝里的母鸡下了软壳的蛋……她感到不祥的征兆，她收拾衣物，背着年幼的儿子（即我的父亲），要去前线探望丈夫。一路上，却不断地遇到撤退的国民党士兵，他们劝她回去。他们说，日本兵已经卷土重来。奶奶却不听。奶奶说，等她终于在第三天见到爷爷，遍地都是蚂蚁，爷爷已经被蚂蚁吃得只剩一具骨骼。

　　奶奶把爷爷的骨骼和一些被她掐死的蚂蚁带回吴村，埋葬在山上。奶奶哭了很久，直到喉咙里哭不出声音，哭出了血。

　　或许，正是爷爷的死，使奶奶变成了一个对翅膀抱有一种悲观的成见的人。在她以后的人生中，她禁止我的父亲练习飞翔，而且在她的孙子（我）呱呱坠地之时，就用布条将我的双翅缠了起来。奶奶在我的印象中就像一个可怕的恶魔，从她那儿，我确切地知道长在自己背上的翅膀是多余的，不应该让别人看见。

说真的，我恨奶奶。

但是，当奶奶死了。我才知道，我是那么爱她。

是的，我从小和奶奶相依为命。我们几乎是在贫困交集中顽强地活着。直到我十四岁那年，奶奶死了，我才明白：奶奶为什么要用布条十年如一日地缠裹我的双翅——因为她不愿看见我最终落得爷爷那样的下场；因为她早就想到了她死去的这一天，就再也没有人来保护我了——毕竟，这是一个由没有翅膀的人组成的世界，我总有一天要像个正常人那样融入这个世界，一个人去应付生活。否则，我能怎么办呢？

我相信奶奶早就想到了这一点。

我仍记得小时候，也就是奶奶还健在的时候，我总是被人欺负。伙伴们以欺负我为荣。他们给我取了一个绰号，叫“死麻雀”。那是因为我个子又瘦又小，性格孤僻内向，背上还长着一对被布条缠裹着的翅膀。尽管这对翅膀紧紧地贴在我的背上，藏在衣服里面，看上去我像一个驼背，但是谁都知我是长翅膀家族的子孙，背上那隆起的部分是一对神秘的翅膀。于是他们就捉弄我。

“死麻雀，你爹你妈从头顶飞过去了。你爹你妈又去偷吃别人家的庄稼了。”

“死麻雀，那里有一只母鸡正等着你去交配呢，它说你是一只没有毛的公鸡。”

“死麻雀，有人看见你昨晚上和蝙蝠一起在村子上空飞，你的翅膀张开来有竹席那么大……”

他们你推我搡，用手抓我的背，用棍子捅我的腰。我进行还击，他们就把一些鸟的羽毛插在我的身上。他们要把我从桥上推下去，我吓得要死，抱住栏杆。他们就朝我吐唾沫。

"你跳下去死吧！不会飞的鸟！"

"没有用的鸟！"

我不知道这样的日子何时才能结束。我也开始以我的遗传特征和家族为耻。我就想：如果有一天，我有足够多的钱，我一定到大医院去做切割手术，做一个没有翅膀的人。这就是我当时的理想。

可是我又听说，曾经有一个长翅膀的人，因为请村里的木匠锯掉他背上的翅膀，悲惨地死掉了。这样的死亡案例让我胆战心寒，似乎是说长翅膀的人必须要在三岁以前做切割手术，等到长翅膀的骨骼成形，就会危及生命。据说，我的父亲就是因为被人锯掉翅膀，痛苦万分地死去的。

锯掉翅膀的人往往死得很惨。

现在，我还记得父亲死去的那年，我已出生，不过由于年幼，只记住了他总躲在灶台后面哭泣，我很害怕看见他哭泣的样子，总是离他很远。

他像一只会飞的鸟吗？我觉得他一点都不像。

他像一只蝙蝠吗？也不像一只蝙蝠。

我只记住：他是一个阴郁的男人。我怕他，感觉他很陌生，好像不是奶奶家的人。每次我从他身边经过，不是走也不是跑，而是蹲下身子，像一只老鼠躲着猫，躲闪于灶台之下。

有一天，他把我叫住了。我不敢看他，僵在那儿像一个木偶。他呢，他的手也哆哆嗦嗦的，他把奶奶缠裹在我翅膀上的布条解开了。他抚摸我稚嫩而又变形的翅膀，我痛得几次想哭起来。他就给我擦眼泪，好像说了许多话，大意是要我记住，翅膀是我们这个家族的根，我们的命！以后一定要学会飞翔，就像爷爷那样……

我不明白他为什么要说这样的话，我感到很害怕，从他身边逃走了，那缠在我翅膀上的布条拖了一地。奶奶看见我，问我怎么回事。奶奶说："你别听他胡说，他自己就因为长着一对翅膀，天天在受苦。"

后来，我才知道父亲活着的时候，跟我一样，从小被人欺负。但他的态度与我相反，他并不以长有一对翅膀为耻，他与那些欺负他的人打架，绝不认输。因为他认为他是英雄的儿子。

可是他没有想到，他虽然和英雄的父亲一样长着一对巨大的翅膀，他却不能飞翔。起初是奶奶禁止他练习飞翔。可事实上，他一直在偷偷地练习。奶奶打过他骂过他，也难以阻止他，奶奶就睁一只眼闭一只眼，任其胡闹。这样，父亲从十岁那年开始正式练习飞翔，几乎风雨无阻。练的时候，他张开翅膀从高高的陡坡往下猛跑，风呼呼的，人轻飘飘的，他感觉自己真的要飞起来了。可是这样的感觉随后就消失了，因为他已经跑到了坡底，撞在树干上。他跌断过腿，磕破过头，摔伤过腰，而那呼呼的风，还在欺骗他。

三年后，他也只能像一堵围墙上的母鸡那样，最多能飞出三五米之远。父亲的努力遭到了村里人的嘲笑。

　　他很痛苦，不知道问题出在哪儿。

　　他曾经背着干粮去深山寻找长翅膀家族，希望从祖先那儿学到飞翔的技巧，然而在深山，长翅膀家族大概真的灭绝了。他无功而返。他不死心，又到过许许多多曾经生活过长翅膀的人的地方，希望还能找到像我爷爷活着时那样翱翔长空的幸存者。最后，他找到了长翅膀的人没有？他又学到了什么？连奶奶也不知道。

　　奶奶说，父亲离家几年，当他再次回家，两只翅膀无力地耷拉在身后，他的性格也完全变了。他把自己关在屋里，养了许许多多的鸟。这些鸟是怎么冒出来的，是父亲从山外带回来鸟蛋孵出来的？还是他在夜间爬到树上去抓的？没有人知道，也不可能知道。因为那些鸟只跟父亲待在一起，它们跟父亲一样五官丑陋，一样默不作声，除了在狭长、高深的天井及天井上空活动，哪儿都不去。

　　父亲就整天待在毗邻天井的阁楼上，观察他的鸟儿在有限的空间里飞来飞去。他一边观察一边在纸上记下什么。这个时候，最痛苦的是奶奶。她每天要花很长时间清扫从天井上面掉下来的鸟的羽毛和粪便，还要厚着脸皮到处去为这些长羽毛的飞禽佘借粮食——我父亲的异常生活让她伤透了心。

　　奶奶说，她曾经想过在竹竿的一端捆上镰刀，将那些停歇在天井屋檐上的鸟全部捅下来。但是有一天，她早上起来，发现鸟儿不见了。她胆战心惊地从楼梯往上走，唯恐黑暗之中会哗啦啦飞出那些既像秃鹫又像猫头鹰的东西，看见的却是她的儿子，上身赤裸地站在楼板上，正扭身要把背上的翅膀砍下来。奶奶一个箭步，夺下了儿子手中的刀。

"你要干什么？孽障！"

"妈妈，不要管我……长翅膀家族再不可能飞起来了！"

奶奶真想扇儿子一个耳光，然而一声"妈妈"，心里如同刀绞。奶奶扔下砍刀，哭着下了楼……

从那以后，父亲就过上了破罐子破摔的生活，他喝酒、打架、赌博，甚至包括偷女人。偷女人在爷爷的履历中，多少带有传奇色彩，让人津津乐道，而到了父亲这里，则是如此不堪，他找不到愿意和他交媾的女人，只能靠死乞白赖，结果事情没有做成，已被对方的丈夫揍得鼻青脸肿。

奶奶怨他，又可怜他。他早该到娶妻生子的年龄了。可是，哪家女儿会嫁给他呢？姑娘们唯恐奶奶会上门提亲，见到她如同见到瘟婆。奶奶为儿子的婚事愁白了头发。后来，算是天赐良缘吧。在那个政治动荡的年代，某一个粮食歉收的年份，在别的地方许许多多人饿死了，而在浙中山区，类似吴村这样的小地方，却还能吃饱饭。于是，不知从什么地方流落到我们这儿来的乞丐多起来了。这时候，细心的奶奶收留了一个女乞丐。

她披头散发，衣衫褴褛，似乎神志也不是很清晰，但是模样周正，看上去还算年轻。最主要的是，她留下来了。奶奶不惜变卖手镯，把这个讲外地话的、胃口大得惊人的女人，养得白白胖胖的。然后她想方设法，在一个月圆之夜逼她跟儿子成了婚。尽管这个过程有些复杂，新娘因为新郎背上长有一对看上去别别扭扭的翅膀，不愿意和他同房，但是一年后，这个女人照样生下了我——总之，可以肯定的是，他们做了夫妻。不然，我又是从哪儿冒出来的呢？

然而，谁也不会想到，我的母亲在生下我一年之后，就丢下我，莫名其妙地走丢了。"走丢"只是一种现成的说法，更多的人则认为，她是不愿意和两个长翅膀的人（我和父亲）生活在一起，从而离家出走的。总之我的母亲，一个我至今不知道什么模样的女人，在我还不记事的时候，就不知所终了。从此，我那情感脆弱的父亲，再次陷入了更深的孤独与伤感之中。大约两年后，就死了。

我还依稀记得父亲的葬礼。父亲的葬礼是在村里的大会堂里举行的（我还是第一次看见父亲躺得那么平坦）。几乎整个村子的人涌到了那里，在父亲的灵堂前默哀。我紧紧地拽住奶奶的衣角，对这样的场面感到害怕。

入棺的时候，我分明看见奶奶在棺材的底下放了一双鸡的翅膀。奶奶哭昏在地上。奶奶说："儿呀，我没想到，我这样阻止你，你有一天还是跟你爹一样，为国家而死……今天，公社里的、大队里的干部，都来为你送行了，你就瞑目吧！"

到这时，我才发现，有几个穿制服的陌生人站在我们身后。他们的表情庄严，将我死去的父亲从倒翻的棺材盖上抱起，将他放进了棺材里，然后为他盖上了一面写着金色字体的锦旗。

原来，父亲是因为砍下翅膀而死的。而他这样做的原因，直到我长大成人后才渐渐明白：那是为了公社大办养鸡场的需要，砍去了他的双翅——尽管砍去双翅之后，赤脚医生对他实施了抢救，但还是流血而亡了——而那双脱离了他的翅膀，却活了下来，它作为公社养鸡场巨型公鸡的翅膀，和其他奇特的硕大的农产品一起，连夜送到省城去评奖了。果然，父亲的翅膀压倒群雄，在省城引起了轰动，很快变成了一颗"卫星"，"发射"到了北京。于是，喜讯不断传来，整个公社跟着沾光。

所以，父亲的葬礼也是英雄的追悼会。是的，在这之前大概谁也不会想到，我的父亲也有一天成了英雄。父亲入馆后，漆成红色的棺材由大队干部亲自抬出，公社干部护送，民兵连长开枪送行。在那通往墓地的崎岖山路上，全村几百号人臂缠黑纱，胸戴白花，缓缓而行。虽然我那时还小，无以理解父亲的伟大，无以理解村里人为什么都来送葬，但是这个热热闹闹的场面，一辈子萦绕在我的脑海，挥之不去。

长话短说，父亲死后，家里只剩下了奶奶和我。正如前面说的，我和奶奶相依为命。奶奶一直抚养我到十四岁，最后她终于老了，死的时候，没有忘记叮嘱我：儿呀，你不要把背上的布条解开，老老实实待在吴村种地……但是我没有听她的，她死后我就把背上的布条解开了。我感到背上那两把刀拔掉了。我急着要离开让我压抑的村庄，到一个没有歧视、没有偏见、没有人知道我身世的地方去。于是，我把祖屋和其他财产都卖给了邻居，离开了吴村，开始了新的生活。

我漫游各地，干过各种工作，什么苦都吃过，但是最终露宿街头。在那最绝望的日子，我甚至想过脱下我的衣服，向世人展示我的翅膀，以此乞讨，但是我没有这样做。二十多岁时，我从南方流浪到北方，在一座小得不能再小的县城，我有幸遇到了一个背部同样隆起的人（他是一个驼背，我之所以不愿提到这个词，是不想产生歧视的意思），他教会了我篆刻和修理钟表的本领，这样，我才有了一技之长，能够自己养活自己。

后来，我也开了一家篆刻小店，而且在店里我遇到了一个愿意嫁给我的姑娘。她叫"美翠"，是来我这儿修理手表时认识的，一来二往，我们恋爱了。我跟美翠说："我是一个驼背，又比你大十岁，你嫁给我不要后悔。"美翠说："我不会后悔的，你虽然是驼背，可你人品好，又会手艺，我还指望你什么呢？我们结婚会很幸福的。"

原来，美翠也是一个苦命人，她的母亲生完她就死了。跟我一样，她也由奶奶拉扯大。不幸的是，美翠的父亲是一个酒鬼，喝酒就喜欢喝醉，喝醉就喜欢耍酒疯，他永远都能找到喝酒耍酒疯的理由。美翠脸上有一道长长的疤痕，就是他喝醉了拿酒瓶砸的。美翠第一次带我到她家，她爹就喝得醉醺醺的。他只知道伸手向女儿要钱，美翠几乎是在父亲的拳头下长大的。不过，正因为美翠有这样一个凶恶糊涂的爹，她才会愿意嫁给我。

婚后，我们的生活还算和睦。只是，由于我个人的原因，我们一直没有发生性关系。我们的所谓的新房，就在篆刻店的狭小阁楼上。那上面黑乎乎的。结婚之前，我们只在上面接过吻。结婚之后，则是另一回事了。美翠一到晚上就在上面等着我，催我从梯子上爬上去。可我每次忐忑不安地爬到竹梯子上，又悄悄地溜了下来。不是我害怕与她发生性关系，而是害怕脱光衣服后，被她发现长翅膀的秘密。因为我没有勇气告诉她，背上那个隆起来的东西，是一双扭曲的翅膀。

于是，妻子很不满。

"驼背，你今天还要加班吗？！"

"不，不加班。还不困。"

"你早点上来睡吧！"

"好，好的。我马上就上来。"

不过，妻子最终理解了我。有一天，她红着脸对我说：

"驼背，你不愿跟我睡觉，是怕我碰你的驼背吗？你既然不愿意让我碰，那我答应你，我不会碰它的。"

这样，我们才有了"洞房之夜"。然后，妻子顺理成章地怀孕了。我可没有经历过这档子事儿。我高兴得昏了头，根本没有心事干活。我到处去为妻子买好吃的，给孩子准备奶粉和尿片。认识我的人都祝福我："驼背，你真行啊，你把美翠的肚子吹胀起来了！"

我乐呵呵的，有时候误以为自己真很有本事。我沉浸在前所未有的甜蜜中，人如同飘浮在云端上：想想自己十四岁出来流浪，处处被人歧视，差一点饿死冻死，现在呢，我什么都有了，有了篆刻店，有了妻子，又快有孩子了。我心花怒放。

可是，我很快就冷静下来了，辗转反侧睡不着。有一天，妻子问我："驼背，你这几天闷闷不乐的，怎么啦？"

"其实也没什么，就是担心，这孩子……要是生下来也是驼背，美翠，你会接受吗？"

"真是乌鸦嘴！我不许你说这样的话！"

"可遗传这东西，不好说……"

"他就不会长得像我啊！"

可是，我还是很忧虑。我瘦了。我总是跟妻子反复提起："美翠，要是小家伙，既不遗传我，也不遗传你，而是，他自个儿长出来一双翅膀，怎么办呢？！"

"驼背，你整天神神道道的，发什么神经病？一会儿担心孩子是驼背，一会儿担心他长什么翅膀，尽说不好听的话。咱是人不是鸡，人怎么能长出一对翅膀呢？！"

我一时语塞，感觉到妻子对长翅膀人是那么反感，感到无比心寒。我说："你干吗要说长翅膀的就是鸡呢？你就不会想象他是天使来到人间啊？"

妻子说："驼背，你真是无聊透顶，如果不想睡还是下去加班吧！这样还可以多挣几个钱。你如果不放心，我有一个表姐在医院工作，过段时间我去照个 B 超吧！"

我从被窝里爬起来，坐在篆刻的工作台前，眼泪哗哗哗地流下来。我觉得，如果真生下来一个长翅膀的人，妻子一定会嫌弃他的。

我一天天怀着恐惧的心理，看着妻子的肚子一天天大起来。我怀疑，那是儿子后背上的翅膀直愣愣顶着子宫的结果，就像撑着一顶帐篷似的。我甚至想过，夜间在竹梯上做一番手脚，让妻子早上爬下来时摔下来，导致流产。

有一次，妻子突然走到我跟前，把我的一只手拉到她的肚子上，说："驼背，他（她）刚才踢了我一脚，你摸摸看，是不是他在踢我？"我紧张得发抖，感觉摸到了儿子（或者女儿）的翅膀。妻子说："你怎么啦？满头大汗的？他又没有踢你。"我差点儿把真实的顾虑说出来。

妻子真要去她表姐那里做 B 超了。说实话，我就像杀人犯在街头看见通缉令一般，两腿发软。

"美翠，你不要去好吗？"

"为什么？"

"生男生女都一样，不如不照，到时候来个意外的惊喜。"

"你懂什么？我还没做过一次常规检查。"

"那你为什么要到表姐那里去做？"

"你不就早想知道孩子是不是四肢健全吗？"

"那你说实话，你会不会嫌弃他？！"

"就算是驼背，我也要生下来的。"

"既然这样，你为什么还要去检查呢？"

"我……真是跟你说不清。我看你怕生驼背都快成疯子了！

我既然不嫌弃你，也不会嫌弃他的，我对天发誓，行了吧？！"

妻子口头上已经能接受一个驼背的孩子了。可是，驼背终究是我的谎言，驼背实际上是由一对紧贴在背上的翅膀组成的。而我知道这个世界上的人，他能接受一个背部同样隆起的畸形人，也不愿接受一个长翅膀的正常人。大概这也是长翅膀的家族当年只能在深山峡谷里生存的原因吗？

我睡不着，忍受着煎熬。有一天，我想忘掉烦恼，收工后想一个人到街上走走。我想喝点酒，甚至去打架。当我走到这座小城的广场上，看到一个流动马戏团在演出。我就凑过去看，马戏团的广告牌上印着一群光屁股的女人，她们的胸脯就像葡萄一样挂了一串。在那牌子的上方，还写着一行醒目的字：世界之大，无奇不有，人长翅膀，还会下蛋……我感到一阵战栗。

"多少钱一张票？"

"二十。"

我进去的时候，帐篷里正在演出的节目是一个打扮成香港歌星模样的小丑拿着一副纸牌给台这边的人看看，又给台那边的人看看，最后纸牌没了，从手心飞出一只鸽子。之后又演了几个别的节目，我一个都没有记住。直到帷幕重新拉开，我吃了一惊：在舞台的中央已经摆着一只巨大的笼子，一只灯泡悬在笼子上方。随后，笼子又被帷幕遮住了。

"女士们，先生们，这是神州马戏团新近购回的人鸡，该人不但像鸡，下得蛋更大，大伙瞧好了，要看的，加收五元钱。不看别后悔哪！"

我走过去，其实我并不想走过去。我知道，这不会是一次愉快的猎奇。因为，我也是一个长翅膀的人！但是，我还是忍不住挤了过去。我看见：舞台上一个长翅膀的老人，他似睡非睡地坐在笼子里，一双巨翅就像受了伤一样垂落在席子上。

"嘿嘿，站起来！扇动翅膀！"观众们对他的怠倦很不满意，有人用一块小石子扔在他的翅膀上。只见他的翅膀扇了一下，刮起了一阵尘土，他从笼子里站起来了。人群吓得退出几米之远，每个人都屏住了呼吸。

"饿的祖先来自遥远的南方……那里有一个长翅膀家族，他们栖息在悬崖峭壁上的岩洞里……"我的两眼黑了一下，紧张得打摆，牙齿碰着牙齿。"饿从小就被饿娘送了人……"

我也不知道我是怎么挤到人群的最前面去的，我的眼里都是泪水，我多么想冲到笼子里去，抱着这位长翅膀的老人，痛痛快快地哭出声来……然而，我又听到一个反对的声音，它在提醒我，我是一个驼背。不能与他相认！

我实在受不了这样矛盾的感觉，魂不守舍地从人群里退了出来。我蹲在一个没有人的地方，遥望流动马戏团那边，不断地传来观众的欢呼和受惊的叫喊。

我回到家时已经很晚，篆刻店已经反锁上了。我拍门，大声叫喊美翠的名字，过了很久，门才打开了。

"你死到哪里去了？这么晚才回来？"

"我在外面转了一圈，散散心。"

"以后少出去，现在拦路抢劫的坏人很多。"妻子说完，挺着大肚子爬到竹梯上。她在上面歇了好几次才爬了上去。

　　一晚上，我的脑海中久久地萦绕着那个长翅膀的老人，他的模样，他的自白，以及垂落在席子上的翅膀……他是谁，他会不会是我那浪荡的爷爷在平原上播下的种子？

　　我准备了一些钱，几乎是我开篆刻店的一半积蓄，一早就去昨晚看马戏的广场。那里停着一辆垃圾车，几个穿黄色衣服的人在打扫地上的垃圾。他们在谈论着那个关在笼子里的长翅膀的人。我问他们马戏团到哪里去了。他们说，刚刚走了。我问马戏团离开的方向。他们说，朝着城外的方向开去的。

　　我拦了一辆出租车，赶到城外的收费站，然后，又改乘中巴车，赶到了下一个小县城。事情出乎意料，我没有在路上追上他们，我也没有在下一个县城找到那个流动的马戏团。我想他们一定到别的地方去了。我想原路返回。这时，一群嘻嘻哈哈的小青年，突然叫住了我：

　　"驼背！过来！"

　　"干什么？"

　　"不干什么？我们打了一个赌。"

　　"我没有钱跟你们打赌。"

　　"我们不需要你掏钱。"他们嘻嘻哈哈地靠近了我，"你只要让我们摸一下你的驼背就可以了，有人说驼背是肉做的，就像女人的乳房。"

　　我说："不行！"我将手摁在口袋上。

他们说："我们会给你钱的。你说摸一下值多少钱吧？喂，站住！老实点！"

我正要拔腿跑，他们已经扑上来，有人抱住了我，我拼命挣扎，不想让他们碰我的背。可是，他们人多势众，将我摁在地上。然后，他们叫起来："驼背是硬硬的！不是软的，哈哈！"

他们一哄而散。我从地上爬起来，他们的手仿佛还在我的背上乱抓。事实上，我就是这样长大的。我垂头丧气地走到汽车站，这时，我才发现我的钱被他们抢走了。我一屁股坐在了地上。我不但无力去拯救那个长翅膀的老人，现在，我连自己也难以保全了。

当我终于讨要到回程的路费，在回来的汽车上，几次流泪。我不希望我的孩子将来重复我的人生。想到这一切，想到辛辛苦苦积攒的钱没有了，我有些害怕回家。但是，我又那么想见到妻子，因为家是唯一能容纳我的地方。

终于，妻子的临产期到了。她步履蹒跚，紧绷绷的肚子看上去像一个定时炸弹。可以说，我是在心力交瘁中熬到了这一天。妻子说："驼背，我大概再过半个月就要生了，我要先住到表姐那里去。今天你就把孩子要穿的衣服、鞋子，还有尿片、奶瓶、奶粉准备好。你送我到表姐那里去。"

到了这时候，我不想让妻子看见我的担忧。我马上丢开手中的活，听她吩咐。妻子说："等你送我到表姐那里，再回来开店，等到生产的那一天，我通知你，你再早一点来。"

我表现出了做父亲的快乐。是的，我马上就要做父亲了，不管怎么说，做父亲是让人快乐的。东西整理好之后，我们打出租车去美翠表姐所在的那个医院。不料，美翠在路上肚子就疼起来了。到达医院时，肚子疼得下不了车。

我在出租车司机不满的抱怨声中向医院急诊楼跑去叫医生。一刻钟后，美翠被送进了产房。她要提前生产了。我在产房外，听见自己的心脏怦怦怦地跳个不停。我想，如果这是一个正常的孩子，怎么会早产呢？我感到灰心、焦虑，很想趁孩子还没有生出来，逃掉。

不一会儿，美翠的表姐出来了。我立刻站起来。

"怎么样，生下来了吗？"

"没有呢！哪有这么快？！"她的表姐没好气地说。

她的表姐是一个四十多岁的老女人，大概由于职业的原因，脸上仿佛挂着一层霜。她站在窗前点了一根烟，一根香烟抽完了，还站在那儿。她怎么不进去呀？是不是被美翠肚子里的胎儿吓着了？我急躁地在走廊里走来走去。

也不知过了多少时间，仿佛过了一万年，手术室的门打开了。一个护士叫了美翠的表姐一声，她刚进去，我就听见了美翠的哭喊："驼背，驼背，你这害人的东西！我好疼啊！"我不知该用什么语言来表达我的恐惧和绝望，我不知什么时候已经吓得跪在地上。

"苍天啊，保佑美翠顺利地生下孩子吧！不管这孩子是驼背，是聋子哑巴，还是长翅膀的人，你发发慈悲，都让他的母亲少受一些痛苦吧！"

这时门突然开了：

"谁是家属？！"

"是……我。"

"你妻子难产，要立刻实施剖腹产！"

不祥的预感得到了证实，我几乎晕倒。签字后，我完全瘫在了地上。

没错，在一阵撕心裂肺般的折腾之后，儿子降生了，是一个正常人。这是我绝没有想到的。我笑了，笑了很长时间。我着迷地爱上了这个孩子，他也喜欢我。我很庆幸妻子没有给我生下一个长翅膀的人，否则，我该如何向她交代我的身世，又如何来安排孩子的前程？

我终于过上了一个正常人的生活，我真的什么都不缺了。随着儿子一天天长大，我的篆刻事业也蒸蒸日上。我不敢说我是一个成功的人，但是我的确摆脱了贫穷以及被歧视的目光。甚至可以说，因为有了一些钱，别人开始尊重我，喊我"老板"。当我走到银行或者饭店里去的时候，站在门口的服务生立刻给我开门，"先生请进"，而不再是一条恶狗那样的，"驼背滚开"！

我开始习惯于这样体面的生活。当儿子长到六岁那年，有一天我带他到玩具商场转悠，儿子看上了挂在墙上的一双天使的翅膀，那是用鹅毛扎成的一双翅膀，洁白、轻盈，但是假的。我一口拒绝了。他却让妈妈把它买回来了。看着儿子戴着它玩得很开心，看见他把自己当成了真的天使，我流下了眼泪。要是儿子也有这样的一双翅膀该有多好！

这是我第一次产生了这样的联想。尽管这样的联想改变不了事实，我也知道自己不是真的希望他变成一个长翅膀的人，但是我开始发现自己不再像以前那么快乐了……

我接着在城里开了三家篆刻店，还开了一家钟表店，柜台里摆放着价格昂贵的瑞士手表。我自己的手上，就戴着这样的手表。有事没事，我总爱把袖子往上捋一捋，就像在炫耀手腕有多么细嫩似的。

这时候，我曾有过再生一胎的设想，但是妻子在那次难产之后，子宫已切除一半，再生的希望已经不可能。再说，家里的开销越来越大，美翠还想买一套更好更大的住房，我也就投入更加努力的赚钱中，不再胡思乱想。

于是，时间就这样过去了。一转眼，我的儿子年满十四岁了。这正是我当年离开吴村的年纪。在这个年纪，儿子早已不再像小时候那样爱把一对假兮兮的鹅毛翅膀插在背上，他现在打扮得很时髦，光是头上的毛发就染了三种颜色。在儿子生日的那个晚上，我再一次感到悲哀。

这是一种我说不出的悲哀，这种悲哀刚开始不是很强烈，我只偶尔一次、两次地感觉到。但是随着一天天衰老，我越来越明显地感觉到了。毫无疑问，长翅膀的家族，在比吴村更深的深山里的确存在过，在那里，曾经有一个兴旺的家族，他们在山崖的岩洞里栖息，如老鹰一般从岩洞里飞进飞出。

我开始梦见奶奶，梦见父亲，梦见从未见过面的爷爷。我几乎身不由己地，在清醒的时候，也想着他们。我开始越来越想回家，回到南方那个曾经让我厌恶的地方。这时候，妻子和儿子都没有放过我。他们说："你的家就在这里，你回去，你回去干什么？那里会有更多的钱挣吗？！"

我知道，我和他们是两种人。我现在重新在篆刻店的阁楼上铺了被子，越来越不喜欢回家。白天我在下面干活，晚上我在阁楼上睡觉。阁楼上的木板，经过多年的烟熏火燎之后，一如我的骨头变得坚硬了。我辗转反侧。半夜里，我伸手摸到后背上那对枯柴棒一样的日渐萎缩退化的翅膀，我哭了起来。

我虽然长有一对翅膀，是长翅膀家族的子孙，我却从来没有飞起来！哪怕像一只母鸡从墙头飞到地上的念头也不曾有！我急着要离开我的家乡，到一个没有歧视、没有偏见、没有人知道我身世的地方去。到底获得了什么？我终于明白，我的父亲，他为什么会坐在灶台后面哭泣了。

现在，我老了，一天天衰老。我不知道，我死后，配不配和爷爷、父亲埋在一起。他们的坟上，都竖着石碑，石碑的顶端雕刻着一双鹰的翅膀。我想，他们死后一定像鹰一样飞到了天堂。他们在天堂看着我。我不禁为之战栗。

我在心里说：长翅膀家族的祖先啊，原谅我吧，原谅我这个驼背，在这个世界上伪装了一辈子，我欺骗了所有人，连我的妻子、孩子，都不知道我的秘密，但是，我从来没有忘记，我欺骗不了我自己……

　　现在，我终于要脱去我的外衣……

　　我已经准备好了。